光文社文庫

異変街道（上）

松本清張プレミアム・ミステリー

松本清張

光　文　社

目次

1

三浦銀之助の耳に奇怪な話が伝わった。

病死したはずの鈴木栄吾に、その後、出遇ったと称する人間が現われたというのである。

鈴木栄吾は、半年前に、甲府勤番となって赴任した。彼は二百五十石の徒士《かち》組だったが、身持ちよろしからざる廉《かど》によって甲府勤番へ役替えとなったのである。

この栄吾は、甲府の役宅で九月朔日《ついたち》に病死し、その公報は、青山に居る父親の鈴木弥九郎に二日の後に届いている。現に、生前の栄吾と親友だった三浦銀之助は、その葬式に参会している。

もっとも、栄吾の死は公報だけで、遺体が江戸の自宅に返って来たわけではなかった。甲府から江戸まで三十六里、まだ暑熱の厳しい折だし、死体の腐爛と運搬の不便のために遺骸は彼の地に埋葬され、遺髪だけが届いたのである。

栄吾に、その死亡後、対面した人物がある。――この話を内密に銀之助に話したのは、鈴木弥九郎の屋敷に奉公している若党の六助だった。

銀之助は、前から友達の栄吾の屋敷に度々行っているので、六助とはよく知り合っていた。この六助も、隠居の弥九郎よりも栄吾のほうを身びいきにしていた。堅いばかりの隠居より、道楽者の栄吾に近親感をもっていたのだ。

その六助が銀之助にした話というのは、次のような内容だった。

――つい、二、三日前だったが、屋敷に四十年配の町人が訪ねてきて弥九郎に面会を求めた。折から主人が他出中だったので、取次に出た六助が客の用事を聞き取った。

町人は両国の水茶屋の亭主で、与兵衛という者だった。彼は弥九郎が留守だと聞いてがっかりしたが、旦那さまが帰られたらよく礼を申し上げておいて頂きたいと言って、その理由を六助に話した。

与兵衛は、かねてから熱心な法華《ほっけ》信者だった。彼の家からは、彼自身の語るところによれば、その商売に似合わず、朝晩、団扇太鼓《うちわだいこ》の音が絶えない。事実、与兵衛は、池上《いけがみ》の本門寺、堀ノ内のお祖師様などのお会式《えしき》には、商売を休んでもお詣りしていた。

与兵衛にはかねてから一つの念願があった。身延山《みのぶさん》にお詣りすることで、永い間の彼の宿願だったが、今年の九月になって、やっとその目的を果した。

彼は九月五日に江戸を発った。内藤新宿の大木戸で、見送りに来た家族や傭人《やといにん》と別れ、その夜は八王子泊り。大月と泊り、甲州街道を石和《いさわ》から身延路《みのぶじ》に足先を変えて、市川大門、鰍沢《かじかざわ》、下部《しもべ》と通って本山に無事着いたのが、その月の八日のことであった。

与兵衛は、老杉の生い茂っている暗い山道を上り、久遠寺《くおんじ》に詣って二日間の参籠をした。彼は念願を果した喜びに浸った。

しかし、与兵衛は、ここで欲を出した。折角、江戸からやって来たのだから、奥の院に詣でようと考えたのである。また、その西のかたには七面山がそびえている。与兵衛は、これにもお詣りすることにした。

彼は朝早く起きて、奥の院に登った。この時は、同行者が三人ほどあった。七面山は、そこから谿《たに》を越して、さらに峻嶮を登らねばならない。同行三人とは奥の院で別れたので、七面山に登攀したのは与兵衛ひとりだった。この山は、祖師日蓮が故郷の両親を偲んだと言われる霊山《れいざん》で、与兵衛としては単独でも登って、この上の御利益《りやく》を受けたかったのである。

ところが、それから先がいけなかった。

与兵衛は、下山の路《みち》を取違えたのである。なにしろ、たった一人だったのが災いして、欝蒼として昼なお暗い密林中で、彼は方向を踏み誤った。

前にも言う通り、七面山から奥の山の間には谷間がある。与兵衛は下《お》りても下りても、奥の院の裏山にさしかかる見覚えの坂に出て来なかった。彼が、全く逆の方向に出ている自分に気付いたときは、時すでに遅かった。

名にしおう身延の深山である。名も知れぬ野鳥が啼き、獣の唸り声が聞える。草は与兵衛の肩まで伸びていて、展望も利かない。そのうち、陽は傾きかけて来るし、さすがの彼も半泣きになった。勿体《もったい》ないが、お祖師様のとんだ御利益を恨みたい気持になってきた。

与兵衛は、それでも必死に里へ下る路を探した。こうなると、もう奥の院から本堂に戻るのは諦めて、せめて人里へ出る小径を見付けるよりほかになかった。

彼が盲目的に藪《やぶ》を分けていると、一つの谿間《たにま》に出た。元は水が流れていたらしく、円い石ころが自然の路のように下に向っていた。これを伝って下りれば、どこかの川に出るに違いない。川が見付かれば、集落も遠くあるまいと、彼はようやく生気を取戻して、歩きにくい石を難儀しながら伝わって下りはじめた。

与兵衛の話は、ここから肝心なところに触れる。

彼が涸れた谷川のあとを伝って降りると、想像したように下の方から水の流れる音が聞えた。が、川の正体は見えなかった。すぐ対《むか》いは削《そ》いだような絶壁で、その上に深い樹林がどこまでも続いている。樹層はまさに深山幽谷の形相をみせていた。川の音が聞えながら実体が見えないところをみると、与兵衛の辿《たど》りついた場所は、対い岸と同じような断崖の上になっているに違いなかった。

与兵衛はここで第二の難関に直面した。

深山の中だから、陽はすでに影に入って森の中から昏《く》れはじめた。与兵衛は万一の場合の野宿を覚悟したが、それよりも心配なのは食糧である。夜が明けても径が見当らず、人にも遭えないとなると、餓死のほかはない。彼は懸命に、南無妙法《なむみようほう》蓮華経《れんげきよう》、を大声で唱えた。

すると、そのお題目の効き目があったのか、下の方で藪を分けて上る音が聞えた。

与兵衛は、はじめそれが狼か山犬ではないかと色を失ったが、現われたのは樵人《きこり》のような風采をした男だった。

彼は、汚ない手拭いで頰被《ほおかぶ》りし、粗末な山着を被《き》ていたが、与兵衛の題目を唱える声を聞いて近付いて来たらしかった。

与兵衛は文字どおり地獄で仏に遭ったような気がした。彼はその男がお祖師様のお使いのような気がした。むろん、与兵衛は熊笹の上にへたばって自分の難儀をうったえた。

その男は、事情を聞いて里に出る安全な方向を教えてくれた。その通りに行けば自然に安全な場所に出るのだと言った。与兵衛は涙を出して礼を述べた。

このときになって、突然、与兵衛は対手《あいて》の男に見おぼえがあることに気付いた。

彼は声を上げた。

(もし、あなたさまは鈴木の旦那さまではありませんか)

与兵衛は対手が変わり果てているため、一時はためらったが、あまりに酷似しているので心を決めて訊ねたのである。

すると、男は汚ない頰被りの下から眼を据えて与兵衛を見た。

(うむ、お前は花屋の亭主か)

花屋というのは、与兵衛の稼業《かぎょう》の屋号である。対手がそういうのだから間違いはなかった。与兵衛は思わぬところに、意外な人物に出遭い、一時は狐に化かされたかと思ったくらいである。確めたあとで、呆然とした。

(先ほどからお前だとは知っていたが、そう気づいたからには仕方がねえ。いかにもおれは鈴木栄吾だ)

樵人は、与兵衛が両国で顔なじみの若い旗本だった。

鈴木栄吾は放蕩者で、両国界隈《かいわい》に頻りと遊びに来ていた。彼は岡場所に出入し、喧嘩はするし、博奕《ばくち》は打つで、暴れ者の不良侍だった。

(旦那さまがどうしてこんなところに?)

与兵衛は懐しさと不審とを交ぜて訊いた。

(うむ。お前も知っているとおり、おれも随分勝手なことをしたから、上役に睨まれてとうとう甲府押籠《おしこ》めよ。これも身から出た錆だから仕方がねえ)

栄吾は寂しそうに微笑《わら》った。

(しばらくお姿が見えませんでしたが、やっぱりそうでしたか)

与兵衛は迂闊《うかつ》に受け応《こた》えした。

旗本で手に負えない道楽者は、支配頭から甲府勝手というのを申し渡される。表面は甲府の城に在番するという名目だが、いわば島流し同様で、ほとんど生きて再び江戸に帰れる目当てはなかった。暗い一生を山奥で終るわけで、一種の懲罰《ちようばつ》であった。

与兵衛は鈴木栄吾の乱行を見て、いずれは「山流し」になるだろうと考えていたのだが、ここ半年ばかり彼の姿が見えなかった。ここで思わぬ奇遇となり、彼の口から甲府勤番と聞いて、やっぱりそうだったのかと合点したのだ。

だが、しゃれたみなりをして両国を遊んでいた鈴木栄吾が、こんな汚ない格好で、さながら熊同様な様子で山中を歩いているのを見ると、与兵衛の心にも哀憐が起きた。殊に、彼の身持ちはどうであろうと、現在の与兵衛にとっては、彼は救いの神、いや、仏であった。

それにしても奇妙なのは、鈴木栄吾の変った姿である。甲府勤番なら、もちろん、その身分にふさわしい身装《みなり》で城勤めしていなければならぬのだが、これは思いがけない風采だった。

(なに、これか)

与兵衛に訊かれて栄吾は笑った。

(鳥を撃ちに出たのだ。昨日と今日は非番でな。山流しとなると、江戸と違っての

ん気なものだよ）

栄吾は片手にさげた鉄砲を見せた。

しかし、その言葉の後、鈴木栄吾は与兵衛の手を握ると、俄かに口を与兵衛の耳に近付けたのである。

（亭主、おれがこんなところを歩いていたことなど、江戸に帰って他言するんじゃねえぞ）

栄吾は圧《お》し殺した声で言った。まだ捲き舌の癖の残っているその声にも力が入っていたし、与兵衛を見つめた彼の眼光はぎらぎらと光っていた。

与兵衛はその気魄《きはく》に圧されて、それを約束した。だから、与兵衛は無事に江戸に帰ってからも、身延の山中で栄吾に出遇ったことなど、誰にも言わなかった。

だが、与兵衛としては、そのままでは気の済まない話だった。あの時の命拾いの礼を、せめて江戸に残っている栄吾の家族にでも伝えたいと考えた。彼は、栄吾の父親が青山百人町に隠居していることを突き止めた。

与兵衛は、その礼に青山まで出向きたいと思っている矢先に、彼に思わぬ故障が起った。身延の奥山で遭難したことが祟《たた》り、しばらく足腰の立たぬ病気に取憑《とりつ》かれたのだ。

さて、ようやく病気が本復し、どうにか歩けるようになったので、早速、両国から町駕籠《まちかご》に乗って礼に伺ったのだと、彼は鈴木家の玄関先に出た若党の六助に以上長々と説明したのである。

それは御念の入ったこと、と若党の六助は与兵衛に会釈《えしやく》した。しかし、当の栄吾はすでに病死し、今は仏になって仏壇に納まっている、と彼が言うと、水茶屋の亭主与兵衛は、事の意外に仰天した。

彼の礼はにわかに悔《くや》みに改まったが、あれほど元気そうな栄吾が、自分の寝ている間に病死したとは夢にも思わなかった。人間の寿命は分らないものだ、と与兵衛は述懐した。自分があのとき身延から帰ってすぐに伺えば、せめて栄吾の元気な消息をご隠居さまに伝えることが出来たものを、と残念がった。

この辺から話が妙になった。与兵衛が江戸に帰ったのは、九月十六日である。

しかるに、栄吾の病死の公報があったのは、九月の三日である。その通告は、栄吾がほぼ二十日余り甲府の役宅で患ったあと、朔日《ついたち》に息を引取った、と記されてあったのだ。

(お前さまの日が間違っているのではないか?)

六助は与兵衛に訊いた。

（とんでもない。手前はちゃんと憶えております。身延さまに着いたのが九月八日で、二日間、参籠《さんろう》し、七面山にお詣りしたのが十一日です。栄吾さまにお目にかかったのはこの日ですから、間違いようはありません）

与兵衛は言い張った。

栄吾の病死は、甲府勤番の組頭の公式な書類で来ている。むろん、これは疑いようのない事実である。すると、栄吾が死んだという九月朔日から十日の後に、死んだはずの当人にこの与兵衛が出遇ったことになる。

面妖《めんよう》な話だった。

（たしかに、その人は栄吾さまに間違いないか）

六助は念を押したが、水茶屋の亭主は頑固に自信を主張した。

与兵衛によると、栄吾は両国でよく知っているし、事実、その山中でも会話を交したのだから、間違いようはない、と言うのだ。

（法華の信者のわたしが、御本山の近くで、その難儀を救って頂いたのです。一生、忘れようとしても忘れようがありません）

与兵衛は頑固だった。

六助は狐につままれたような気で与兵衛の言い分を聞いているうちに、対手が嘘を言っているとは思えなくなった。第一、こんな嘘をわざわざ言って来ても彼のためには何の利益にもならないのだ。

さりとて、公儀から通告された栄吾の死をも疑うことは出来ない。日附の間違いかと思ったが、与兵衛の言うことは、いちいち真実を述べているように思われる。しかし、栄吾は死ぬ前に二十日も役宅で患っているので、日附に多少の思い違いはあっても、身延の山中を歩いているわけがない。こう考えると六助には理由《わけ》が分らなくなった。

——という、以上の長い話を、三浦銀之助は六助から内緒に聞かされたのであった。

「うむ、奇妙な話だな」

銀之助は腕を組んだ。

仲のいい友達だった栄吾の葬式には、銀之助自身も参列している。九月朔日に病死したことは、その父親鈴木弥九郎からも聞いたことだ。

その栄吾の死亡後十日目に、生きた彼に出遇った証人が現われたのである。

「お前は鈴木のおじさんに、その通りのことを伝えたか？」

銀之助は六助に訊いた。栄吾と仲がよかったから、彼は栄吾の父親の弥九郎をおじさんと呼んでいた。

「へえ、それはもう、お帰りになって一番に申し上げました」

六助は答えた。

「それで、おじさんは何と言ったのだ？」

「それが旦那、不思議なことでございます。手前がそう大旦那さまに申し上げると、大旦那さまは、たわけたことを言うて来る奴があるものだ、と言って、お取上げになりませんでした」

「そりゃそうだろう。誰が考えても、公儀の死亡通知が来ているからな。しかし、その両国の水茶屋の亭主の言ったことも、一口に馬鹿な話だと片付けるわけにはいくまい。お前はくわしくそのことをおじさんに言ったか？」

「へえ。はじめは、そう言って大旦那さまはお取上げになりませんでしたので、手前はくわしく与兵衛さんという人の話を申し上げました。つまり、与兵衛さんの言うこともデタラメではないように思われます、と申し上げましたんで」

「ふむ。で、どうだった？」

「やっぱり同じでございます。馬鹿な話だ、と吐き出すようにおっしゃって、一向にお聞きなさろうとせず、揚句には、大そうご機嫌が悪うございました」

三浦銀之助に疑惑が湧いたのは、この時からである。彼にその疑問を起させるに足るだけの理由が他にもあった。

2

三浦銀之助が、深谷作之進の屋敷を市ケ谷の中根坂上に訪ねたのは、六助の話を聞いた翌日だった。

深谷作之進は三百二十石取の旗本で、鈴木栄吾の父鈴木弥九郎とは昵懇《じっこん》の間柄だった。作之進は弥九郎と話し合いの上、娘の幸江《ゆきえ》と栄吾とを許嫁《いいなずけ》者にしていたくらいである。

もっとも、この縁組みは、現在では破談となっている。栄吾の放蕩が作之進の耳に入り、憤慨して、彼から弥九郎に捻《ね》じ込んで、破棄を宣言したのだった。

(とてものことに、あれではモノにならぬ)

作之進は、栄吾のことを、その友達の銀之助に何度も腹立たしそうに洩らしたことである。

これには理由があった。幸江と栄吾とは互いに惹かれていた。この両人の気持は、銀之助などの栄吾の仲間にも知れていたから、作之進がそう断ったのである。

作之進は四十五歳だった。だが、一徹《いってつ》な人間というほどではない。かえって、その反対に、遊芸事も一通りは出来るという、当時の旗本の風習にも馴染《なじ》んでいる男だった。それが栄吾の気持の放埒《ほうらつ》に憤激したのだ。

(ま、若いうちは遊ぶもいい。だが、あれでは先が案じられる)

作之進は、そういって栄吾の行動に眉をしかめた。栄吾が向両国辺りの下卑た女と遊んだり、地廻《じまわ》りと喧嘩したり、中間《ちゆうげん》や折助《おりすけ》でも尻ごみしそうないかがわしい場所に出入りするのを腹に据えかねたのだ。

これには多分に、一人娘の幸江の将来を考える父親としての身贔屓《みびいき》があったのであろう。ふだんはものに鷹揚《おうよう》な人物だったが、利害が娘の一身に繋がるとなると、ことは別だった。

三浦銀之助が作之進を訪れると、彼は秋の陽射しの当る縁側に出て、刀に打粉《うちこ》を振っていた。

「来たか」

作之進は銀之助を迎えて、座を直った。庭には、鉢植の菊が並べられてある。おだやかな陽射しが、菊の白い花弁を鈍く照り返していた。隣屋敷からは咳《しわぶき》の声が澄んだ空気に伝わって来る。

「今日は妙な話をしに参りました」

銀之助は切り出した。

「何のことだね？」

「鈴木栄吾のことです」

作之進はあきらかに嫌な顔をした。

「どんな話か知らないが」

と彼は軽蔑しきった表情で言った。

「聞かないほうが、気分を悪くしなくていいようだ」

銀之助があとをいいかけたとき、襖が開いた。娘の幸江が入って来て、銀之助の前に茶を置いた。

「いらっしゃいませ」

「お邪魔をしています」

銀之助は、畳に指を揃えている幸江に会釈した。

細面《ほそおもて》だったが以前《まえ》より痩せているように見えた。以前は、この屋敷に栄吾とよく遊びにきて幸江と逢ったものである。その時の彼女は快活だったし、顔色も明るかった。今、眼を伏せている彼女の白い顔は、冷たい陽射しの影になっているように暗かった。

作之進は、苦虫をかんだような顔をしている。幸江は、父親の表情に気をかねたように、銀之助に急いでおじぎすると、退って行った。

隣に花を截《き》る鋏《はさみ》の音が聞こえた。

「栄吾の話、お気には召さぬと思いますが」

と銀之助は途切れた話のつづきにかえった。

「あまりに不思議なことを聞きましたのでお耳に入れます。まず、手前の言うことをお聞き取り願います」

作之進はむっつりとしている。不機嫌な表情に変りはなかった。作之進は、咽喉《のど》に絡んだ痰を切るように、二度ばかり咳入った。

「栄吾が、九月朔日《ついたち》に死んだことは公儀から通知のあったことです。可哀そうに、彼奴《あいつ》は甲府に山流しになった早々に病死したわけですが」

作之進の顔色は動かなかった。それがどうしたのだ、と今にも言い返したそうに庭へ眼をやっていた。菊の葉に黒い虫が一匹匐《は》い上がっている。

「ところが、その死亡したはずの栄吾に、その後、出遇った男がいるのです」

銀之助が言うと、作之進は急に眼を光らせた。銀之助はひそかに、自分の言葉の効果を対手の顔色に窺っていた。

「奇怪な話です。この話を持って来た人間は、気が狂ったのではなく、至極、まともな男です。その男の言うことによると、九月十一日に、栄吾と身延の裏山で対面したというのですが」

「折角だが」

作之進は途中でとめた。

「そのようなばかばかしい話は聞きとうはない。止してくれぬか」

「いや、手前も、実はそれを聞いたとき同じ考えを持ちました。けれども、聞いているうちに、まんざら嘘とも思えぬことを感じました。作之進どの。まず、手前の話を黙ってお聞き下さい。それから手前を含めて軽蔑なされても遅くはないと思います」

一切の話を銀之助から聞いたあと、深谷作之進は声を上げて笑った。

「変な話だ。いかにも近頃にない面妖《めんよう》なことを聞く」

それまで苦い顔付きで聞いていた作之進だったから、その言葉を銀之助は彼の素直な返事とは聞かなかった。笑い方も皮肉を含んだものなのだ。

「不思議な話です」

銀之助も一応は言葉を合わせた。

「しかし、作之進どの。それを話した男は、栄吾と一、二回程度の顔見知りというのではなく、間違えたとも思われませぬ。現に、栄吾とはそこで言葉をかわしているのですから、これほど確かなことはありませぬ。わざわざ、礼を言いに屋敷にきたくらいですから、嘘偽《いつわ》りを言っているとも思われませんが」

「その男は、おおかた身延の裏山に棲む狐にでもたぶらかされたのであろう。正気の沙汰ではない」

「尤もなことです。実は、その話を手前が六助から聞いたときも、でたらめなことをいふらす奴だと思いました。しかし、よく考えてみると、その男のいうことにも真実があるように思えます。栄吾は九月朔日《ついたち》に甲府で病死したと公儀では発表しています。その前、二十日も床に就いていた、とも聞かされています。死亡後十日も経った十一日に、身延の裏山でその男が出遇ったという話は、いかにも奇異ですが、その男のいうことにも嘘がないとなると、これはただ、どうしたことかと首を傾けたくなります」

「銀之助」

作之進は呼びかけて表情を改めた。怕《こわ》い眼付きになっていた。

「おぬしは、まさか、公儀の公表に疑いを挟んでいるのではあるまいな？」

「いや、決して」

銀之助は頭《かぶり》を振った。

「さようには考えていませぬ」

「それなら、何故《なぜ》、見え透いた、そのような偽りごとをわしに言って来る？」

「ご尤もですが、しかし、これには何か仔細があるかも知れぬと思いましたので」

「仔細とは？」

「さようにお問詰めなされても、しかとは返事は申し上げられませぬが。ただ何となく、気持が落着かぬのでございます」

「ふむ。落着かぬなら、わしが落着かせてやろう。以後、おぬしもさようなたわけごとに耳を藉《か》すでないぞ。分ったか」

「はあ」

「不服そうな顔をしているな。おぬしは栄吾をよく知っているというその人物のことを信用しているらしいが、わしはさような人間は信用しておらぬ」

この意味は、銀之助にすぐ分った。栄吾に遇ったという与兵衛は、向両国の水茶屋の亭主である。なるほど与兵衛が堕落《だらく》した世界で商売している人間だから、これは作之進に気に入るはずはなかった。

「汚ない商人《あきゆうど》が、金儲《もう》けの祈願に身延に詣り、銭儲けの願《がん》かけにのぼせて、おおかた、頭が狂ったのであろう。もういい、二度とそのような話をわしに言って来るな」

長い煙管《きせる》を取り上げ、癇性《かんしょう》に指先で莨《たばこ》を固めて詰めた。

「また栄吾については」

これは烟を吐いてから言った言葉である。

「わしのほうとは何の関係もない。わしは当人が死んだと聞いて、やれやれと思っていたところだ。もう、彼奴《あいつ》の名前をこの世で聞くことはないからな。銀之助、断った通り、その話で少々気分が悪うなったぞ」

帰ってくれ、という言葉だった。

それでも銀之助が黙っているので、さらに註釈を加えた。

「なるほど、確かに、以前には栄吾と娘の幸江とは許嫁者《いいなずけ》にしておいた。が、栄吾めの放埒《ほうらつ》で話は無いことになった。これは鈴木弥九郎も同意の上じゃ。わしは一時なりとも、栄吾のような男に娘との約束をさせたのが、一生の過ちだと悔んでいる。

幸いなことに、そこへ栄吾の死亡じゃ。正直、ただ今はほっとしている。なあ、銀之助。おぬしは栄吾と友達かも知れぬが、わしは彼奴《あいつ》の名前を、二度と聞きとうない。分ったか。分ったら、もう聞かせてくれるな」

作之進の頬は引き吊ったように硬くなっている。眼も銀之助を見ないで庭に向いていたが、瞳の揺れない、強い《きつ》凝視だった。

「それでは止むを得ませぬ」

銀之助は言った。

「ほかにもいろいろありますが、これ以上手前が申し上げても、お耳障りになるだけだと思います」

作之進は、はじめて光った眼を銀之助に戻した。

「そうしてくれ」

手を鳴らした。

「幸江、幸江。銀之助が帰ると申しておる」

玄関に中間《ちゅうげん》が膝を突いていたが、銀之助の後から幸江がひとりで大胆に見送りに出た。門までの両側に菊が咲いている。

銀之助は、幸江がついて来るものと信じていたので、遅れて聞えてくる下駄の音を足をゆるめて待った。

「栄吾のことで来たのです」

銀之助は、近寄ってきた幸江に言った。幸江は少し離れた位置に俯向いていた。

「栄吾は、九月朔日に甲府で死にました。これは公報があったから確かな話だと、われわれは信じています。ところが、今日、お父上に話したのは、九月十一日、栄吾に出遇ったという人物が出て来たのです」

はっとしたように幸江が顔を上げた。驚愕が、その澄んだ眼にいっぱい拡がっていた。あっ、といったように口を開き、声を呑んでいた。

「その話は、しかし、お父上はお取上げにならなかった」

幸江の眼は一旦伏せたが、質問したそうに、銀之助に向いた。

「お父上の気持は分るのです。栄吾を憎んでおられる。無理もないとわたしも思っています。甲府詰になるほど放埒をやった男ですから、われわれも呆れていたのです」

幸江の顔がまた俯向いた。

「しかし、妙なことがあります。栄吾は、そんな人間ではなかった。あれはわたしなどよりもずっとしっかりしていた。それが急に、あの放蕩です。わたしは栄吾の堕落が急だったことに、かねて、疑いを持っていたのです。これには何か理由《わけ》があるらしいということを」

銀之助がそこまで言った時、この家の若党がこちらに大股で来るのが見えた。作之進の命令で、幸江にすぐ家の中に戻るように伝えるのだと分った。

「失礼しました」

銀之助は大声で言った。

「しかし、わたしは」

これはそのすぐ後につけた小さい声だった。

「栄吾に出遇ったという男に会ってみます。その男の口からじかにわたしが話を聞き、ことによっては栄吾の死を詮議《せんぎ》せねばなりませぬ」

若党が幸江の後ろにうずくまった。

「公儀の発表にも間違いがないとは申せませぬからな。人間のすることです。これは、手落ちが絶対になかったとは言い切れませぬ。わたしは、これからそれを調べてみますよ」

銀之助の、幸江の耳に残した別れ際の言葉だった。

銀之助は、辻駕籠を雇った。

いくら駕籠でも、この辺から両国までとなると、かなりの道程《みちのり》だった。銀之助が目的地について駕籠を出た時、早い秋の陽が西に沈みかけていた。

両国はやはり混雑していた。広小路には、掛芝居、軽業、講釈、義太夫、落語などの小屋がけが並んでいた。その前に、そぞろ歩きの群が足を止めたり、肩を擦り合わせて歩いたりしていた。

長い両国橋を渡った東側が向両国《むこう》だった。

ここは西側の問屋筋よりは低級だったが、賑わいはかえって勝《まさ》っていた。見世物の掛小屋の間には、居合抜き、独楽《こま》廻し、講釈師、香具師などの大道商人が人の輪を集めていた。一方には、桜湯などを出す水茶屋が並び、店先には、白粉を厚く塗った女が通行人を呼び込んでいた。暗くなった店の中は、もう灯を入れている家もあった。

銀之助が歩くと、並び茶屋の女たちがしきりと彼を呼んだ。この辺の女たちは、みんな色気で客を釣っていた。折助、百姓、駕籠舁《か》き、馬方などといった連中が多かった。武士の姿はあまり見えなかった。

死んだという鈴木栄吾がこの辺で顔を売っていたのだから、その放埓ぶりはいまさらのように銀之助に想像できた。

銀之助は、花屋を眼で探して並び茶屋の前を歩いた。

「旦那さま、どうぞ、お寄りなさいましよ」

「ちょっと、若殿さま、お寄りなさいましよ」

「ちょいといい男だわね。浜村屋（人気俳優の瀬川菊之丞）に似てるじゃないか。

おやおや、そう色男ぶらないで、寄ったらどうだえ？」

通り過ぎる銀之助の耳に、女たちのいろいろな声が移った。

銀之助は花屋を探し当てるのに困って、通りかかった近所の者らしい男を捉えた。

「この辺に、花屋という家《うち》があるか？」

「へえ、花屋さん。ございますが」

「そこに行きたいが、教えてもらえぬか」

「へえ、花屋さんなら、すぐそこでございます。角に都屋という掛茶屋がございますが、それから三軒目になります」

「ありがとう」

銀之助が行きかかると、その男はあわてたように呼び止めた。

「もし、旦那、これから花屋さんにいらっしゃるので？」

「うむ。そこの主人に会いたいと思ってな」

「主人ですって？」

その男は、銀之助の顔を穴の開くほど、見つめた。

「旦那はご承知なかったんで？」

「何だ？」

「花屋の亭主は、気の毒に、殺されましたよ。今がその葬《とむれ》えの最中でして……」

3

花屋の前は、ひっそりと人だかりがしていた。

辺りは派手な掛茶屋が並んでいる。その中で、花屋だけは表戸を半分閉めていた。

銀之助は、門口の外に集まっている人垣の後ろから覗いた。

紋附を着た人間が家の奥にうろうろしていた。読経の声が外まで聞える。悔みに行く者が腰を屈《かが》めながら戸口を出入りしていた。

家の勝手口では、襷《たすき》がけの近所の女たちらしいのが忙しそうに立ち働いていた。線香の匂いが道路まで流れた。

外に立って眺めている連中は、声を呑んだような顔をしている。普通の葬式ではなく、仏は非業《ひごう》の死を遂げたのである。誰の顔にも痛ましそうな表情が出ていた。

銀之助のすぐ前でも、二人の女が小声で話し合っていた。

「与兵衛さんはいくつだったかえ？」

「たしか、寅だったと思うがね」

「あれほど信心が厚かった人が、どうしたことだろうね。この間、身延にお詣りして帰ったばかりじゃないか」

「信心もこうなると、あんまりアテにはならないね。選《よ》りに選って人手にかかって殺されるとは、仏さまも情が無さすぎるねえ」

銀之助は、与兵衛の最期を知りたかった。先ほど遇った男も、避けているのか、それともよく知らないのか、くわしくは言ってくれなかった。

――与兵衛が殺された。

呆気に取られたとはこのことである。鈴木栄吾に遇った唯一の証人が、来てみると殺害されている。銀之助にとっては、眼の前の道が急に断ち落されたような思いだった。

「ちょっと、ものをたずねるが」

銀之助は、前で話している女たちの横に立っている男に話しかけた。

「この家の亭主は、いつ、殺されたのだな？」

男は振返ったが、そこに若い武士《さむらい》を見て、戸惑ったような顔になった。

「へえ、昨夜《ゆうべ》のことでございます」

「昨夜？　いつごろだ？」

「なんでも、五つ（午後八時）を過ぎたころだそうです」

「誰に殺されたのか？」

「へえ、そいつがまだ分りませんので。今、町方《まちかた》で調べております」

その男は小さな声で教えた。

「どういう次第で殺されたのだろう？」

銀之助はしつこく訊いた。

「なんでも、御亭主が門口を出たところを、風のようにやって来た男が、いきなりぶっつかるように当ると、そのまま黙って向うへ行ったそうでございます。御亭主は声も揚げずに転んだそうですが、物音を聞いて駆けつけた傭人《やといにん》が抱き起したときは、もう血だらけになっていて、息がなかったそうでございます」

「ふむ。その下手人は、どのような風采だったか？」

「さあ、そこまでは手前には分りませんが」

「これから出棺するのか？」

「へえ。先ほど湯灌《ゆかん》をすませたばかりだそうです。暗くなってから、寺の墓地に棺を納めに行くそうでございます」

「亭主は何で殺されたのか、およその見当も付いておらぬのか？」

「へえ。ここの御亭主は、そりゃもう、法華《ほっけ》の熱心の信者でしてね。性質も仏さまのようないい人間で、他人に恨みを買うような人柄ではございませんでした。べつに物盗りでもなさそうで、さっぱり理由《わけ》が分からぬと、皆で申しております。それに、こんな商売はしておりますが、堅い人間で、色恋などの沙汰もなく、そのほうの心当りもございませせぬ。奇妙な話でございます」

「うむ」

銀之助がそこに釘《くぎ》づけになって、眼を花屋の門口に向けたまま動かないでいる時だった。

「ごめん下さいまし」

すぐ耳もとで、抑えた低い男の声がした。

「旦那さま。失礼でございますが」

銀之助は、はじめて自分のことだと気付き、眼を横に向けた。そこには、三十五、六ぐらいの町人が羽織を着て立っていた。

「わたしのことか?」

「へえ、ちょっと、旦那さまにお伺いしたいことがございまして」

柔和に微笑《わら》っているが、眼の鋭い男だった。

「ここでは、なんでございますので、ちょっと、そこまでお供しとうございます」

「あんたは?」

「てまえは、この両国に住んでいる常吉という者でございます」

「その常吉が、なんでわたしを呼ぶのだ?」

「へえ、てまえはお上《かみ》の御用を聞いておりますので……」

常吉という岡っ引は、銀之助にひどく丁寧だった。態度も世慣れたものである。ほかに話をする場所がないので、恐れ入りますが自身番《じしんばん》までお立ち寄り願いたい、というのだ。

岡っ引がそう頼むのは、多分、花屋の亭主のことに関係があると想像されたので、銀之助は承知した。この男から与兵衛の最期を逆に詳しく聞ける便利があったからである。

昏《く》れ残った空に火見櫓《ひのみやぐら》が黒く立っていた。その下の腰高障子の表口が自身番の小屋だった。

自身番は普通、番屋と呼ばれている。中に入ると、三、四人の若い者が将棋を指したり、見物したりしていた。彼らは常吉が入って来たのをみて、慌てて腰を屈めた。

「ちょいと、この隅を借りるぜ」

常吉は断って銀之助を招じ入れた。

番屋の中は畳のところと、板張りの広い場所とがあるが、板張りの真中には太い柱がある。科人《とがにん》を捕《とら》えたとき、一先ずここにくりつけるのだ。

「こんなところに旦那さまをお連れして申しわけございません」

常吉は銀之助に何度も頭を下げた。

士分は自身番には喚《よ》べないことになっていた。そのためには、辻番というものが各屋敷町毎にある。常吉が詫びたのは、銀之助が素直に町方の言う通りになってくれたことにだった。

「お見受けするところ、ご身分のある方のように考えますが、てまえはそれをお伺いするつもりはございません。どうか、ご立腹なさらないでてまえのお願いをお聞きとり下さいまし」

「何でもいい」

銀之助は微笑った。

「訊きたいことがあれば、知っていることは話してやろう。その代り、わたしからも、あんたに訊きたいことがある」

「それを承って安心いたしました」

　常吉は頭をいっそう丁寧に下げた。

「てまえの言葉が足りずに失礼なことを申し上げたら、おゆるしを願いとうございます。旦那さまは花屋の店先に立って、中を眺めていらしたようですね？」

「その通りだ」

「お武士《さむらい》さまがわざわざ立ち止って、掛茶屋の葬いをご覧なさるからには、よっぽどのことだと推量いたしました……」

　常吉は、急に黙った銀之助の顔をじっと見上げた。

「あの辺に立っている物見高けえ連中にお聞きになったか分りませんが、あの掛茶屋の亭主は、与兵衛という者でございます。どうしたことか、昨夜《ゆうべ》表へ出たとき、何者かに刺されまして、それっきりいけなくなりました。未だにその下手人が分らず、てまえどもは今、探索にかかっているところでございます。花屋の亭主というのは、根っからの法華の信心者で、人に恨まれるような筋合は持っておりませぬ。これはてまえどもで調べたことで、間違いはないと思っております。では、どういう理由《わけ》でその仏のような与兵衛が殺されたか、てまえどもには理由《わけ》が分らず、迷っているところでございます。そこへ、ふいと、てまえが旦那さまをお見かけ申したのでございます。失礼ながら、随分、ご熱心に外から眺めていらしたようで。……いえ、これからは先ほどお詫び申上げた段になりますが、あれくらい熱心にご覧なさるからには、こいつは理由《わけ》がおありになりそうだと、手前勝手な推量を致しましてね。いかがでございましょう、旦那さま。てまえどもは、迷うときは藁でも掴みたい気持でございます。もし、旦那さまが、与兵衛と何かのご因縁がございましたら、ひとつその次第をお聞かせ願いとう存じます」

「さすがに御用聞きだけに眼が高いな」

銀之助は怯《わるび》れずに言った。

「恐れ入ります。それでは旦那さまは？」

「うむ、少しばかり与兵衛という者に心当りがある」

「それでは、与兵衛をよくご存じだったので」

常吉の眼は、銀之助の顔を見まもるようにした。与兵衛は掛茶屋《かけぢゃや》の亭主だ。言わば、人に自慢できる商売ではない。その亭主と知り合いだとなると、この若い旗本もこの界隈を遊び歩いている道楽者の一人であろうか。これがその眼の色に自然と出た。

「いや、わたしは与兵衛には遇ったことはないよ」

銀之助は答えた。

「或る人から与兵衛のことを聞いたことがあるだけだ。そのことでわたしの事情で与兵衛に問いただしたいことがあったのだ。実は、それで彼を訪ねて来たところ、このような始末だ。思いがけない有様に、呆れて立っていたというわけだ」

「おや、さようでございますか。それで、旦那さまが与兵衛にお会いになりたいというご用件は？」

「折角だが」

途中で銀之助は話をことわった。

「それは申せぬ。少々、混《こ》み入った事情があってな。これはあんたとのいまの約束と違ったかもしれないが、どうも話して聞かせるわけには参らぬでな」

常吉という男は平気そうだった。

「さようでございましょうとも。いえ、むずかしい御事情をたってお訊ねしようとは存じませぬ。お話し下さらなければ、それでもいたし方がございませぬ」

「悪かったな」

銀之助は気の毒そうに対手にいった。

「あんたの役に立たなくて済まなかった」

「いや、滅相《めっそう》もない。旦那さまがこの番屋に来て下すっただけでも有難いことでございました。さようでございますか。旦那さまは与兵衛とは直接《じか》にご存じなかったわけで」

「その通りだ」

「それならけっこうでございます。どうぞ、てまえがそこまでご案内いたしますから、お引取り下さいまして」

「常吉と申したな」

「へえ」

「今度はあんたの話を聞きたいものだ」

常吉は顔をあげた。

「とおっしゃいますと」

「与兵衛がどのような経緯《いきさつ》で殺されたか、また下手人らしい疑いの者も分っていないか、その辺を教えて欲しい。いや、わたしからは何も話せなかったのに、それを訊くのは、少し道理に合わぬようだが、これは、わたしの頼みだ」

「…………」

「今も言った通り、わたしは与兵衛に或る用事で会いに来たのだ。ところが、当人がこの始末だ。あまりのことに、これは黙って帰る気がしないのでね」

「ごもっともでございます」

常吉はおとなしかった。

「てまえのお願いした通りに此処までおいで頂いたので、そりゃもう、てまえのお話していい分は申し上げます。与兵衛が殺されたとき、近くで見ていた傭女《やといおんな》の話でございますが、もの蔭からぱっと飛び出した野郎が、与兵衛の身体に突き当るようにして逃げたそうでございます。いや、もう、その素早いことは、あっという間もないくらいで、そのあと、傭女の喚《わめ》きで、仆《たお》れた与兵衛を皆で抱き起したときは、もう、息が無かったそうでございます。てまえの考えでは、どうも、その野郎が与兵衛の出て来るところを狙《ねら》って、前からもの蔭にしゃがんでいたように思います」

「狙っていたとな」

「へい、さようにしか考えられませぬ。家の中に居た与兵衛が表に出た時に、その始末でございます。こりゃもう、狙った野郎のはじめからのたくらみでございます」

「ふむ。それで、どちらへ逃げたのだ？」

「へえ、柳橋のほうへ一目散に走ったそうでございます。見ていた者もあわをくらって、風体もよく見届けなかったそうで。ただ、頬被りをして、尻端折《しりはしょ》りをしていたということだけは申し立てております。悪いことに、この辺はそういう風体の連中が多うございまして」

「それから先の見当はつかぬか？」

銀之助はその話に熱心になった。

「へえ」

ここで常吉はふいとあとの言葉を渋った。彼はしばらく銀之助の顔を見上げていたが、やっと決心したように言った。

「旦那だから申し上げましょう。これは探索《たんさく》中のことでございますから、どうぞ、そのおつもりでお聞き願いとうございます」

「誰にも洩らさぬ」

「どうぞ、そうお願いいたします。その野郎とおぼしき男は、その後、駒形《こまがた》よりの河岸の船宿から猪牙《ちょき》を雇って、大川へ出ております」

「それまで判っているのか？」

銀之助は顔色を動かした。

「それなら、あとの追及はわけはあるまい？」

「てまえもさように思っておりましたが、さて、なかなか、あとがはかどりませぬ」

「なぜだね、そこまで判っているのだろう？」

「へえ」

今度は、常吉の表情までがあいまいになった。

「実を申しますと、それから先が、ただいまのところ手がかりがございませんで」

「それはおかしいな。猪牙《ちょき》を雇って川へ出た船宿にでも聞けば、そいつの行先が判るはずだろうにな」

「おっしゃるとおりでございます。ところが、そいつがどうしてもつきとめられませんので」

「船宿でかくしているのか？」

「旦那さま。それから先のことは、ちょっと、御用の筋の上から申し上げかねます」

常吉ははっきりいった。

「ただ、てまえがここまで申し上げたのは、旦那さまが与兵衛と関《かかわ》り合いがあるように思いましたので打明けたのでございます」

「…………」

「旦那さま。御気分を悪くなすっては困ります。じつのところ、その下手人の男の行先も、はっきりしているような、していないような、むずかしいところになっております。てまえは、その男の行方ももとよりですが、人のいい与兵衛が何故殺されたか知りたいのでございます。ついては、どうやら事情をご存じの御様子の旦那さまから、手がかりにもと伺いたかったのでございます」

「……知らぬな」

「それでは、もし、あとでお思い出しになられたら、てまえの所までお使いを頂きとうございます。この番屋にお聞き下さると、てまえの巣はすぐに判ることでございます」

4

銀之助の姿は、夕暮の中を遠去《とおざ》かってゆく。この辺りに出ていた掛小屋も、大道商人も、店を仕舞いはじめていた。人も少なくなり、地面に植木屋の商売物の菊の葉や花びらなどが散っていた。

「亀」

常吉は、手先の亀五郎を呼んだ。

亀五郎は、女房に小間物屋をやらせて、自分は常吉の子分になっていた。手先というのは、岡っ引から小遣《こづかい》をもらっているので、べつに町奉行所とは係わりはなかった。亀五郎は二十七で、常吉の手先としては古い顔のほうだった。

「おめえも、番屋で、始終を聞いただろう」

「へえ。親分、あの武士《さむらい》は、何か知っていますね?」

「うむ、おめえもそう踏んだか?」

「ありゃ何か隠していますぜ。あの風采じゃ、まんざら、傘張りの御家人とも思えませんね」

「相当な身分だ。おめえ、あの武士の後を尾《つ》けて、屋敷を突き止めて来てくれ」

「合点です」

亀五郎は、懐ろから手拭を出すと、頬被りをし、職人のような恰好で銀之助の後を大股で追いはじめた。

昏《く》れ残った空には、まだ朱の色がさめきれずに、赤く染まった雲を背景に烏が鳴きながら飛んでいた。

番屋にも蠟燭が灯《とも》っていた。

常吉がそこに戻ると、別の子分が彼を待っていた。

「おう、庄太じゃねえか」

女房に髪結をやらせていて、名前は庄太という、やはり彼の手先だった。庄太は好きな道で、常吉の手先になっていた。僅かな小遣を貰ってやる仕事だから、好きでないとこの道はつとまらないのである。

「親分。今の武士《さむらい》は何ですかえ?」

庄太はきいた。

「うむ、花屋の門《かど》に立って内を窺《うかが》っていたから、殺された亭主と何か因縁《いんねん》があるにちげえねえと思って、此処でものを訊いてみたのだ。おめえ、覗いていたのか？」

「なに、お前さんと二人で此処を出かけるのを、ちらりと見ましたよ。で、話はどうでした？」

常吉は頭を振った。

「何か曰《いわ》くはありそうだが、何も話してはくれなかった」

「身分のありそうな武士《さむらい》ですね」

「あれは旗本だ。三百石以上と思っているが、今、亀に尾《つ》けさしている」

「そうですか」

「どうしたのだ？」

常吉は、庄太の顔色を見た。

「へえ、あっしは先ほど此処に戻ったんですがね。この番屋の前で、妙な女が、中を覗き見するような恰好でうろうろしていましたよ」

「何だ、そいつは？」

「顔を隠すようにしておりましたが、あっしはその女を知っております。そいつは、桔梗《ききょう》屋のお蔦《つた》っていう女です」

「女のことにかけちゃ、おめえはくわしいな」

「冗談じゃありませんぜ。桔梗屋のお蔦といったら、近ごろ人気の出た女です」

桜湯などを売ってはいるが、掛茶屋では、それぞれ、渋皮のむけた女を看板にして客を呼んでいた。なかには、それが浮世絵師の手になって売り出されたりした。

「そのお蔦が、なんで番屋の前をうろうろしたのかな？」

「どうやら、親分と、あの武士《さむらい》との話を、立ち聞きしようとしていたようです。あっしの姿に気づいたもんですから、大急ぎで逃げてゆきましたよ」

「すると、あの若い武士に係わり合いがあるのかな？」

「いいえ、そうではないでしょう。あっしは今、ちらと見ましたが、あの武士は、この界隈に見かけねえ顔です。水茶屋の女と馴染むくらいなら、相当、この辺に遊びに来る顔でなければならねえ。あっしが知らねえくらいだから、この辺で遊んでる武士ではありませんね」

「なるほど、おめえは地廻りだったたな」

常吉は笑った。

「あれは、親分、同じ馴染みでも、ほかの武士といい仲でしたよ」

「名前《なめえ》は分ってるのか？」

「へえ、鈴木栄吾という二百五十石の旗本です」

「ふむ。すると、その鈴木栄吾という旗本と今の武士《さむらい》とは、友達かな？」

常吉は、考えるような眼付きをしていたが、

「まあ、いいや」

と彼は気を変えたように言った。

「曰くがあるなら、そのうち詮議《せんぎ》しよう。ところで、おめえの受持ちのところはどうだった？」

「へえ、きょうは一日中、寺島から小梅の方を歩き回って来ましたよ」

「道理で、おめえの脛《すね》が埃《ほこり》だらけだ。ご苦労だったな。何とか恰好がついたかえ」

「まあ、聞いておくんなさい」

庄太は多少得意気だった。

「駒形よりの河岸から船に乗って出た、と言うんで、向島辺りを昨日から捜し回っていたんですが、どうにかそれらしい目星の男を聞き込んで参りましたよ。いや、もう脚が棒になって腿まで腫れました」

「おめえの腿は、今晩、ゆっくり女房に揉んでもらうとして、早《はえ》こと先を聞こうじゃねえか」

「昨夜は三囲《みめぐり》さまから木母寺《もくぼじ》の辺りまでほっつき回って、何も獲物《えもの》はなかったたん

で、きょうは河岸《かし》を変えて小梅の方を洗いました。すると、常泉寺の前に小店を出している婆アから、耳よりなことを聴きました。昨日の晩の五つ半ごろ（午後九時）堀割に船を入れて、そして降りた男を見たそうで」

「堀割だと？」

常吉は、その辺の地形を思い出すような顔になった。

「あれは、水戸さまの船倉《ふなぐら》から入《へ》えったところだな？」

「そうです、そうです。大川からその堀割に二町ほど入ったところに、その常泉寺があります」

「よし、判った。その先を言え」

「婆アの話によると、何でもその男は船頭とこそこそ話していたが、陸《おか》に上ると、すたすたと小梅の方角に歩いて行ったといいます。風采も背の恰好も、花屋の傭女が見た下手人そっくりです」

「五つ半だというと、時刻も合うな」

「そいつに違えありません。それを見た婆アも、ちょうど親類の婚礼から帰るところで、今どき妙なところに船をつけると思って気を付けて見ていたそうです。すると、頬被りをしたその男は、顔を振るようにして急いで歩いて行ったそうですよ」

「船頭と何か話をしなかったのかえ？」

「あっしもそれを訊きましたが、話し声は聞こえねえが、何やら、船頭に手渡していたそうです。船頭はぺこぺこと頭を下げていたそうですよ」

「それだな」

常吉は合点合点をした。

「船宿でもいいかげんなことをいっているのは、決まりの船賃のほか、大ぶん握らされたに違えねえ」

「その宿は千石屋といいましたね、ふてえ野郎だ、ちっとばかり威《おど》かしてやりましょうか」

庄太は口惜しそうに言った。

「まあ、いい。今それをやってもはじまらねえ。そのうち、口の開《あ》かねえような証拠がとれたら、泥を吐かしてやろう。それで庄太、それから先のことはどうした？」

「へえ、あっしもそれを聞きましてね。そいつが歩いて行ったという方角に足を向けましたよ。きょろきょろとして歩くと拙《まず》いと思って、あの辺の植木屋を冷やかすような恰好で行きましたよ」

った「おめえの面《つら》じゃ、植木屋を冷やかすほどの身分には見えねえ。鉢植の一つでも買ったか？」

「とんでもねえ。そんな金があれば、竹屋の渡しで船を待つ間、地酒の一っぱいでもひっかけて来まさアね」

「そういう心掛けだから、おめえは仕事の仕上げに暇がいる。要らねえものでも、小ぶりの松でも一本買ってみろ。植木屋も自然と口がゆるまアな」

「こいつは、大きにそうでしたね」

「それみろ、何にも取れなかったろう」

庄太は頭に手をやった。

「おっしゃるとおりです。明日《あした》、二十文でも握って出直しましょうか」

「まあ、いい。おめえの話の続きを聞こうじゃねえか」

「へえ。あの辺を歩いて似たような男のその後の消息はねえかと、心掛けましたがね。なにしろ、大店《だな》の寮が田圃の中にぽつぽつとあるだけで、ものを訊こうにも、まるっきり人が歩いてねえ。二、三の百姓家に寄りましたが、何処にも手がかりがありませんでした。そのうち日暮れにかかったので、諦めて引き揚げて来ました」

「常泉寺の堀から船で上ったところをつきとめたのは今日の大出来だ」

常吉はほめた。

「明日おれと小梅の方をほっつき歩いてみるか?」

「へえ、お供いたします」

庄太は勇み立った。

「親分、ところで、桔梗屋のお蔦の方はどうしますかえ?」

「そういっぺんには手が回らねえ。そのうち、ほじくってみよう」

その晩、常吉が女房のお菊を対手に晩酌をやっていると、亀五郎が顔を出した。

「亀か」

常吉は顎をしゃくった。

「ご苦労だったな。まあ、こっちへへえれ」

お菊が常吉の向かい側に座蒲団を敷いた。

亀五郎は、貰った猪口《ちよこ》で二、三ばい咽喉《のど》を潤した。

「親分、あの武士《さむらい》の戻り先を突き止めましたよ。途中から駕籠に乗って走られたので、市ケ谷まで駆けるには汗をかきました」

「市ケ谷はどこだ?」

「中根坂です。親分の睨んだ通り、あの武士は、三浦銀之助といって、三百五十石取で徒士《かち》組の旗本です」

「三浦銀之助というのか」

常吉は、唇から盃を放した。

「おめえのことだ、近所で評判を訊いただろうな？」

「夜ですから、誰も外に出ていねえので苦労しましたが、夜鷹でも買いに行くらしい折助を捕まえて、やっと訊き出しました。三浦銀之助は評判のいい人で、親父さんは去年亡くなったそうです。すぐに届を出して、今では、弟とおふくろと三人暮しだそうです。弟はまだ十五で、二、三年前に素読吟味《そどくぎんみ》が済んで、来年の元服を待ってるばかりだそうです。三百五十石取ですから、若党、中間などの傭人もあって、裕福な暮しだそうですよ」

「銀之助というあの武士《さむらい》の素行はどうだ？」

「それが、滅法に評判がいいのです。武術は立つし、温和《おとな》しくはある。とても向両国へ足を踏み入れるような人柄ではないそうです」

「ふむ」

常吉はうなずいた。彼は番屋で対面した銀之助のことを考えて、その聞込みの人柄を納得した。

「その素行の立派な銀之助が、何で水茶屋の亭主と関《かかわ》り合いがあったのかな？」

常吉は頭をひねった。

「さあ、そこまでは分りません。今夜は今聞いたことだけで一っぱいでした」

「それだけでも大きに足しになる。もう引き上げてくれ」

常吉は、お菊に眼顔で知らせ、いくらかの小遣を亀五郎に与えた。

「親分、明日《あした》はどうします？」

「そうだな、明日《あした》は朝から、庄太と一緒に小梅のほうに行くことになっている。用があるかもしれねえから、八つ（午後二時）ごろにはここに面《つら》を見せてくれ」

「ようがす」

亀五郎は帰って行った。

常吉は、それから考えた。亀五郎の報告は、多分、真実であろう。常吉が銀之助から得た印象も、その報告を裏切らなかった。

だが、その銀之助が、何故、花屋の亭主与兵衛に興味を持っているのか。番屋で訊いたときは、その理由を銀之助は明かさなかった。のみならず、かえって彼から与兵衛を殺した下手人のことを熱心に反問された。そのことでも、銀之助が与兵衛にとくべつな関心があることは読み取れるのだ。

三百五十石取の旗本が、市ケ谷からわざわざ向両国くんだりまで来て、水茶屋の亭主を訪ねる、これには何か深い仔細がある、と常吉は想像した。しかし、彼にはその見当がつかなかった。

——与兵衛が家から出て来たところを、隠れてでもいたように飛び出して刺し殺し、船を雇って大川へ出た男は、小梅の近くで上陸したという。それに、銀之助を番屋に呼び込んだときにも、桔梗屋のお蔦という水茶屋の女が、中の様子を知りたそうに外をうろついていたことも勘定に入れなければならなかった。

銀之助と与兵衛、さらに水茶屋の女——この三人がどう絡み合うのか、常吉にはさっぱりわからなかった。

5

あくる朝、常吉が家で庄太の来るのを待っていると、彼よりも先に顔を出したのは留造だった。

留造も常吉に付いている手先の一人で、彼は今戸の方で湯屋をやっていた。

「親分、お早ようございます」

留造は如才なく挨拶した。

「おう、湯屋留か。いいところに面《つら》を出した。おめえに、ちょっと、頼みてえことがある。その前に、おめえの用事があれば、聞こうじゃねえか」

「べつに用事はありません。向両国で水茶屋の亭主が殺されたと聞いて、何か用事はねえかと、面を出したんです」

「うむ。もう、おめえのほうにも話がまわったか。頼みてえのは、そのことだ。これは、昨日《きのう》、庄太が来て話したから、庄太の領分だが、あいつはおれと、これからほかに用事がある。そのほうを済ませてからでは、ちっと遅くなるので、おめえに頼みてえ」

「何ですかえ？」

「おめえ、桔梗屋のお蔦というのを知ってるか？」

「へえ、水茶屋の女でしょう。知っています。評判の女ですよ。小股の切れ上がった、佳い女っぷりですよ」

「やっぱり、おめえも知ってたな」

常吉は笑った。

「そのお蔦に、ちょっと当ってもらいてえ」

「お蔦がどうかしましたかえ？」

「うむ。まだそこまでは分らねえが、庄太の話によると、お蔦には、二百五十石取の旗本で、鈴木栄吾という情人《いろ》があったそうだ」

「やっぱり庄太はくわしい。あっしは、そこまでは知りません」

「その鈴木栄吾というのについて調べてくれ」

「ようがす。すぐやります」

「待ってくれ」

常吉は考え直したように言った。

「お蔦にすぐ当ると、ちょっと拙《まず》くなるかしれねえな。彼女《あれ》に分らねえように、周りから調べ上げてくれ」

「分りました」

湯屋の留造は請け合って帰った。すると彼と入れ違いに、庄太が入って来た。

「親分、もう支度は出来ましたかえ？」

「うむ。これから始めるところだ。おめえの来るちょっと前に、湯屋が来たよ」

「へえ、留造が来ましたかえ？」

「うむ。おめえに頼もうと思った筋があったが、留が面《つら》を出したので、つい、思いついて、そっちへ回した。実は、桔梗屋のお蔦のことだ。おめえから聞いた話では、お蔦の情人《いろ》は、鈴木栄吾という旗本だそうだな。そいつのことを、ちっとばかり洗わせることにした」

「すると、きのう、番屋に呼んだ、あの旗本との係り合いがありますかえ？」

「おれにはまだよく見当が付かねえ。そのうち、八方に手がかりをつけてると、なんとか埒《らち》があくだろう」

常吉は支度をした。

二人は、柳橋から蔵前のほうへ脚《あし》を向けた。

「親分、こないだの船宿を、ちっとばかり威《おど》かしてやりましょうか？」

「うむ。今やっても無駄だろう。それよりも、今日はおとなしく、あそこから船を出させよう」

常吉は「千石屋」と書いてある船宿に入った。

「親分、いらっしゃいまし」

四十ばかりのおかみが愛想《あいそ》笑いをしながら出て来た。

「きのうは厄介をかけたな」

常吉は調べのことを言った。

「いいえ、どういたしまして。お役に立ちませんで」

おかみは鉄漿《おはぐろ》の黒い口を開けて、精一杯に笑ったが、少し間《ま》が悪そうだった。

「船は空《あ》いてるかえ？」

「はい。どちらまで？」

「小梅のほうまで行ってみてえ」

心なしか、おかみの顔色がちょっと変ったようだった。

「仙吉、仙吉は居るかえ？」

おかみは若い者の溜《たま》りのほうへ手を叩いた。

出て来たのは、背の高い、痩せぎすの、二十二、三の船頭だった。

「おまえ、親分のお供をして小梅のほうへ行っておくれな」

「へい」

常吉と庄太とが小船に入ると、船頭は棹を取った。おかみが愛想《あいそ》に舳《へさき》をついと押す。

「行ってらっしゃいまし」

船が大川の中心に出ると、船頭は手の棹を櫓に替えた。

常吉は煙草を喫いながら、船頭の漕ぐのを無心に見ていた。やがて、東のほうに普賢寺《ふげんじ》の屋根が見え、西には材木町の家並がゆっくりと移動した。

「おい、仙さん」

常吉は船頭に声を掛けた。

「おめえ、仙吉さんというのだろう？」

「へえ、さようで」

船頭は櫓の手をちょいと止めて、常吉に軽く頭を下げた。

「今日は、三蔵さんはどうしたかえ。さっき見えねえようだったが、客でも送って出たのかえ？」

「へえ……」

若い船頭は、返事を渋った。

「三蔵さんが居たら、ちょいと訊きてえことがある。そう思って見たのだが、姿が見えねえので黙っていたが、今日はどうかしたのかえ？」

「へえ、三蔵は腹を痛めて休んでおります」

「おやおや、そうかえ。そいつはいけねえな。千振《せんぶり》の三杯も飲んで寝たか……一体、いつからだえ？」

「へえ……昨夜からでございます」

「どこに寝ているのだ?」

「へえ……船宿の二階に寝ておりやす」

「おお、そうかえ。道理で見えねえと思った」

常吉は、また元通りの知らぬ顔になって煙管《きせる》をくわえていた。船はやがて吾妻橋《あずまばし》の橋桁《はしげた》の間をくぐり、浅草寺の大屋根が見えるところで、西の方へ片寄った。水戸家の船蔵のなまこ塀が、水の上に白い格子縞の模様を揺れさせている。

船頭は櫓を措《お》き、棹に替えて、堀割のなかをついと入って行く。しばらく水戸家の永い塀に沿って行くと、常泉寺の下に着いた。

「おっと、ここでいいよ」

常吉は制《と》めた。

「こいつは、おめえの駄賃だ」

常吉は船頭に幾らか握らせた。仙吉は鉢巻をとってお辞儀をした。

二人が陸《おか》に上ると、彼は舟を操りながらもとの方へ去って行く。

「親分は、さすがに目が高《たけ》え」

今まで黙っていた庄太が言った。

「三蔵の居ねえのに眼を着けたのは、さすがです」

三蔵というのは、あの晩、花屋の亭主を刺して逃げたらしい男を、この常泉寺の下まで送ったという船頭である。

「腹が痛んで寝ているというのは、本当でしょうか？」

「嘘だろうな」

常吉は嗤《わら》った。

「今の仙吉という船頭も、返事を渋ってたじゃねえか。今ごろは、どこかで遊んで、いい目を見てるかもしれねえ。なにしろ、相当な銭《ぜに》をもらったにちげえねえからな」

「船宿のおかみが妙に隠してるのは、やっぱり心づけを取ってるからですかえ？」

「うむ。いくらか貰ってるかもしれねえな。だが、正直に口を開《あ》かねえのは、後難を恐れてるからだ。詮議の男を船に乗せたというだけで、かかわり合いをおそれているのだ。だから、船頭が気儘《きまま》をしても叱らないのだ」

「その三蔵という野郎を、思い切りひっぱたいてやりましょうか？」

「まあ、待て。急《あせ》っても、かえって仕損じる。それよりも、庄太。おめえがきのう婆さんに聞いたというのは、この辺かい？」

「そうです。この道を真直ぐ、小梅のほうに行ったそうで」

二人は、常泉寺の前を通り過ぎて、東のほうへ向った。門前町が切れると、すぐに別の堀割があり、それに架った小橋を渡ると、そこが小梅村だった。その辺一帯は田圃だが、曲りくねった道の両側には、杉の垣根を回した風雅な家が並んでいた。この辺はいわゆる保養地で、富裕な商家が寮をこしらえていた。また、この辺りから寺島のほうにかけて、植木屋が多い。

植木屋は、広い地所にさまざまな商売用の木を植えて、ちょっとした森のようになっていた。道路からは、別段、垣根もないので、眺めて歩く分には、結構、眼に楽しめる。

植木屋は、どこもそうだが、庭ばかり広くて、母屋は木立の奥に引っ込んでいた。常吉が通りかかると、そこで鋏の音を立てている老人を見かけた。常吉は、真赤に紅葉している楓の木の間を抜けて、声をかけた。

「おじさん、精が出るね」

植木屋の老人は振向いた。常吉を客と思ったらしく、鉢巻を取った。

「いい天気でございます」

「いい天気だ。町中からこの辺に来ると、気が晴れ晴れするよ」

「どなたも、そうおっしゃいます。まあ、ゆっくり、木でも眺めて帰って下さい」

「折角、この辺まで来たついでだ、猫の額みてえに狭い庭だが、何か土産《みやげ》代りに、一鉢貰って帰《けえ》りたいと思ってね」

「ありがとうございます。小さな木なら、あちらにございますが」

老人は鋏を腰の帯に挟んで、常吉を別のほうへ案内した。

常吉は、そこで躑躅《つつじ》の一株を適当に買った。

「おじさん。この辺も、随分、寮が出来たね？」

常吉は、銭を払った後で、世間話のように訊いた。

「さようでございます。随分、ここんところ増《ふ》えました。商家ばかりでなく、吉原のほうの大店《おおだな》が、遊女の出養生《でようじょう》にも寮を建てております」

「そいつぁ、豪気《ごうき》だ。すると、この辺にも、物騒な若い者がうろつかないかえ？」

「いいえ、そんな者は滅多におりません。この辺は、以前《まえ》から静かな所でございまして」

「そうだろうな。けれど、こう洒落《しゃれ》た家が増《ふ》えては、いまに物騒にならねえともかぎらねえ。近ごろ、妙な風体の若い男がうろうろしてるのを見かけないかえ？」

「いいえ、そんな者は見かけませんが」

おやじはしばらく考えていたが、

「そうおっしゃると、一年ばかり前に、すぐ先で、山根さまのお屋敷が建ちました。その時、大工や左官の若え者が多勢集っていて、ふざけたことがあります」

「山根さま？」

常吉は首を傾《かし》げると、

「甲府勤番御支配でございます」

「ああ、そうか。それでは大身《たいしん》のお旗本だ。甲府勤番御支配の山根さまが、また何でこんな所にお屋敷をお建てになったのだえ？」

「いいえ、お屋敷と言いましても、こういう場所でございますから、ほんの保養先といったところでございましょう。けれども、この辺では、一番立派なお屋敷になっております。」ときどき、奥さまやお子さまがお見えのようで……」

「なるほど、殿さまは甲府詰だからな。すると、いつもは寮番が居るのかえ？」

「へえ、寮番と言いましても商家と違いまして、爺《じじい》や婆《ばばあ》じゃございません。御家来衆が固めていらっしゃいますようで」

常吉があまり根掘り葉掘り訊くので、植木屋の老人は少し妙な顔をしてきた。この辺が潮時《しおどき》だと、常吉はその質問を切り上げた。

「大きにお邪魔したな」

「悪いが、おれたちはもう少しその辺をぶらついて来る。荷物になるから、帰りに貰って行く。それまで預けておくよ」

「へえ、かしこまりました」

二人は、それからぶらぶらと歩いた。老人の言う通り、どの家も瀟洒《しようしや》な構えである。こういう場所は根岸に多いが、この辺もそれに負けずに発展しているようだった。常吉たちが歩いていると、杉囲いの中から三味線の音締《ねじめ》などが聞こえたりした。常吉は、老人から聞いた吉原の大店の寮のあることを思い出した。

「親分、随分、乙《おつ》な所ですね」

庄太が歩きながら、辺りを見まわすようにして言った。

しばらくすると、その杉垣がいかめしい土塀に変った。その塀は長かった。塀の上には手入れの届いた庭木が一っぱいに茂って覗いていた。

「此処だな」

常吉が脚をゆるめると、庄太もそれに倣《なら》った。

「随分、立派な屋敷ですね。これが植木屋のおやじの言った、甲府勤番御支配のお屋敷ですかえ？」

「あれ、旦那、この躑躅《つつじ》を？」

「そうらしい。大きいが、今までの粋《いき》な構えと違って、野暮ったいものを造ったものだ」

二人は批評しながら歩いた。やがて、塀が門に変った。無論、扉は閉っている。そして、扉の木目も、新しかった。その前に、一人の屈強そうな中間《ちゅうげん》が帚《ほうき》で掃いていたが、常吉たちが通りかかると、かれは手を止めて胡散《うさん》臭そうに二人の方を眺めた。

常吉は何と思ったか、中間の前へ進み出ると、叮嚀にお辞儀をした。

「ちょっと、お訊ねします」

「何だ？」

中間はじろりと、常吉と、その後ろに従っている庄太とを見た。筋骨の逞しい男だった。

「てまえは、この辺へ四、五年ぶりに参りましたが」

と常吉は言った。

「このような所に、こんな立派なお屋敷が建っていようとは、夢にも存じませんでした。一体、いつごろ、このお屋敷は建ちましたんで？」

「何だ、おまえは？」

中間は横柄《おうへい》だった。鋭い眼をじっと、常吉の上に浴びせていた。

「へえ、てまえは高輪のほうから参りましたので。遠い所でございますから、滅多にこちらには参りません。今日、用達《ようたし》があって、葛飾《かつしか》の親戚のほうに参り、そこからこちらへ回ったのでございます。すると、こういうお屋敷が出来ておりましたので、びっくりいたしました。実は、てまえもこの辺に寮を造りたいと思っておりますが、それで、ちょっとお訊ねしたような次第で」

「この屋敷はな」

と中間は不承不承に教えた。

「一年前に出来たのだ」

「一年前?」

常吉は合点が行ったようにうなずいた。

「道理で立派なものでございますな。いや、どうも、大きにお邪魔さまでした」

常吉はおじぎをすると、その中間から離れた。二人はしばらく黙ったまま、それからの長い塀に沿って歩いた。

「親分、あの中間は、こちらのほうをまだ見ていますぜ」

庄太は後ろを振向かないで、背中にそれを感じたらしかった。

「知っている。おい、庄太」

「へえ」

「今の中間の言葉を聞いたか。あれは甲州訛《なまり》だ……」

6

常吉と庄太とが家に戻った時は、八つ（午後二時）を半刻《とき》過ぎていた。家には亀五郎と留造とが待っていた。

「親分、お帰んなさい」

二人は頭を揃えて下げた。

「亀。待たせたな。ちょいと待ってくれ」

「へえ」

常吉は留造のほうを向いた。

「留。おまえの聞込みはどうだった？」

「へえ、当ってみましたが、親分の言う通り、桔梗屋のお蔦には、鈴木栄吾さまという客が付いていました」

「近ごろ、その武士《さむらい》は来ているか？」

「それが、ここ半年ばかり来ねえそうで。だんだん聞いてみると、鈴木栄吾さまというのは、半年めえに甲府勤番になったそうです」

「甲府流しか。それじゃ、よっぽど暴れたにちげえねえ。それじゃあ、その男は向両国《むこう》に姿を見せようにも見せられねえな？」

「へえ」

「それで大体よめた。三浦銀之助さまという旗本も、その栄吾の友達にちげえねえ。それをお蔦がどこかで見て、おれが番屋に呼んだものだから、様子を窺いに来たんだな。可愛い男が甲府へ行ったものだから、近ごろの様子をその友だちからでも知りたくなってうろついていたのかな？」

「いえそうじゃありません。お蔦が鈴木栄吾さまのことを知りたくてうろついていたのは当っていますが、栄吾さまというのは、今年の九月朔日《ついたち》に甲府で死んだそうです」

「なに、死んだのか」

「なんでも、公儀の通知も鈴木栄吾さまの父親《てておや》の所に届いているそうです」

「待ってくれ。すると、お蔦は鈴木栄吾さまの死んだのを知らねえのか？」

「いいえ、それは知っております。可哀そうに、お蔦は自分で位牌をこしらえて、毎朝毎晩、線香を上げているそうです」

「死んだ栄吾さまの話を、お蔦は何で三浦銀之助さまから聞こうとしたのかな？三浦銀之助さまというのは甲府とは縁がねえはずだが」

「親分。これにはちっとばかり仔細がございます」

「何を言いやがる。芝居がかった台詞《せりふ》を言わねえで、早いとこ言ってしまえ」

「実はこうです。その鈴木栄吾さまが死んだのが、今も言う通り、九月朔日です。これは公儀からの報《し》らせもあることで間違えようはありません。ところが、花屋の亭主の与兵衛は、根っからの法華信者で、朝晩、どんつくを叩いております」

「それは知っている。それがどうした？」

「その与兵衛が念願の身延山におめえりしたことは、親分も知っている通りです。ところが、その与兵衛が身延山から奥山にお詣りして、その山のつづきに七面山とやらがあるそうで。与兵衛は後生のためにその七面山に行ったところ、帰りに道を迷い、とうとう、裏山の辺りをさまよったそうです」

「うむ」

「与兵衛は、その深山の中でひょっこり人間に遇《あ》ったそうです。それがなんと鈴木栄吾さまだったそうですよ」

「そりゃ本当か？」

「与兵衛が内々に人に話していたそうですから、本当でしょう。与兵衛は、そのお礼に、青山百人町にある栄吾さまの父親《てておや》の屋敷へ行ったそうです」

「ちょっと待て。鈴木栄吾さまが死んだのは九月の朔日。花屋の亭主が身延にお詣りしたのは、それから後だな。栄吾さまが死んだのは公儀の報らせがあるから、こいつは間違えようがねえ。すると、花屋の亭主は身延の裏山で迷った挙句、狐にでも騙されたか」

「いいえ、本人は、誰に何と言われようとも、正真正銘、それが鈴木栄吾さまだった、と言うんです。栄吾さまは向両国で遊んでいますから、亭主もよく顔を知っています。それに、別れるとき、鈴木栄吾さまは、おれと遇ったことは江戸に帰って誰にも言うな、と口止めしたそうです」

「面妖な話だな。それで、鈴木さまの隠居はどう言った」

「その時は留守だったそうですが、あとでそれを聞いて、そんな馬鹿な話はない、と言って対手にならなかったそうです」

「うむ、そうだろう。留、おめえその話はどこで取って来た？」

「へえ、花屋の後家から聞きました。あっしが、死んだ亭主の仇を取ってあげる、と言ってなだめながら訊ねたので、とうとう、そのことを言いましたよ」

「その話は、相当知れ渡っているのか？」

「花屋の亭主も口止めされたのですが、人間、言うな言うなと言えば、こっそり打明けるのが人情で、つい、心安立てに、知った人間には内緒で話したそうです。そいつがいつの間にか伝わって、相当知られているようですよ」

「うむ」

常吉は煙管《きせる》を膝に立てて考えていた。

常吉は、それで、三浦銀之助という旗本が花屋の前を覗いていたことに思い当るような気がした。

三浦銀之助は花屋の亭主とは面識はなかったようだった。彼は何も知らないで向両国に来て、はじめて与兵衛の死を知ったのだ。

では、銀之助は何故花屋にやって来たか。それは恐らく、与兵衛に逢いに来たのであろう。

今の留造が聞いてきた話を綜合すると、三浦銀之助は、身延に詣った与兵衛が死んだはずの栄吾と出遇った話を聞いたに違いない。その話の出所は、与兵衛が礼を言いに鈴木栄吾の父親《てておや》の所に行っているから、多分、その辺から聞き込んだのであろう。

そう考えると、三浦銀之助が与兵衛に逢いに来た用事は分るような気がする。つまり、銀之助は、死んだ友達の栄吾に遇ったという与兵衛の話を確かめるため、青山からわざわざ向両国まで訪ねて来たものと思える。

すると、その後のこともすらすらと解ける。銀之助が常吉の言う通りに素直に番屋に従《つ》いて来たのも、実は常吉の口から逆に与兵衛殺しの顚末《てんまつ》を訊き出したいためだったに違いない。現に、あの時の問答も、銀之助はそのことを反問している。

だが、こちらの質問が銀之助自身の用向きのことになると、彼は急に口を閉じた。彼のその気持は、この話の筋道から分らぬではない。銀之助は、恐らく友達の栄吾の名誉を考えて、自分から語りたくなかったのであろう。

常吉は、ここまで考えた。

しかし、では、何故、花屋の亭主与兵衛が殺されたか、という肝心の段にすすむと、彼の思案は行詰まった。

しかし、理由は分からないが、彼の頭には一つの黒い人影があった。千石屋という船宿から船を出させて、小梅のほうへ逃げたという男である。風采は、与兵衛が殺された時にちらりと目撃したという花屋の傭女の証言と合っている。恰好もそうだし、時刻も合っている。

常吉の眼には、今、庄太と歩いて来たばかりの小梅の景色が泛《うか》んでいた。

だが、彼の頭の中はまだ一つにまとまらなかった。——

思案から覚めてみると、亀五郎、庄太、留造の三人が膝頭を揃えていた。

「今日は、このくらいで止めておこう」

常吉は言った。

「亀は、わざわざ来てもらって御苦労だった。まあ、無駄足だと思って、明日《あした》からちょくちょく顔を見せてくれ」

「合点です」

三人はお辞儀をして、揃って帰って行った。

常吉は独りになった。

思案する時のつねで、縁側に出て、狭い庭を眺めた。この間、知合いから貰った菊の鉢植が、幾つか棚に並んでいる。昏《く》れかかった弱い光線が、黄や白の乱れた花弁に当っていた。

常吉は、そこで一服吸い付けながら無心に花を眺めていた。彼の考えはなかなかまとまらない。一つ一つがばらばらだった。恰度《ちょうど》、見ている菊の花弁のように乱れて分れている。それが早く一つの花のようなかたちになればいいが、と思った。しかし、これまでに集まっただけの材料では、彼にも手の施しようがなかった。

常吉は、また、三浦銀之助のことを考えた。

見たところ、正直そうな若い旗本だった。この男なら、甲府で死んだという鈴木栄吾のことを知っている。

もう一人は、桔梗屋のお蔦だった。彼女も鈴木栄吾とはいい仲だったから、くわしく知っているに違いない。

この二人の話を聞いて綜合すれば、また別の線が出るような気がした。

しかし、今のところ、鈴木栄吾は直接の対象ではなかった。

探索の中心は、花屋の亭主与兵衛を誰が殺したかということである。

だが、日ごろ信心に篤《あつ》く、道楽も何もない、仏のようだと言われた与兵衛の殺された原因が、何となくやはり与兵衛が身延の裏山で遇った鈴木栄吾に係わりがあるようにも思われた。

さし当ってどこから手を着けていいか分らないので、常吉はぼんやり煙管《きせる》を咥《くわ》えて菊を見ているだけだった。

常吉が思案を諦めて眠ったその翌る朝だった。

彼は南町奉行所の与力杉浦治郎作の使いの迎えを受けた。

「今、百本杭に男の死体が流れ着いているので、すぐに来てくれ」というのが杉浦からの言《こと》づけだった。

恰度、居合わせている子分も居ないので、常吉は独りで百本杭に出かけた。

現場に駆けつけてみると、死骸はもう川から揚げられて、西側の橋番小屋の横の空地に置いてあった。遠巻きにして見物人が輪を作っていた。

常吉が前へ出ると、検視をしていた同心の輪の中に、与力の杉浦治郎作の顔があって、常吉を振返った。

「これは杉浦の旦那、お早ばやに出役で、御苦労さまにございます」

「常吉か。なんだか知らねえが、朝っぱらから縁起でもねえ。百本杭に野郎の仏が引っかかっていた」

「お使いを頂いて痛み入ります」

「おめえ、よく調べてくれ」

「かしこまりました」

常吉は死骸の上にしゃがんだ。それから、筵《むしろ》を取って中の死骸を検《あらた》めた。

それは二十四、五ぐらいの男だった。髪は流れる時に元結《もとゆい》が解けたとみえてざんばらだったが、もとより町人である。その頸には、茶褐色の溝が痛々しそうについていた。

むろん絞殺の跡だった。

常吉は死人の指を検めた。指の特徴から、その職業を推定することは多い。しかし、その指からはそれは得られなかったが、白い繃帯を捲いていたらしく、検屍の役人が解いた繃帯が濡れたまま砂の上に置かれてあった。

繃帯を捲いた跡と思われるところはすぐに分った。右の人差指の頭に、浅い刀傷が一つ走っている。常吉が見ると、その傷は新しかった。

死人は眼を剝いて断末魔の苦悶を表わしていた。

常吉は筵《むしろ》を元の通りに掛けて起ち上がった。

「どうだ、常吉。職人ではないだろう?」

杉浦は言った。

「お察しの通りです。職人ではないが、遊び人でもありませんね。掌が固く、指の骨が太いところをみると、百姓をやっていた男とみえます」

「おれも、そう睨んだ。しかし、常吉。百姓にしては着ている物がいいな?」

「さようでございます。てまえも、それに気が付きました」

「まあ、よろしくやってくれ。この辺はおめえの縄張だから、骨を折ってくれ」

「かしこまりました」

与力の杉浦治郎作は、あとを常吉に任せて引揚げた。ほかの同心たちもそれに続いた。あとは死骸を取片付けるだけになった。

そこへひょっこり、庄太が見物人の輪の中から割って出て来た。

「親分、朝っぱらからられえことになりましたね」

「庄太か。おめえも仏をちょいと覗いてみろ」

「へえ」

庄太も筵をめくってしばらく見ていた。

「庄太。その右指の刀傷を見ろ」

常吉は横から注意した。

庄太も死骸を見終って起ち上がった。

「頸を絞めていますね。百本杭にかかったからには、どこか上のほうから流したんでしょうね」

「まさか、下から船で漕いで、死体をそこに置いて帰ったのじゃあるめえ。おめえの鑑定どおり、頸を絞めて、川上に捨てたのだ」

「ひでえことをしたもんですね、親分。右の人差指の傷跡は新しい。もしかすると、こいつは……」

「庄太」

と常吉は叱った。

「御用の話は後でしろ」

二人は、弥次馬の囲んでいるその現場から離れた。

「親分」

庄太は、歩きながら今度は小声で囁いた。

「今の死骸は、もしや、花屋の亭主殺しの下手人ではないでしょうかね？」

「うむ、おめえもそう思うか」

「きっと、そうにちげえねえ。右の人差指の傷は、亭主を刺した時に、自分の持った短刀で怪我をしたにちげえねえ」

庄太は興奮していた。

「人を殺した奴が人に殺される。庄太、この下手人は誰だと思うかえ？」

「仲間割れじゃありませんね。ひょっとすると、花屋の亭主殺しをあの男に頼んだ奴が、口塞《ふさ》ぎに殺《や》ったんじゃないでしょうか？」

「そんなとこかもしれねえ」

常吉はうなずいた。

「こうなったら、否《いや》が応でも、千石屋の三蔵という船頭を挙げるんだ。野郎、何か隠しているにちげえねえ」

7

西両国広小路の小芝居、寄席などの掛小屋は、暮六つを過ぎるころには打出しとなる。

興行物がハネると、その辺り一帯は、おでん屋、鍋焼うどん、麦湯、甘酒などを売る商売人が掛行灯に灯を入れるのだった。また、このころになると、向両国の自身番の空地に、本所辺りから出て来る夜鷹が自然と集まって来る。彼女らは此処で化粧をして、柳原堤など、それぞれの稼ぎ場所に出かけるのだった。

こういう種類の女は、立ち夜鷹と言ったが、別に奥まった場所に家を持って二、三人で居る坐り夜鷹も居た。回向院《えこういん》の裏のほうにあった、金猫、銀猫と呼ばれる稼ぎ女も、この辺の名物の一つだった。

秋の日暮は早い。こうした場所の灯を恋うて、早くも葛飾《かつしか》辺りから出て来る百姓の若者たちが集まって来た。もっとも、この界隈は、岡場所と言っても一番下等な所で、夜鷹が二十四文と相場が決まっていた時代にも、此処は二十文も出せば大威張りだった。それで、百姓だけではなく、屋敷者の中間や折助などが、わざわざ此処までやって来るから、柄の悪いことも聞えていた。喧嘩や口論も毎晩のようにある。

今も一人の若い男が、回向院のほうから、女どもを冷やかし、脚をよろつかせながらやって来ていたが、今度は、番小屋の横に屯《たむろ》している夜鷹をからかいはじめた。

その風采から、夜鷹もあまりその男に構っていなかった。この辺の夜鷹は、土地柄、男にも負けぬくらい気が強い。彼女たちも、しつこくふざけかかって来るその男を罵っていた。

「やい。こう見えても、金はたんまりと懐ろに呑んでいるんだぞ。見ろ。金の重みで身体が前《めえ》に傾いてらあ」

「ふん、何を言やあがる」

女は言い返していた。

「おおかた、懐ろには小石でも詰込んでいるんだろう。おまえなんかに十六文もあったら、お目にかからあな。いくら悔しがっても鼻血も出まい」

「何を吐《ぬ》かしゃあがる。汝《うぬ》たちのような瘡《かさ》っかき女《あま》を対手にするおれと思うか。やい。小石を詰めたとは、よくもほざいたな。おれの懐ろの奥に納まっている鬱金《うこん》の財布の中身を拝んで胆を潰すな」

客と夜鷹とが口争いする風景は珍しくない。すぐ近くを通りかかる者も、笑いながら通り過ぎていた。

その近くで鍋焼うどんを啜っていた男がいた。彼は若い男の方を暗がりの中から見透かしていたが、やにわに箸を置くと、その男の傍に行って、背中を叩いた。

「兄哥《あにい》。大そう景気がいいじゃねえか」

若い男は、振り返り、遠くのうすい灯の明りで対手の顔を覗いた。

「なんだ、おめえは？　あんまり心易くものを言うな」

知らない顔とみえて、若い男は、今度は彼に威猛高になった。

「おう、臭え」

男は、常吉の子分の庄太だった。

「大そう酒の臭いがするじゃねえか。兄哥、大分、景気が好さそうだな」

「なに。景気が好かろうと悪かろうと、おれの勝手だ。おめえの世話は受けねえ」

「大きにそうだ。ところで、兄哥。ちょっと、おめえに話したいことがある。そこらまで付き合ってくんねえか？」

「なんだと？」

男は眼を怒らした。

「兄哥《あにい》兄哥と気易く煽《おだ》てやがって、おれを誰だと思う？」

「おめえは、千石屋の三蔵兄哥だろ？」

「ほう」

対手は三蔵だった。彼は改めて庄太の顔を見据えた。

「うむ、いかにもおれは三蔵だが、おめえは一体誰だ？　おれの知らねえ顔だが」

「おめえのほうで知らなくても、おれのほうでおぼえている」

「なんだと？」

「まあ、そう目くじらを立てなさんな。これでも、おめえの船には二、三度乗ったことのある男だ」

「やい、二、三度乗ったからって客面《づら》をするな。いかにもおれは船頭だが、陸《おか》に上れば、おめえと対等だ」

「三蔵兄哥。おめえの言う通りだ。なにもおらあ此処で客風を吹かそうってんじゃねえ。折角、おめえの顔を此処で見かけたんだ。船に乗っておめえの世話になった縁に、いっぺえつき合ってもらおうと思ってね」

「えい、うるせえ。端酒《はしたざけ》をおごってもらいに、おめえの尻からのこのこ従《つ》いて行くような三蔵さんと思うかえ。今も夜鷹に聞かせたところだ。おれの懐ろには、身体がめえにつんのめるくれえ金がちゃんと納まっているんだ」

「おめえの景気のいい話は、さっき聞いた。それで、おれは余計におめえを誘いたくなったんだ」

「やい。一体、てめえは何だ？　名を名乗れ」

「おれか……おれは、お上の御用を聞いている常吉の身内の庄太という者だ」

庄太の名乗りを聞いて、三蔵は俄《にわか》に顔色を変えた。

「やい、三蔵。おれはおめえを探していたのだ。寒い夜風にさらされながら、ここで網を張っていたのだ」

庄太は、三蔵の手首を強く摑んでいた。

「あっしに何か用がありますかえ？」

「用があるから待っていたんだ。こう名乗っちゃ仕方がねえ。おめえに燗《かん》酒のいっぺえでも飲ましてやろうかと思ったが、そこの自身番で我慢してくれ」

「親分」

三蔵は急にあわてて言った。

「あっしは何にも知らねえ、知らねえ」

「えい、つべこべ言うな。おめえの懐ろには身体《からだ》がくたびれるくれえたんまり金が入っているはずだ。さぞ、重いに違えねえ。番屋でひと憩《やす》みして行け」

「おらあ、おめえさんに聞かす話は何にも無え……」

三蔵は取られた手を振り離そうとしたが、庄太が強く握っているので、無駄に藻《も》掻《が》くだけだった。

三蔵は庄太の手で他愛なく番小屋に引張り込まれた。

「ど、どうして、おれをこんなところに連れて来るんだ。おらあこんなところに連れ込まれるわけはねえ」

三蔵は板の間に尻をついて叫んだ。

「喧ましいやい」

庄太は一喝した。

「訊きたいことがあるから、しょっぴいて来たのだ。おう、三蔵。ずいぶんと景気のいい話を吹いていたが、その金はどこから奪《と》って来た？」

「奪って来たと？　冗談じゃねえ、おらあ何も悪いことをした憶えはねえ。早くここを出してくれ」

「三蔵。おめえ、船頭を働いて一年にいくらになる？　そのおめえが、懐ろにずしりと金を蔵《しま》っているとは、ちっとばかり、辻褄が合うめえぜ。やい、正直に申し立てろ」

「親分」

三蔵は急に弱い声になった。

「夜鷹には大きなことを言ったが、実は、わっちの財布には、それほどの大金が入《へえ》ってるんじゃございません」

「おおかた、そんなことだろうと思った。石でも詰めているのかえ？」

「いいえ。まさか、石は入《へえ》っていませんが、一両と少しばかりございます」

「一両でも豪気だ。さあ、その金を汝《われ》アどこから持って来た？　ありのままを白状しろ」

「どこからも盗んだものではありません。客から貰った金です」

「ばか野郎。そんなことでおれをごまかすつもりか。どこの酔狂《すいきょう》がてめえのような船頭に、一両からの金を恵んでくれるか」

「いいえ、ほんとうでございます」

「ほんとだと？　そんならだれがくれたか、その名前をいえ」

「名前はわかりません」

「やい、それだけの大金をくれるからには、お前《めえ》と馴染の客筋にちげえねえ。名前がわからねえですむか」

「いえ、ほんとうでございます。その客は、たった一度っきり、あっしの船に乗りましたんで」

「どこから乗せた？」

「千石屋からでございます」

「何日《いっ》だ」

「ええ、三、四日前でございます」

「三、四日前じゃわからねえ。一日《いちんち》でも違うと、こっちの算盤《そろばん》が狂わあ。おちついて何日《いっ》の何刻《なんどき》だったか、はっきり返答しろ」

三蔵は考えていたが、

「三日前の晩でございます」

「三日前だと」

庄太は指を折った。それから、彼はまた急に威猛高となった。

「三日前なら、水茶屋の亭主が殺された晩だ。おう、三蔵。てめえはあの亭主を殺してその金を奪ったのだろう?」

「と、と、とんでもねえ」

三蔵は両手を激しく宙に振った。

「そりゃ、親分、いいがかりだ。おらア、あのことには何の係りあいもねえ」

「花屋の亭主殺しには、下手人を見た人間が居るんだ。その話によると、三蔵、どうやら、おめえの人相や骨格に似ているぜ」

「そ、そりゃ、人違《ちげ》えだ。あっしは、あの晩、ずっと客を乗せて船で働いていましたぜ」

この時代の警察力が、どのように恐ろしいかは誰にも判っていた。ただ、犯人と姿が似ているというだけで罪状を決められ処刑された例は少なくない。一度、嫌疑をかけられた者は、容易にそれから脱けられなかった。

三蔵が蒼《あお》くなったのは、自分の落ち込んだ立場に気がついたからである。

「親分」

三蔵はまっ蒼《さお》になって、板の間に這いつくばった。

「あっしは正直者です。三蔵と言やそれで通っております。どうか、よそでも聞いておくんなさい。荒い稼業《かぎょう》はしておりますが、これで意気地《いくじ》のねえ方で、喧嘩も恐ろしくてしたことがありません。人殺しだなんて、と、とんでもねえ……」

「おめえの言うことだけじゃ分らねえ。今、もっと目利きの上手な親分を呼んで来るから、ちょっと冷えるかもしれねえが、その板の間で涼んでいろ」

庄太は番小屋の番人に、三蔵を取り逃がさないように言いつけた。

「そいじゃ、逃げねえように縛っておきましょうか？」

番人は訊いた。

「うむ。じゃ、そうしてくれ」

三蔵は後手に縛られ、番小屋の板の間にある太い折檻柱に括《くく》りつけられた。

「やいやい。おれをどうしようってんだ」

三蔵は、また喚《わめ》き出した。

その声を後にして、庄太は薬研堀《やげんぼり》の常吉の家へ走った。

「親分。三蔵を捕まえましたよ」

常吉は奥で晩酌をしていたが、その声をききつけてすぐ出てきた。

「そいつは御苦労だったな。どこに居る？」

「向両国際の自身番に括りつけてあります。野郎、宵の口から酒を喰《くら》って、夜鷹などを冷やかしておりましたから、少し威かしてやったところ、半ベソを掻いております」

「よし、そいじゃすぐに行く」

常吉は盃を伏せて、すぐに起ち上った。

元の番小屋に来てみると、柱に括りつけられた三蔵は、再びしょんぼりとしていた。

「やい、三蔵」

庄太は言った。

「脂《やに》をかけられた虫みてえに、不景気な面《つら》をするな。此処に見えたのは、偉《えれ》え親分だ。おめえがいくら嘘をついても、底の底までお見通しだ。さっきの勢いで、何もかも威勢よく申し上げろ」

「庄太」

常吉は顎《あご》をしゃくった。

「縄を解いてやれ」

縄を解かれた三蔵は、常吉の前に頭を下げた。

「親分、あっしは何も悪いことをしていません。どうか、早く、此処を出しておくんなさい」

「そいつは災難だったな。しかし、三蔵さん。今も庄太が言った通りだ。おめえにちっとばかり不審がかかっている。こっちの納得のいくように、洗いざらい話してもらおうか」

「へえ」

「何も考えることはあるめえ。おめえの懐ろに入ってる一両いくらの金は、船で送った客から貰いなすったそうだが、どこの誰からそれを頂戴したか、正直に話してくれ。そいつが分れば、おめえにかかった疑いはすぐ晴れるはずだ」

「親分。さっきも言いました通り、その人ははじめて乗せた客です。その顔も、見るのははじめてでした。名前も聞いておりません」

「あの晩、舟で送った客のことは、千石屋のおかみさんに前におれたちが訊いたことだ。どういう肚《はら》か知らねえが、おかみさんは、そいつをひた隠《かく》しに隠している。おめえ、今度は正直に言ってくれるだろうな？」

「へい」

「おめえが送ったという客は、水戸さまのお船蔵から入った堀割の、小梅の常泉寺の前で下ろしたはずだ」

「……………」

「ここまでは分っている。さあ、包み隠さずその先を言ってくれ。おめえは、そいつから口止め料をもらっただろう。そいつがおめえの懐ろに入っている身体がつんのめるような大金だ。今どき、少々のことでは、そんな大金を他人さまは呉れねえはずだ。さあ、三蔵。何もかも言ってしまえ。もし、妙に隠しだてをしたり、嘘をついたら、すぐに人殺しのお裁きで伝馬町へ送り込むから、そう思え」

「こうなったら、仕方がありません。申し上げます」

三蔵は観念したように言った。

「うむ、それがいい。とっくりと聞こうじゃねえか」

「わっちが猪牙《ちょき》で送ったあの晩の客は、年のころ二十四、五、職人のような風体でしたが、ありゃ江戸者じゃありません」

「江戸者でねえと?」

「へえ。船の中では、なるべく口を利かねえようにしておりましたが、あっしのカンでは江戸者でねえと睨みました。それから、その男を常泉寺のめえで下ろすと、そこの暗い所に、ほかの男が黙って立っておりました。わっちの客は、船から陸《おか》に上ると、その男とひそひそ話していましたが、実は、わっちに呉れた金は、客でなく、その待っていた男のほうです」

「そいつは、どんな風采だ？」

「それが町人ではなく、武士《さむらい》みてえな風体をしておりました。暗い所ですから、顔も風采もよく分らなかったのですが、言葉つきといい、刀を差していたところといい、あれは確かに武士です」

「おめえに金を呉れたとき、その男はどう言った？」

「へえ。金を呉れたあと、今夜のことは決して口外してはならぬ、もし、迂闊《うかつ》に、ほかにしゃべったら、おまえの命がないかもしれぬと、こう威かしました。あっしは金を貰ったし、その男の言い方がまんざら威かしだけでもねえようでしたから、実は怕《こわ》くって、親分方が船宿に調べに見えたことは分っておりましたが、今の今まで、口から出なかったのでございます」

「やい、三蔵。それだけじゃあるめえ。妙な細工をすると、ためにならねえぞ」

庄太が横から威かした。

「いえ、これだけでございます。わっちは、半分は恐ろしくって、急いで船で離れましたが、その後どうなったか、全く知りませぬ」

「その男の言葉つきも、武士の言葉だったか?」

「へえ、さようで」

「ほかに気づいたことはねえか?」

「今も申し上げた通り、何分、暗い所ですから、気味が悪いのが半分で、よく見定めが付きませんでした。さようですね、変ったことと言えば、その武士の言葉に、甲州訛りがございました。……」

8

次の日、常吉は船頭の三蔵を引き立てて、両国の近くにある宗元寺《そうげんじ》の墓地に行った。

この墓地には、百本杭に引っかかった男の死体が仮埋葬してある。寺の墓地から、被害者の仮埋葬を掘るには、やはり寺社奉行の許可が要る。常吉は面倒な手続をして、例の男の死体を取り出し三蔵に見せた。

三蔵は蓋をとられた棺桶の中を覗いていたが、

「この男に違《ちげ》えありません。あの晩、わっちが小梅に送った客です」

と証言した。

これで、当夜、船で逃れた男が、水茶屋「花屋」の亭主与兵衛殺しの下手人であり、同時に何者かによって殺害された男だということが判った。

「三蔵、ご苦労だったな」

常吉は、船頭をいたわった。

「また、用があるかもしれねえから、そのときは面《つら》をかしてくれ」

「へえ、わかりました」

三蔵は、威《おど》かされたのがこたえたとみえて、素直に頭を下げた。

「親分」

一緒に従《つ》いて来ていた庄太が、歩きながら常吉に言った。

「やっぱり、百本杭の死骸の下手人は、三蔵が見掛けたという武士《さむらい》でしょうかね？」

「うむ」

常吉は生返辞をした。三蔵の言葉だけでは、まだ迂闊《うかつ》に判断は下せなかった。

「その武士というのも、なにか曰くがありそうですね。三蔵によけいな祝儀を出したり、早く帰れといって、三蔵を威かしたり、ちっとばかり解《げ》せませんね」

それは、常吉も同じ考えだった。

それに、地理的な条件ででも、うなずけるところがある。三蔵が船を乗り入れたという堀割の辺りから、死体を大川に流すと、ちょうど百本杭に引っかかることになる。

「ねえ、親分」

庄太は続けた。

「三蔵の話で気がついたんですが、常泉寺のめえで船を待っていた男というのは、甲州訛りだったというじゃありませんか？」

「うむ、おめえもそこに気がついたか」

「わかりましたよ。殺された男は江戸者じゃありませんね。甲府の人間です。それと、甲州訛りで思い出すのは、親分と、この間、小梅を歩いたときでさあ。植木屋から少し行った所に、近ごろできた立派なお屋敷が目につきました。あそこの門のめえで、庭を掃いていた中間《ちゆうげん》の言葉も、親分は甲州訛りだといっていましたね？」

「うむ」

常吉は庄太が言っているようなことを、実はさきほどから考えていた。

花屋の亭主を殺した男と、常泉寺の前で待っていた武士とは甲州訛りを使っていた。すぐ近くにある屋敷の中間も甲州言葉だった。こうなると、いやに甲府が重なって来る。

尤も、その屋敷の中間が甲州訛りを使うのも不思議ではない。植木屋の親父に聞いて判ったのだが、その屋敷の主人は甲府勤番支配の「山根」というのだった。

屋敷は、もちろん本宅ではなかった。甲府勤番支配というと、大そうな格式で二千石以上の歴々の旗本が就任する。当人は目下甲府住いだろうが、先祖からの屋敷は然るべきところにあるに違いない。

だが、こう、甲府が重なり合ってくると、常吉も、ただその屋敷の主《あるじ》が山根様というだけでは済まされなくなった。

「おい、庄太」

「へえ」

「おれは、これから、杉浦の旦那のところに回って来る。今日はこの辺で引き取ってくれ」

「そうですか」

庄太は、まだ未練そうだった。

「親分。なんだか、今度の一件はおもしろくなりそうですね」

「あんまり、おもしろがってばかりもいられめえ。なにしろ、人間ふたりが生命《いのち》を奪われているのだからな。そうだ、念のために明日の朝でも、ちょっと面《つら》を出してくれるか？」

「あい、ようがす」

常吉は庄太と別れると、八丁堀の与力屋敷に向かった。

陽はもう西に傾きかけていて、空が夕焼に染まっている。その茜雲《あかねぐも》を背景に雀が群れて飛んでいた。

岡っ引といっても、奉行所の正式な人員ではなく、彼らは与力の下に附いた手先だった。

常吉が附いている与力の杉浦治郎作の役宅に行くと杉浦はもう帰っていて、気さくに奥から玄関に顔を出した。

「やあ、常吉か。まあ上れ」

常吉は杉浦に挨拶をすませると切り出した。

「旦那、甲府勤番御支配に山根様とおっしゃる方が居られますか？」

「山根？」

杉浦も考えていたが、彼にもすぐ分らないらしかった。

「ちょっと待ってくれ」

といって奥に立った。

戻ってきた杉浦は武鑑を持っていて、それを常吉の前で繰った。いまでいう職員録である。

「うむ、あるな」

杉浦は文字に眼を落して言った。

「山根伯耆守《ほうきのかみ》頼通様というのだ。二千五百石だ。歴々だな」

甲府城は、江戸を守る信州方面からの前衛であり、また東海道から敵が攻めたとき、最後に立てこもる拠点であった。

甲府はいうまでもなく、武田信玄の居館があったところである。甲府盆地は、四方、山に囲まれた屈強の要害地だ。信玄の子、勝頼が甲府から北約二里の新府に城を築いたが、成らずして織田、徳川連合軍のために敗走し、天目山の露と消えた。

以後、甲府は徳川幕府の親藩によって占められたが、柳沢吉保の子吉里を最後として、爾来《じらい》、幕府直轄となり、旗本から勤番を出す制度になった。

甲府城を守護し、訴訟を裁決するのを、甲府勤番支配といって、定員二名を置いた。高三千石、役領一千石、老中の所管である。

いま、杉浦が武鑑を調べてみて、その二人の勤番支配のひとりが、山根伯耆守と分ったのだ。

「常吉、一体、だしぬけに何だえ？」

杉浦は武鑑を閉じて、笑いながら訊いた。

「へえ」

常吉は浮かぬ顔をしていた。

「あいにくと、てまえはそんな大そうなことを存じませんので、お伺いに上ったのですが、なるほど、山根様というのは、実際に居らしたわけですね」

「武鑑に附いているから間違いはあるまい。その山根伯耆守様がどうかしたのかえ？」

「実は、こういうことでございます」

常吉は、ここで小梅の里に最近建った豪奢な別荘が、その山根のものであること、その門前で甲州訛りを使う中間が居たことを、まず前置きして話した。

「両国の百本杭に引っ掛った死体は、あれは水茶屋の亭主を殺した下手人に違いありません」

「やっぱりそうか」

杉浦はうなずいた。

「で、その山根という邸と、殺された花屋の下手人とは、何か係り合いがあるのか？」

「へえ、実は、こういうことでございます……」

常吉は報告をかねて言った。与兵衛を殺したと思われる男を、常泉寺の前まで送ったのは、千石屋の船頭三蔵で、彼の自供による話を杉浦に詳しく取りついだ。

「旦那、奇妙なことに、待っていたその武士が、甲州訛りを使っていたと三蔵はいっております」

「うむ」

杉浦は急に真剣な顔つきになって考え込んだ。

「すると、その武士は、山根様の邸《やしき》に居る男かな」

「てまえもさように睨んでおります。旦那、百本杭の死骸は旦那も検屍においでになりまして、お気づきになったことと思いますが、あれは江戸者ではありませんね。手を見ると職人でもねえ、百姓でもねえ。妙に中途半端な男のようでした。こんなことを考えると、旦那、百本杭の仏も甲州者かもしれません」

「お前の推量で、一応の手順は合うようだな」

杉浦は同感して答えた。

「ただ今、手順とおっしゃいましたが、てまえのほうの探索は、どうしても山根様のお邸を一応、洗ってみることになります。けれど、こいつは町家の人間のように気易くは参りません。そこで、今日は山根様のご身分を訊き合わせかたがた、てまえの考えをご判断願いたいと思いまして、お邪魔に上ったわけで」

「うむ」

杉浦治郎作も考え込んでいた。

なるほど、常吉のいうとおり、対手は大身の旗本である。これはうかつには手を出すわけにはいかない。だが、いろいろな判断から考えて、その屋敷を一応は当ってみる必要があると杉浦も思案を決めたらしい。

「いいだろう」

杉浦は断を下した。

「お前の考えどおりにやってくれ。あんまり、荒っぽいことをしなければ、構うことはねえだろう」

「それでは、当ってもようございますか？」

常吉は念を押した。

「やってくれ。おれがいうのだ。面倒なことになったらおれがかぶってやる」

杉浦の言い方は少し強気だった。常吉は眼を上げて窺うように杉浦の顔を見た。

常吉は、この一件をどこから手をつけようかと考えた。

小梅に行って、直接《じか》に山根の屋敷に当るのも一つの方法である。そこには寮番を置いているに違いないから、一応の話を聞いてみることだ。

が、それはあまりにまっとうすぎる。いずれはそうしなければならないが、それまでには外から相当な傍証を固めておきたかった。

山根の屋敷の近所から聞き込みをするのも、常識的な探索方法だった。が、それだけでは効果があがらないような気がする。聞き込みをするにしても、これと思うような急所《つぼ》を押えてからにしたかった。

翌る朝、常吉が庭先でぼんやりと植木を眺めていると、庄太が顔を出した。

「へえ、昨夜《ゆうべ》、あれから、わっちも一件のことをいろいろと考えましてね。今日は家にじっとしていられねえから、ちっとばかり早いが飛び出して来たんです」

庄太も、今度のことにはひどく興味を持っているらしかった。

「親分、あれから、杉浦の旦那のところに回って、何かいい知恵が出ましたかえ？」

「うむ、おれたちが小梅で見た邸の山根さまというのを聞いて来た」

「わっちも、それが気がかりでした。どういうご身分ですかえ？」

常吉は、武鑑で判った山根伯耆守というのを詳しく話してやった。

「へえ、そんな大身ですか」

庄太も眼をまるくしていた。

「そいじゃ、迂闊《うかつ》に手が出ませんね」

だれの考えも同じで、庄太も山根の邸を調べてみるのを思いついていたのだ。

「うむ、おめえが船頭の三蔵をおどかすようにはいかねえ。杉浦の旦那からはお許しが出たが、そうかといって、こっちの勝手にはいかねえからな」

常吉は、今朝から思い悩んでいることを表情にみせた。

「親分、それについては、いいことがあります」

庄太は膝を進めた。

「この間、親分が番屋で話をしていたとき、外のほうでうろうろしていたお蔦のことです。お蔦は青山の鈴木栄吾という旗本と懇《ねんご》ろな仲です。親分が話していた対手は栄吾の友だちですから、そいつが気になって、あの女は内《なか》の様子を窺っていたに違《ちげ》えありません。この一件は、何から何まで甲府がひっかかっています。栄吾がお役替えになったのも甲府勤番です。一つ、お蔦を調べてみたらどうですかえ。あの女は何か知っているかもしれません」

常吉は、握っていた湯呑を猫板の上に置いた。

「なるほど、負うた子に教えられるとはこのことだ。お蔦のことに気がつかなかったのは、おれの迂闊だったな」

「昨夜それに気づいたもんですから、わっちは朝寝もできずにやって来ました」

「なるほど、おめえは女のことになると妙に気がつく」

「冗談をいっちゃ困ります」

「その、女に親切なおめえに、ひとつお蔦の引き出し役を頼もうか？」

「ええ、ようがす。どこに呼びますかえ？」

「そうだな。番屋に呼ぶのも目につくし、といって茶屋に呼び出すのも妙な恰好だ。いっそのこと、ここに呼んでもらおうか」

「親分の家《うち》ですかえ？」

「おれの家だというと、お蔦は気おくれするかもしれねえ。そこは、おめえの口八丁に頼む」

「ようがす。何とかやってみましょう」

庄太は生き生きとして出て行った。

常吉は、それから朝飯《めし》にかかった。

庄太が請け合っていったものの、果たして、お蔦が来るかどうか、常吉は危ぶんだ。庄太はいいところに眼をつけた。なるほど、お蔦なら、鈴木栄吾のことを何か知っているかも知れない。いろいろ判断すると、今度の花屋の亭主殺しも、何かその辺から糸を引いているように思われる。

朝飯をすませて茶を飲んでいると、もう庄太が戻って来た。

「親分、お蔦を伴《つ》れて来ましたよ」

「どこに居る？」

「門口に立っています。水茶屋の女は朝が遅え。やっと起してお蔦に逢い、ようやくなだめすかして納得させましたよ」

「やっぱり、おめえでなければ勤まらねえ役だ。おい、お菊」

常吉は手を叩いた。

「表に女客が来ていなさる。女は女同士だ。おめえがここへ上げてくれ」

9

常吉がはじめて見たお蔦は、二十歳《はたち》か二十一の、面長な、色の白い女だった。ここに来るために素早く化粧したらしく、急いで掻き上げた鬢《びん》の毛が、二筋ばかり彼女の頬に憂いげにかかっていた。

「おかみさん。お世話になります」

お蔦は、この座敷に連れて来るのに何かと介添《かいぞ》えをする、常吉の女房のお菊に挨拶していた。

「親分さん。お初にお目にかかります」

お蔦は、几帳面なお辞儀をした。

「おめえさんのほうは朝が遅いそうだが起き抜けに気の毒なことをしたな」

常吉は、前に坐ったお蔦に言った。

「いいえ。いくら商売でも、お天道《てんとう》さまが大分上ってからでございますから、他人《ひと》さまにはお恥しいような次第でございます」

お菊が茶を出して来た。それにもお蔦は丁寧な会釈をした。

水茶屋の女らしい恰好はしているが、お蔦にはそれほど崩れたところは見えなかった。

「おめえさんに来てもらったのは、ほかでもねえ」

常吉は切り出した。

「おめえ、花屋の亭主が殺されたのを知ってるだろうな？」

「はい。それは近所でございますから、知っております。花屋の旦那も、よく存じ上げていました」

「あの亭主が何で他人《ひと》に殺されたか、おめえさんたちはどう察していなさる？」

「さあ。それはわたしどもには分りません。あの旦那は信心も篤く、ほんとに仏のようないい人でしたが、人の運は分らぬものでございます」

「その花屋の亭主殺しを、おれたちが言いつかって手がけている。こないだ、番屋で、そのことで若い武家を呼んで話をしていたが、そのとき、おめえは外をうろうろしていたようだったね？」

お蔦はさっと顔色を変えた。

「いや、隠さなくてもいい。おめえを別に、疑ってるわけでもねえ。ついては、じっくりと、おめえから話を聞いてみたいことがある」

「何でございましょう？」

お蔦は、先ほどの落着きを失いかけていた。

「おめえ、おれが番屋で話していた相手を知っているだろう？」

お蔦は黙っていたが、やっと決心したように答えた。

「はい、知っております。あの方は、三浦さまとおっしゃいます」

「うむ、その通りだ。おめえが知ってる筋合も、大体分っている。万事は、こいつから聞いたんでな」

常吉は、傍に控えている庄太に顎をしゃくった。

お蔦の顔が少し赧《あか》くなった。

「おめえ、こうなっちゃ隠してもはじまらねえ。惚気《のろけ》まじりでも構わねえから、何もかも親分に申し上げたらどうだえ？」

庄太も口を添えた。

「親分さん。栄吾さまのことが、今度の一件に、何か係わり合いがございますか？」

お蔦は、常吉の眼をじっと見入った。

「係わり合いがあるかどうか、まだ分らねえ。だが、調べていくうちに、花屋の亭主殺しは、どうやら、鈴木栄吾さまというひとに、まんざら因縁がねえでもねえようだ」

「やっぱり、花屋の旦那が身延の山中で栄吾さまに出遇ったことが、ひっかかっていますかえ？」

「おめえもそこまで察したのだ。思っている通りに言ってくれ」

「わたしも、花屋の旦那からその噂を聞いて、不思議に思っておりました。その後すぐ旦那があういうことになったので、気にかかってなりません。それで、悪いとは知りましたが、親分さんが、栄吾さまの友達の三浦さまと、番屋で何やら話していらしたので、つい、小屋の近くに行って、様子を窺う気になりました」

「そう有体《ありてい》に言ってくれると、こっちも、ものを訊くのが楽でいい。おめえが気がかりのことは、だんだんに聞くとして、まず、序段から順々に、おめえの話を訊こうじゃねえか。おめえが鈴木さまといい仲だったことは、あらまし、庄太から聞いた。そこで、訊きてえのだが、甲府詰になる前、鈴木さまはおめえに、後でそれと思い当るようなことを何か話さなかったかえ？」

「それは、いろいろございます。栄吾さまは、こういう場所に脚を踏み入れて、ずいぶん遊んでいるように評判されたようですが、本当は、それほどお遊びになったわけじゃございません」

「うむ、なるほど」

「それは、わたしどもも、こういう商売でございますから、いろいろな方をお見かけしております。栄吾さまぐらいの遊び方で甲府へお役替えになったのが、不思議の第一でございます。もっと悪どい放蕩《ほうとう》をなさっている小普請《こぶしん》の方がおられます。それほどでもない栄吾さまがああいうことになったのは、わたしに腑《ふ》に落ちないのでございます」

「人間、身びいきということがある。おめえも可愛い男のことだから、おおかた、身びいきでそう思ってるのじゃねえか」

常吉は、半分笑いながら言った。

「いいえ、決してそうじゃございません」

お蔦は、真剣な顔つきだった。

「そりゃわたしも、栄吾さまとはいろいろとわけがございました。今度、甲府へお役替えになったのも、わたしのためだと思うと、居ても立ってもいられないような気持になるのでございますが、栄吾さまの御様子が少し違っていたので、わたしも、少しは自分の身を責められるのが軽くなっております」

「鈴木さまの様子が違っていたというと、どういうことだね？」

「はい。たいていの方が、甲府流しと聞くと、まるで島流しにでも遭ったように情けないお気持になるのでございましょうが、栄吾さまには、そういうことはございませんでした」

「すると、あまり落胆もなさらずに甲府に行ったのかえ？」

「落胆どころか、喜んで向うへ行かれたようでございます」

「お蔦さん。そりゃちと言い過ぎのようだな」

常吉は言った。

「誰しも、甲府詰《づめ》になることを喜ぶ者はねえ。鈴木さまに限ってうれしがっていたというのは、おめえの考えちげえだろう」

「いいえ、わたしの思い違いではございません……そりゃわたしも、栄吾さまが甲府へ行かれるとなると、親分さんの前ですが、どんなに悲しいかしれません。それなのに、栄吾さまは喜んでおられる様子なのが憎らしゅうございました。一時は、わたしと切れるために甲府に行くのを喜んでいるのかと、邪推したくらいでございます」

「なるほど、おめえの気持にもなれば、そう思いたくなるだろうな」

「もし、許されることなら、わたしも一しょに甲府に移りたいくらいでございました。江戸にこのまま居ても、わたしには、もう、何の愉しみも望みもなくなりました」

「おめえが、鈴木さまにそう口説《くど》いたのか？」

「逢うたびに、それを言って泣くものですから、到頭、栄吾さまも、わたしにそっと本心をお打明けになりました」

「なに、本心だと？」

常吉は眼を光らせた。

「はい。栄吾さまは、しばらくの間だから辛抱しろ、必ず江戸に帰って来る。人には言えないが、甲府に居るのも、まず二年ぐらいだろうとおっしゃっていました」

「二年ぐらい？」

常吉はあざ笑うようにお蔦の顔を見た。

「そりゃ、お蔦さん。おめえがあんまりくどく泣くものだから、手こずった鈴木さまが心にもないことをいって、おめえをなだめたのだ。不行跡で甲府に流されたものは、死ぬまで江戸の土を踏むことは、金輪際《こんりんざい》ねえはずだ。これまでのためしがそうなのだ」

「いいえ、親分さん。わたしもそれくらいは承知しております。それで、栄吾さまがそう言っても、わたし、はじめは信用しませんでした。けれど、だんだんに聞いているうちに、まんざら、それがただの方便ではないような気持がして来たのでございます」

「うむ、そのわけは？」

「はい、栄吾さまは二年目に必ず帰って来る。その目算があって甲府に行くのだ、と言われました。それから、自分は名目では不行跡ということになっているが、これは、ただ見せかけで、実はほかに目的があって甲府へわざと行くのだ、そう打明けられたのです。わたしも、栄吾さまの遊び方が甲府勝手になるほど、ひどいとは思いませんでしたから、その話を聞くと、嘘とも思われなくなったのでございます」

「…………」

「それに栄吾さまが、向両国辺りで遊ぶようになったのも、一年ぐらい前のことで、それからすぐに甲府勝手ですから、栄吾さまの話に辻褄《つじつま》が合うような気もいたします」

「すると、おめえの考えでは、鈴木さまは甲府に行きたいばかりに、名目上、慣れない遊びをはじめたというわけだな?」

「はい、そのとおりでございます。わたしもこういう商売をしていますから、本気になって放蕩なさる方と、そういう遊びに不向きな人とは区別がつきます。栄吾さまは、根が放蕩のできる方ではございません」

「しかし、おめえとは相当ないい仲だったんだろう?」

常吉が言うと、お蔦はまた顔を染めた。

「はい。わたしも初めは商売で栄吾さまにお逢いしておりましたが、だんだん、栄吾さまの人柄に魅《ひ》きつけられて、終《しま》いにはわたしのほうが一所懸命でございました。親分さんの前で大そう恥ずかしい話ですが、それまでわたしにも旦那がございました。けれど、栄吾さまとそういうことになってからは、旦那とは、きっぱりと手を切ったくらいでございます」

水茶屋の女たちは、半分は色香《いろか》を売る商売だった。こういう種類の女は旦那持ちが常識になっていた。

お蔦も常吉にそれを隠さなかった。栄吾に惚れたばかりに、世話になっている旦那とは縁を断ったというのである。

鈴木栄吾は、人の嫌う甲府勤番をひそかに喜んでいたという。一度、甲府流しになったら、一生、江戸には帰れないと言われていたのに、二年という期限まで切って、江戸に帰る、とお蔦に言ったというのだ。

しかも、その役替えには、彼自らが志願したようなところもあって、むしろ喜色をもって甲府に発った。——このお蔦の話から、常吉は考えこんだ。

「ねえ、親分さん」

とお蔦はつづけた。

「その栄吾さまが、甲府に行って間もなく亡くなられたと聞いたとき、わたしは、ほんとに自分も死んでしまいたいくらいになりました。わたしは、栄吾さまが甲府に行ってからは塩断《しおだ》ちして、あの方の御無事を祈っていたのでございます」

「うむ、おめえの気持ならそうだろうな」

「それなのに、あの頑丈な方がすぐ病気になって亡くなられたときいて、わたしにはどうも腑に落ちかねるのでございます。それがはっきりと分ったのは、花屋の旦那が、身延山で、死んだはずの栄吾さまにお遇いしたという話を知ってからでございます。栄吾さまが亡くなったことは、公儀からお報《し》らせがあったそうで、これは疑いようもございません。けれども、花屋の旦那の話も、嘘でないと思います。あの旦那は、決して空ごとを他人にもらす人ではありません。わざわざ、身延詣りをされるくらい信心の篤い人ですから、日ごろ、正直者で通っています。ですから、花屋の旦那の話を信用すると、申訳ないことですが、公儀の報らせのほうが、何かの手違いと思われてくるのです」

「おめえは、それを誰かに訊《ただ》したことがあるのかえ？」

「いいえ、そういう方はおられません。尤も、栄吾さまが、はじめ一、二度、遊びに連れて来られたのが、親分さんが話をされていた三浦さまでございます。わたしは顔に憶えがございますから、親分さんがあの方と話をされてるときに、栄吾さまのことが何か分るのではないかと、つい、番屋の前に立つようになったわけでございます。親分さん、栄吾さまは、ほんとに公儀のお報らせのように亡くなってるんでしょうか？　それとも、花屋の旦那の見た人が間違いだったのでございましょうか？」

「うむ。公儀の報らせに間違いがあるとは思わねえ」

常吉は考えた末に言った。

「だが、なんせ、世の中は、思いもよらねえ間違いがたまには起ることだ。人間、神さまでねえから、こいつは仕方がねえ。いくら公儀でも、お忙しい係りの方が、つい、手違いをした、ということもあるだろうな」

「それでは、栄吾さまは、ほんとに生きていらっしゃるのでしょうか？」

とお蔦は膝を進めた。

「いや、これは、おれのたとえ話だ。鈴木さまがそうだ、と言うのではねえ。だがな、お蔦さん。なにしろ、甲府と江戸のことだ。こちらからおいそれと、甲府まで調べに行くわけにもいかねえ。また、たとえ行ったところで、公儀のなさってることだ、とかくの詮索もわれわれには出来ねえ。まあ、こっちのほうで、いろいろ推量していくほかはねえだろうな」

「そうでございますね」

「ついては、もっと、鈴木さまのことをおめえの口から聞きてえ。そのほか、鈴木さまは、何かこう、変ったことを、おめえに話さなかったか？」

「そういえば」

お蔦は下を向いていたが、瞳を輝かして顔を上げた。

「思い当らないこともございません」

「どういうことだ？」

「栄吾さまが甲府勤番と決まる前ころだったと思います。わたしの店に、栄吾さまを訪ねて来るお方がありました。その人が来ると、栄吾さまは、どんなことがあっても出て行ってお逢いになったようでございます」

「対手は、どういう男だな？」

「お武士《さむらい》さんのようでございました。年は二十三、四ぐらいで、栄吾さまより少し上かと思います。でも、ああいう場所でございますから、いつも、顔を手拭で頬被りして、隠すようにして見えておりました」

「名前を聞いたことがあるかえ？」

「いいえ、それは一度もございません。栄吾さまを呼び出して、お話なさるときは、わたしどもの店から出て、暗い所で、ひそひそ相談をなさっていたようです。後でわたしが、あの方はどういう方ですか、と訊くと、なに、遊びの悪仲間《わる》だ、と言って、栄吾さまは笑っておられたのです。栄吾さまも、その人が訪ねて来ると、何か、いそいそとした様子で出てゆかれました」

常吉には新しい事実だった。

「その男は、もう、来ないかえ？」

「はい、それっきりでございます。栄吾さまが甲府に発ってからは、一度も見えたことがございません」

「その男に、何かこう、特徴はなかったか？」

「そうでございますね。今も言う通り、いつも頬被りで、人相がはっきり分りませんでしたが、言葉に甲州訛りがあったようです」

「なに、甲州訛り？」

「はい。わたしは知りませんが、甲州から来ている店の者が、その方の言葉をちらと聞いて、そう言っておりました」

10

「病気とも思えぬが」

組頭《くみがしら》は、訪ねて来た三浦銀之助の顔色を窺うようにした。

気鬱《きうつ》が昂じているから、少々、引籠《ひきこも》りたい、と銀之助が届けを出しに来たのである。

「外目には、そのようには映りませぬが」

銀之助は弱い声で言った。

「自分で身体の衰えが分ります。夜も熟睡が出来ず、日中は夢をみているように、ただ、うつらうつらとしております」

「若いのに」

と、組頭はそれほど気の毒がってもいなかった。

「困ったことじゃのう」

組頭は、日ごろから、三浦銀之助をそれほど好きではなかった。自分の言うことに素直に従って来ない男である。ほかの組下が機嫌を取ったり、諂《へつら》ったりするのに比べ、銀之助だけはいつも素知らぬ態度を取っている。かねてから、どこやら煙たい存在だった。

「仕方がない。まあ、大事に、ゆっくりと養生するがよい」

と言ったのは、親切心からではない。病気を言い立てて引籠りが長引けば、それを理由に、自分の組から斥けるつもりだった。

「お聞き届けをねがって、かたじけのう存じます」

銀之助は丁寧に礼を述べた。

「それでは、早速ながら、これで失礼します。何分、長く他人《ひと》と話をしていても、すぐに気分が悪くなりますので」

「うむ」

会っていて愉快な部下ではなかったので、組頭も冷淡だった。

「身体をいとうがよい」

銀之助は、その屋敷を出ると、外の空気を胸の奥まで吸った。性に合わない上役なのだ。その家に僅かの時間居ただけでも、気分が悪かった。

これで、当分の間は自由な行動が取れる。

もとより、病気引籠《ひきこも》りの届を出せば、屋敷内に居なければならなかった。要すれば、臥床しなければならないのだ。しかし、彼にはそのつもりは毛頭ない。

万一、この仮病《けびょう》が露顕して譴責《けんせき》を受けても、それは覚悟の上だった。気の合わない組頭は、ことが分れば、ためらいなく処置するに違いない。

銀之助が次に回った先は、青山百人町だった。自分の友達鈴木栄吾の父親弥九郎が隠居でいる家である。

屋敷の門を潜ると、栄吾が居るとき、始終、遊びに来ていたので、馴染み深い庭があった。心なしか、それが少々荒れているように見える。

案内を乞うと、出て来たのが、今まで見慣れない顔の中間《ちゅうげん》だった。これまで銀之助が知っているのは、永くこの屋敷に仕えていた六助だった。

六助なら、栄吾によくなつき、友達の銀之助にも、いつも愛想よく迎える。

弥九郎どのにお目にかかりたい、と銀之助がその新顔の中間に言うと、一度、奥に入ったが、すぐに出て来て膝を揃えた。

「ただ今、御隠居さまは、不快で臥せておいでになります。そう申し上げましたら、他日にして頂きたいと申しておられます」

「御不快か」

銀之助は、自分が組頭に言い立てた仮病のことを思い出した。

「永らくはお邪魔はせぬ。ぜひ、お話したいことがあるから、僅かの間でもお目にかかりたいと、伝えてくれぬか」

「かしこまりました」

中間は奥へ入ったが、しばらくして出て来て、それでは少々の間なら、と告げた。

庭が見渡せる南側の座敷に通された。

座敷は、隠居が来客に会うためによく使っている部屋である。銀之助自身は、栄吾の友達なので、めったに此処に通されたことはない。父親に会うので、当然だった栄吾の居ない変化が、こんなところにも心を寂しくさせた。

隠居は容易に出て来なかった。だが、待たされても、苦情を言うことが出来ない。押しかけての面会である。

銀之助は、葉鶏頭《はげいとう》の頭に紅《あか》く燃えている秋の陽射しを眺めていた。

「聞いている」

鈴木弥九郎はむっつりとした顔で言った。

銀之助の前に現れたのも、永らく待たしてからで、はじめから不機嫌だった。不快で臥せたと言うが、顔色は赧味《あか》がかかって血色がいい。隠居と言っても、まだ五十そこそこだった。肩も張っているし、胸も厚い。

銀之助には、小さいときから馴染んだ顔なのだ。栄吾の屋敷に来るたびに、この弥九郎から親しい言葉をかけられている。小さいときは、子供の友達として可愛がってくれたものだ。無愛想なはずはない。

それが、今は、まるで厄介な者が来たような渋い顔をしている。弥九郎の態度は、露骨に銀之助の訪問を喜んでいない。

銀之助が、死んだはずの栄吾に遇った人間の話を切り出してみると、厭な顔をして、

「聞いている」

とぼそりと答えるのだ。

「小父《おじ》さんは」

銀之助は、友達の父親として、自分だけは親しい礼儀を守っていた。

「どう、お考えになります？」

「どう考える？　何のことだ？」

弥九郎は、質問の意味が分らぬ表情をした。眉の間に深い皺を作っているだけで、気むずかしい表情は此処に坐ったときからずっと変りがない。

「栄吾が死を伝えられたのちに、生きている姿を見せたということです」

「ばかな話だ」

弥九郎は吐き棄てた。

「考えるまでもない」

大ていの親だったら、息子の生存が伝えられると、真偽はともかくとして、それに多少の希望をもつものと思う。しかし、隠居の表情は、壁のように固いだけだった。

「しかし、出遇ったという人間は、正直者で通っている男です。現に、その男は栄吾と話したと言うのですから、これは嘘を言ってるとも思えないし、人を間違えたとも考えられないのですが」

「銀之助」

と隠居は呼んだ。

「お前、公儀のお報《し》らせを疑うのか？」

正面からきめつけた。

「いえ、そういうわけではありませんが」

「なら、どうするのだ？　公儀のお報らせと、町人の言い分と、どちらを信用する？」

「もちろん、公儀のほうを信じます」

銀之助は言った。

「しかし、市井の人間が正直に言ったことも、公儀のお報らせと同じように信じなければなりますまい」

「ふむ。正直者と思うか。聞けば、そやつは町人でも卑しい商売をしていたというではないか」

弥九郎はそれも知っているのだ。

「その男が殺されたのです」

銀之助は知らずに強い語気になっていた。

「下手人は分りませぬが、てまえの考えでは、その男が殺された因《もと》は、どうやら、身延山で出遇った栄吾に係わりがあるように思います」

「聞いた」

隠居がすぐ言ったのは、その水茶屋の亭主の死まで、もう、承知しているからだった。

「だが、わしはおまえと同じ考えを持たぬ。そやつが人手にかかったのは、ほかのことからであろう。それとも、町方が下手人を捕まえて、はっきり、そやつの白状を聞いたのか？　でなくば、探索でおまえの言うようなことがはっきり分ったのか？」

「いえ、それはまだ分りませぬ」

「それみろ」

弥九郎は、勝ち誇ったように言った。

「おまえの想像で、そう申すだけの話だろう」

「それなら、それでも結構ですが」

銀之助はまず逆わずに答えた。

「ただ、てまえが伺ったのは、栄吾が甲府勤番となるとき、小父さんに、何か心当りなことを言い残さなかったかということです」

「わしにか。無いな」

一言の下だった。

「口に出さなくても、様子で、栄吾に変ったところはありませんでしたか?」

「無い」

にべもなかった。

「これはてまえがほかの友達から噂に聞いたことですが、栄吾は甲府勝手になったとき、かえってそれを喜んでいたそうですが」

「喜んでいたというのか。さあ、そこまでは分らぬ。しかし、銀之助。甲府であろうと、長崎であろうと、これは、われらが公儀から仰せ付かったお役目じゃ。喜んで赴任せいでどうする?」

隠居は正論を大上段から翳《かざ》していた。

「小父さん。それでは小父さんは、栄吾の死を少しもお疑いにならないのですな?」

「無論じゃ。誰がどう申そうと、わしは公儀のお報らせを信じる。不埒《ふらち》なことを申すやつがあったものだ。言いふらしたやつは人手にかかったそうだが、そんな目に遇っても不思議はあるまい」

鈴木弥九郎は、息子の栄吾の死について、徹頭徹尾、疑いを持っていないようである。

彼は銀之助を送り出したときも、やはり不機嫌だった。この不快は、公儀の通知に絶対に間違いはないと信じ、その上に立って、外からいろいろと取沙汰することにその根があるようである。栄吾とは幼馴染みの銀之助にさえ、この無愛想を見せたくらいである。

外に出ると、澄み切った空に秋の陽が弱まっている。道に落ちた塀の影も長く伸びていた。

その塀のわきに、煙管《きせる》を銜《くわ》えながらひと休みをしている町人が居た。どこにでも居るような人間なので、銀之助も注意しなかった。が、対手は銀之助が市ケ谷の坂を下ってゆくのをじっと見送っていた。煙管を急いで仕舞って帯に挟み、こっそりと同じ方向へ歩き出したのも、すぐその後である。

銀之助には、これからの行先が決っていた。彼は辻駕籠を傭うと、両国へ行くように命じた。

その後で、さきほど休んでいた男があわてて別の辻駕籠を捜しているのを、銀之助は知らない。

男の側から言えば、対手が急に駕籠に乗ったので、彼は狼狽していた。眼で忙しくあたりを捜したが、生憎《あいにく》とほかの駕籠が見当らない。二十七、八ぐらいの、眼の大きい頬骨《ほおぼね》の張った男だった。

狼狽して、その男は銀之助の駕籠の後ろから走り出した。尤も、間隔は相当に取ってある。ほかの通行人の眼には、前に行く駕籠とは関係なく、その男が急ぎの用事でひとりで駆けているようにとれた。

銀之助が両国の長い橋が見える所に降りたのは、駕籠に揺られて半刻《とき》ばかり経ったのちだった。秋の陽は短い。空の雲が紅く染まりかけていた。

銀之助は、橋際にある自身番の小屋を覗いた。

「ちょっと、ものを訊くが、この近くに御用聞きの常吉というものが居るか?」

内職の草履を作っていた番屋のおやじが顔を挙げた。

「へえ。常吉親分なら、すぐそこでございますよ。この先に、薬研《やげん》堀というものがございます。そこに二丁入って、角から三軒目の奥が、常吉親分の住居でございます」

礼を述べて、銀之助は番屋を離れた。

栄吾の死亡の真相を知るには、ひとりでは何も出来なかった。この間、常吉に呼び止められて、水茶屋の亭主との関係を訊かれたが、この岡っ引に訊けば、栄吾と出遇った水茶屋の亭主の死の原因が分るかもしれない。

あのときは、無愛想な返事をしたが、銀之助に改めて常吉を訪ねる気持にならせたのは、探索の側から自分の考えの参考を聞き出そうというのだった。

教えられたとおり、銀之助の脚は薬研堀へ向っていた。町家の一軒からは、栗を焼く匂いがしていた。傍の軒では、近所の女房が大根を桶に漬けていた。

「もう、亥《い》の子が過ぎたんだからね。寒くなったはずだよ」

「そう言えば、明後日《あさって》は、もう御影講《みえいこう》じゃないか。早いものだね。わたしゃ、今年こそ、池上さまへお詣《まい》りするつもりだよ」

このような話し声が通りすがりの銀之助の耳に流れて来る。道には寒い風が舞っていた。

銀之助が教えられた家の近くに来たときだった。そこは路次になっていたが、彼が曲りかけたときに、ひとりの女と出遇った。

これは二つの顔が両方から正面だった。

「あっ」

と、声を立てたのは女のほうである。

銀之助もすぐには分らなかったが、彼女の愕《おどろ》いた顔を見て自分の記憶を呼び戻した。

自然と脚がそこに停った。

「三浦さまではございませぬか」

お蔦は懐しそうに声をかけた。

三浦銀之助にとっては、今の場合忘れられない女である。栄吾がしきりと脚を運んでいた、向両国の水茶屋の女でお蔦というのだ。自分も栄吾に連れられて行き、会ったことがある。

「お久しぶりでございます」

お蔦は逸早く腰を屈めた。

「まことに」

と言ったが、銀之助は、このお蔦が出て来た路次の奥に、岡っ引の常吉の家があると気づいた。女はその常吉の家から出て来たのだと直感した。

この不意の出遇いの対手と場所とが、銀之助に最初の予定を変えさせた。

「三浦さま」

お蔦も急に逼《せま》った表情になった。

「あなたさまに、ぜひ、お話し申し上げたいことがございます。此処でお目にかかったのは、何よりでございます。ぜひ、お聞き願いとうございます」

三浦銀之助は、お蔦が栄吾について大事のことを打明けたいのだとわかった。

11

「生きている?」

銀之助はお蔦の顔を見据《す》えた。

西両国でも賑やかな所とはかなり離れた茶店の奥だった。

この辺に顔を知られているお蔦は、客の入って来る入口に背を向けて三浦銀之助と坐っていた。

そのお蔦が、鈴木栄吾は生きているような気がする、と話したのである。

「はい」

お蔦は少しうす赧《あか》くなっていたが、言葉だけははっきりした口調だった。

「いま申し上げましたように、いろいろなことから判断して、わたくしなりにそう信じます」

銀之助が考えるような眼でその言葉を受取ったのは、彼にもそれに賛成したい心が潜んでいたからだった。

「薬研堀の親分には、わたくしが今お話ししたとおりのことを、全部うち明けました」

「常吉はどう言っていた?」

「ああいう親分さんですから、べつに自分の考えは口にお出しになりません。けれども、あたまから、とんでもない、というお叱りもありませんでした」

「実は、わたしもその常吉を訪ねてゆくところだった」

銀之助は言った。

「しかし、あんたの話を聞いて、どうやら、訪ねてゆくこともなさそうだな」

「いいえ。親分さんにはまた別なお考えもございましょう。わたくし風情《ふぜい》にはお話しなさいませんでしたが、三浦さまなら、栄吾さまのお友達ですし、御身分柄、自分の考えをお話しになるのではございませんでしょうか?」

「どうかな? ああいう職業の男は、めったに他人には本心をうち明けぬものだ」

「うむ」

銀之助は答えた。

「わたしも栄吾の一件では心を痛めている。それで、栄吾に遇った水茶屋の亭主殺しが何となく気にかかるので、常吉に会いたいと思ったのだが、もう少し様子を見てからのことにしよう」

銀之助は、お蔦の話から、それ以上の期待を常吉に会っても抱けないような気がした。お蔦の話というのは、栄吾が二年経ったら江戸に帰って来ると約束したことだった。栄吾とは格別な仲だった女の話だから、まんざら、嘘とも思えない。それに、この女は栄吾に心から尽している。もし、栄吾がそんなことを洩らしたとなると、彼は女の心尽しに思わず本心を言ったのではなかろうか。というのは、これまで銀之助自身が栄吾にぼんやりと抱いていた想像に、お蔦の話は一致するからだった。

お蔦は、常吉に会って述べたことを、そのまま銀之助に伝えたのだった。

「ありがとう」

銀之助はいった。

「思わぬところであんたに遇ったのが、仕合わせしたわけだな」

「いいえ、三浦さま」

お蔦はさらに話しかけるように膝を進めた。

「まだ、薬研堀の親分にも話さないことがございます。あなたさまにお逢いしたとき、これは、ぜひ、お話ししなければと思ったのでございます。おひきとめ申したのもそのためでございます」

「どういうことだな？」

「親分さんにも、よほどそれをお話ししようかと思いましたが、あんまり洗いざらい栄吾さまのことをしゃべるような気がして、少し、気がひけたのでございます。何と言っても、薬研堀の親分はお上の御用を聞いている方だし、あなたさまは栄吾さまのお友達でいらっしゃいます」

「聞きたいな」

銀之助はお蔦の話を待った。

「ほかでもありません。栄吾さまは、随分両国にお遊びに見えたことはご存じのとおりですが、それだけではなく、実は、こっそりと、小梅のほうにいらしたことがたびたびございます」

「小梅に？」

銀之助は首を傾《かし》げた。

「はてな。小梅に何かあるのかな？」

「それを今から申し上げます。栄吾さまがいらしたのは、小梅のあるお宮さまでございます」

「社《やしろ》か？」

「はい。それも内密でございます。はじめは、わたくしにも匿《かく》しておられましたが、わたくしが問い詰めましたところ、実は、というわけでほんとのことを話してくれました」

銀之助は聞いていて微笑した。この女は、栄吾が小梅に忍んで行くのを、ほかの女のところに行くとでも誤解して追及したのであろう。

「栄吾が神詣りに行っていた。はて、聞いたこともなかったが」

「その社《やしろ》の名前は分っているのか？」

銀之助はお蔦の顔を見た。

「それを、なかなか、栄吾さまはおっしゃいませんでした。いろいろと訊ねましたところ、とうとう、諦めたように、他言はしてくれるな、ということで、はじめてうち明けて下さいました」

「なるほど。そのお宮の名前は？」

「青日《あおひ》明神さまというのでございます」

「青日明神。はてな、そういう名前の社があったのかな？」

「わたくしも聞いたことがないので、それを栄吾さまに言いますと、実は、小梅にたった一社だけあるのだ、と教えてくれました」

「栄吾は何でそのような社に詣《まい》っていたのかな？」

「願《がん》をかけに詣られるのだそうでございます」

「なに、願かけ？　一体、どういう霊験のある社だろう？」

「お武家さまの特別な願望を聞いて下さるお社だそうでございます。三浦さまはご存じなかったんでございますか？」

「いや、知らぬ。その名前を聞いたのもはじめてだ」

「わたくしは、このような水商売の女でございますから、願かけのお社はたいてい存じております。でも、それは水商売にかかわりのあること。お武家さまのことは存じ上げませぬ。それで、わたくしも、水商売同様にお武士《さむらい》の世界にも、そのようなご利益《りやく》の特別なお社があるのかと思いました」

銀之助は思わず微笑した。栄吾がお蔦を言いくるめた苦心が分るのだ。が、同時に、彼は迷った。青日明神というのは聞いたことがない。栄吾は、一体、そこに何の用で詣っていたのであろうか。

「小梅のどの辺と聞かなかったか？」

「はい。くわしくは聞いておりませぬ。一度、わたくしを連れて行ってやるというお約束でした。それっきり、栄吾さまは甲府へお発ちになりました。あのとき、無理を言って連れて行って頂いたらその場所も分ったのでございますが」

「小梅で聞けば、神社のことだから、たいてい里人も知っているであろう」

「三浦さま。栄吾さまが甲府へお発ちになる前、今まで長々とお話ししたように、いろいろ不思議なことがございました。このことを、どうお考え遊ばしますか？」

「そうだな」

銀之助も要心して言った。

「まだ何とも分らぬが、不思議と言えば不思議な話だね」

お蔦は銀之助の顔色をじっと見つめていた。

「三浦さま。お隠《かく》しなさらないで下さい。あなたのお顔色にも、栄吾さまのことをお調べになりたいお心がはっきり出ております。薬研堀の親分のところにお出かけになろうとなされたのも、そのことでございましょう？」

「お蔦さん」

銀之助はさえぎった。

「栄吾はわたしの友達だった。だから、何となく彼が懐かしく思えるだけなのだ。べつに、彼が甲府に生きているかどうか疑ったこともないし、むろん、調べるつもりもない。わたしはこれで公儀のお報らせを信じるほうだからな」

「では、なぜ、そのように御熱心に栄吾さまのことをお訊きになるのです？　御不審がなかったら、そのように御執心なさることもないと思います」

「友達のことは」

と銀之助はやはりさりげなく言った。

「死んでも、いつまでも忘れられないものだ。生きているときの話は、やはり懐しいからな」

三浦銀之助は、小梅に行った。

晴れた日である。広い田圃は切株ばかりを見せていた。百姓家の庭に白い菊が咲いている。

菊といえば、この辺は洒落《しゃれ》た構えの寮が多く、広い庭には籬《まがき》に沿って菊が咲いていた。植木も多い。空に鳶が一羽舞っていた。

小梅の里といっても広い。銀之助は、堀割に沿って歩いていた。この堀は、水戸屋敷から大川に注ぐ。

鍬を担いだ百姓と往き遇った。

「少々、訊ねるが」

銀之助は、対手の脚を停めさせた。

「この近くに、青日明神社というのがあるかね？」

「青日明神さま？」

百姓は首を傾げていたが、

「たしかに聞いたことのある名前でございます。もしかすると、その先にお諏訪さまがございますので、その境内にある別社がそれかと思いますが」

銀之助は、教えられた方角へ歩いた。

空気が澄んでいて気持がいい。往き遇う者もたいていは土地の人であった。植木屋の前を通ると、のんびりと鋏の音が聞えたりした。

諏訪社は、こんもりとした森に囲まれていた。この土地つづきに三囲稲荷《みめぐりいなり》、牛御前《うしごぜん》などがあって、その森も広い田圃面の向うに眺められる。

尋ね当てた諏訪社は、森というよりも林に近い。境内もさして広くなかった。社も小さい。

銀之助は、その拝殿の前に立って礼をし、次に境内をぶらぶらと歩いた。すると、恰度、裏手に当って別社があった。これは一段と小さくなっている。

それでも、かたちばかりの本殿と、やや広い拝殿とがあった。銀之助は、鈴を鳴らした。すぐ前は組格子になっていた。

銀之助は、格子の隙間から暗い拝殿の中を覗いた。光線がよく通っていないので、はっきりとは分らないが、いろいろと絵馬が掲げられてある。青日明神というのはどういう由緒から付けた名前か、はっきり分らない。諏訪社と同じ境内にあるところをみると、祭神と何かの因縁があるのかもしれなかった。

彼は、ふと、鈴に付いている浮き出しの紋を見つめた。

菱の中央を棒が横に貫いている、「釘《くぎ》メ《しめ》ニ門《かんぬき》」という珍しい紋だ。神紋にしては変っている。

さて、栄吾はこの社に何を祈願に来たのであろうか。一体、どのような効験のある社なのだろうか。

三浦銀之助は、しばらく拝殿の前に立っていた。静かなもので、人間ひとりこの境内に入って来ない。もともと、田舎の小さな社だから、物好きな江戸の風流人もここにはあまり来ないらしい。

社殿は、かなり古びていた。あまり修繕も出来ないとみえて、藁屋根の軒も痛み、ところどころは崩れかけている。

銀之助は、拝殿から横手に回った。千木《ちぎ》を載せた本祠がすぐうしろにつづいている。これも拝殿同様に痛んでいるが、屋根だけは銅葺きになっていた。それが風化して蒼い緑青《ろくしょう》が一ぱいにふいている。祠の後ろは木立になっていて、下は落葉で埋まり、近くに湧き水があるらしく、じめじめと湿っていた。

銀之助の眼は、その拝殿の後側に奉納の絵馬がいくつも下がっているのを見た。絵馬の図柄は大体決っているが、此処では金槌《かなづち》が描かれてある。絵馬に金槌——ちょっと変った図柄だった。

近づいてよく見たが、奉納主の名前は書かれていない。何やら文字が添えられてあるが、判読出来なかった。妙に崩れた字体なのだ。

銀之助が何となくそれを眺めていると、うしろで落葉が鳴った。

つづいて軽い咳払いがした。

銀之助が振り返えると、帚《ほうき》を持った四十ばかりの、背の低い男が立っていた。彼は白い着物を着、水色の袴を穿《は》いていた。この祠を守る神官らしい。

銀之助の眼と、その男の眼とが合った。こちらは参詣人だから目礼を送った。先方でも、それに叮嚀に会釈した。

「いいお天気でございます」

神官は挨拶した。

此処に神官が居るからには、本社の諏訪社と別社の両方をお守りしている人に違いなかった。銀之助の眼には触れなかったが、神官の住居も、この二つの社域のどこかにあるらしい。

「少々、お伺いします」

銀之助はいった。

「ここにこのようなお社があるとは気がつきませんでした。通りがかりにはじめて眼に触れ、参拝したのですが、なかなか、幽邃《ゆうすい》で結構ですね」

「はい。どなたも、そうおっしゃいます」

神官は笑い顔で答えた。

「この辺のお社は、三囲稲荷や牛御前《うしごぜん》が有名ですから、此処は、何となく江戸の方には忘れられたような恰好でございます」

「青日《あおひ》明神《みようじん》というのは、やはり諏訪神社の御神体に何か由緒があるのですか？」

「左様」

神官は帚の柄を持ち替えて言った。

「ご存じのように、お諏訪さまの御祭神は、大国主神の御子の建御名方神《たけみなかたのかみ》でございますが、この方が出雲から信濃にお移りになったときに従っていた、青日主命《あおひぬしのみこと》という武将がございました。これがつまり青日明神さまの御祭神でございます」

神官は説明した。

諏訪神社の祭神は武神《ぶしん》である。それに扈従《こじゅう》して信州に移ったという従臣が青日明神の祭神なら、やはりこれも武神である。いずれにしても武の神であるから、栄吾がこの社に参詣していたということは不思議ではない。だが、栄吾がこの青日明神に祈願を込めていたというのは、特別な霊験が伝わっているのだろうか。

「いいえ、べつにそういうことはございません」

神官は銀之助の質問に答えた。

「左様。ぼつぼつ、お武家方が此処にお詣りになりますが、特別に青日明神を指して来られるということはございません。お諏訪さまにお詣りのついでに、この末社に来られるといったくらいでございます」

しかし、銀之助には、お蔦から聞いた栄吾の信仰ぶりが忘れられなかった。彼はもう一度、「釘メ二門」の神紋と、金槌の絵を描いた絵馬とを見直した。

12

「親分、来ましたぜ」

庄太が常吉の袖を引いた。

小梅の山根伯耆守《ほうきのかみ》の屋敷が見えたところだった。道には、おだやかな陽が下りている。

「ふむ」

常吉もうなずいた。

その秋の柔かい陽射しを受けて、数寄《すき》を凝らした屋敷が美しい植込みをみせて大きく収まっていた。

「こうして、つくづく見ると、なかなか立派なお邸ですね」

庄太は眺めて言った。

「うん、やはり、そこいらの商家の寮とは、ちっとばかり違うようだ。この間は、それほどでもなかったが、こうして見ると庭樹の択《えら》び具合といい、配りぐあいといい、凝《こ》ったものだな」

「やっぱり、甲府勤番支配の貫禄だけはありますね。ところで親分、これからどうしますかえ？」

「そうだな、まあ、行き当たりばったりだ。庄太、あの門の前を、ちっとばかりうろついてみようか」

「へえ」

ふたりは、今日は普通の身装《みなり》で来ていた。岡っ引の服装というと大抵きまっているので、他目《よそめ》にもすぐわかる。今日は、日本橋辺りの番頭か手代といったかっこうで、わざと素人くさい身装《みなり》できていた。

二人はそのまま山根の門の前に差しかかった。

この間は、門前に頑丈な中間《ちゅうげん》が帚《ほうき》を片手に地面を掃いていたが、今日はだれもいなかった。門の扉があいているから、そこからながめてみたが、石の布置といい、植込みといい、たいそう凝ったものである。

その植込みも、さながら、森といってよいくらい壮大だ。

「庄太」

常吉は囁いた。

「どうだ、この中に入《へえ》ってみようか」

「え？」

庄太はびっくりした。

「親分、そりゃ、止しなせえ」

「なぜだ？」

「だって、断りもなく入《へえ》ると、どんな叱言《こごと》をくうかわかりませんよ」

「構《かま》うことはねえ。おめえは黙って従《つ》いてこい。もし、誰かに会っておれが話をはじめたら、いいように調子を合わせてくれ」

「親分、大丈夫ですかえ？」

「まあ、何とかなるだろう」

常吉は、ぶらぶらと門内へ入りかけた。庄太は遠慮そうに後ろにしたがった。

邸内は、一町四方と思われるくらい広い。門が開いているのを幸いに、常吉は少しずつ内部へ足を踏み入れた。ただ、彼はゆっくりとその辺の樹や枝ぶりを鑑賞するような恰好をした。

しかし、それ以上には彼も奥には進まなかった。母屋の屋根は植込みの梢越しに見えるが、玄関は分らない。苔《こけ》をのせた巨《おお》きな石がいくつもある。奥には池があるらしく、谷川に見たてた小川のせせらぎが庭石のうしろから聞えてくる。

そのとき、奥から人がくる気配がした。

「親分」

庄太は後ろから常吉の背中をつついた。

「だれかきましたぜ」

常吉は黙ったまま横着に立っていた。

「誰だ？」

大きな声が樹の茂みの奥から聞えた。

常吉は、わざとびっくりした様子をした。

「へえ……」

姿を出したのは、この前、この門前で見た、あの筋骨逞しい中間だった。彼は眼をいからせ、噛《か》みつくような勢いで、常吉の前に進んで来た。

「何だ、きさまは？」

常吉はうろたえた。後ろに従っている庄太もそれに倣《なら》った。

「へえ、これはどうも」

常吉も庄太も、その中間の怕《こわ》い顔に、頭をなんども下げた。

「やい、ここは、往来ではねえぞ。ちゃんと人さまのお屋敷の中だ。無断で入《へえ》って来るとは太《ふ》え野郎だ。誰に断ってここまで入《へえ》って来た？」

「どうも、相すみません」

常吉は、ただあやまるだけだった。

「つい、うっかりと、お庭の美しさに見惚《みと》れて、ご門内に入ってしまいました。どうぞ、お見のがしくださいまし」

「なに、うっかりと入《へえ》ったと。……やいやい、うぬの目は節穴か。立派なご門があるのが目に入《へえ》らねえのか？」

「まことにおそれいりました。ただ今も申しますとおり、お庭の立派なのにただあきれて、思わずぼんやりと足がひとりで進んだようなわけでございます。へえ、どうか、ご勘弁を」

「一体、おめえたちはなんだ？」

「へえ、てまえどもは日本橋の糸問屋の番頭と手代でございます」

常吉は小鬢《びん》を手でしきりと掻いた。

「てまえ主人が、このたび、この小梅に出養生の寮を建てたいと考えまして、ただ今、その土地をえらんでいるところでございます。ありようを申しますと、てまえどもふたりが、下検分にこのへんを歩いているような具合でございます」

常吉は腰をかがめていった。

「で、どうしても、他人《よそ》さまのご立派なお邸のお庭が目につき勝ちでございます。つい、うこのお邸は、このご近所ではとびぬけて大きくて、ご立派でございます。つい、うっかりと見惚れて、思わずご無礼を働きました。へえ」

そんな言い訳をする常吉の顔を、中間はじっと見据えていた。

「おや、お前は何だな。この前《めえ》、門の外からお邸の内を覗いていた男だな？」

中間は常吉の顔を見憶《おぼ》えていたのだ。

「へえ、さようでございます。あのときも、実は、この辺を土地探しに歩いていたようなわけで……」

「うむ、そんなにこのお邸がおめえの気に入ったか」

「気に入ったどころではございません。いえ、てまえの主人も何でございます。糸問屋としては、わりと手広い商売をしております。とてもとても、お邸のような寮はできません。けれど、小は小なりに、すこしでもご立派なお庭を手本にさせて頂きたい気持が、つい、動きましたので」

「日本橋の糸問屋といったな？」

中間はきいた。

「へえ、さようで」

「問屋の名前はなんという？」

「へえ……て、天満《てんま》屋と申します」

「なに、天満《てんま》屋。そういう糸問屋があったかな？」

「お目につかないかも知れませんが、もう、古くから商売をやっておりますので」

「そういうわけなら仕方がねえ。今日のところは大目《おおめ》にみてやる」

「有難うございます」

「おめえ、たしかこの間、このお邸がどなたの邸です、と訊いたから、おれは教えてやったはずだな？」

中間はその時を思い出したように訊いた。

「へえ、そりゃ、もう……」

常吉は、また頭を続けて下げた。

「甲府勤番御支配、山根伯耆守様御邸と承りましてございます」

「横着《おうちゃく》な野郎だ。そこまで知っておきながら、恐れげもなく門内にへえるとは、よっぽどの根性《こんじょう》だな？」

「いえ、どうも。申しわけのないことで……」

「分ったら、早々にけえれ」

「かしこまりました。……ところで、ちょっとお訊ねしたいことがございますが」

「何だ？」

「これほど、ご宏大なお庭をおこしらえなさるからには、よほどご人数がないと手入れも届かないことでございましょう。無礼を働いた上で、かさねがさね、ぶしつけなおたずねで恐れ入りますが、てまえ主人へお邸のご立派さを伝えるためもございます。一体、どのくらい、お傭人衆がいらっしゃるもので？」

「なに、人数をきくのか？」

「へえ、いえ、もう、ご当家さまと、たかが町の商人《あきゆうど》では、月とすっぽんでございますが、それはそれなりに、お聞かせねがいたいものでございます」

「えい、煩《うる》せえ野郎だ。ここでおめえと、問答をかわしている暇はねえ。つべこべいわねえで、さっさと門から出てくれ。出ねえと、丸太棒《まるたんぼう》をくらわすぞ」

中間は俄かにいきり立った。奥に足音を聞いたのだ。

「待て」

太い声が起った。

その主は、やがて植込みの間から常吉の目の前に姿を現わした。四十ばかりの年配で着流しだった。赧《あか》黒い顔が、常吉に与えた最初の印象だったが、眉の濃い顴骨《ほおぼね》の出た、あごの張ったいかつい顔である。

この男の姿を見て、中間がその場にうずくまった。

「どうしたのじゃ？」

低い背だったが、箱のような感じのする、がっしりとした体格の武士だった。常吉も庄太も、砂の上に両手を突いた。

「へえ、この二人が、黙って門内に入りましたので、いま追い返そうとするところでございます」

中間は困ったように答えた。

「なに、無断で門内に入ったというのか？」

野太い声が、常吉の頭の上に落ちた。

「へえ、何ですか、日本橋の糸問屋の番頭とか、手代とか申しまして、お庭の立派さに見惚れて、うかうかと入ってきたと、こう言い訳を申しております」

着流しの武士は、常吉と庄太にじっと目をそそいでいたが、

「これ、面体《めんてい》を見せろ」

急にいった。

「へえ」

常吉は、恐る恐るうつむいていた顔を上げた。

武士の目と常吉の目とがこれが真正面だったが、視線が宙でからみ合った。たじろいで先に視線をはずしたのが常吉のほうだった。

「日本橋の糸問屋の番頭と申したな？」

武士は、口辺に薄い笑いを泛《うか》べていた。

「さようでございます。天満屋《てんまや》と申します」

「うむ、主人思いの奴だ。遠慮は要らぬ。ずっと門内に入って庭を見てくれ」

落着いた声なのだ。

「え、それでは拝見してよろしゅうございますか？」

「大事ない。庭造りの数寄者《すきもの》はだれも同じことだ。とくに眺めて主人に伝えてやれ」

言い方にも重味があった。着流しだったが、立派な衣裳だし、人を威圧するだけの貫禄があった。

「ありがとうございます」

常吉は地面に頭をこすりつけた。

「お言葉にあまえまして、ご邸内を拝見させていただきます」

「これ」

と武士が呼んだのは、中間にだった。

「案内してやれ」

その短かい声が残っただけである。その武士の姿は庭石を踏む下駄の音といっしょに、植込みのかげに消えた。

常吉は縮んだようになっていた。

「仕合せな奴だ」

中間が二人の傍にやってきた。

「鹿谷さまが、ああおっしゃる。仕方がねえ、早《はえ》えとこ見て、帰《けえ》ってくれ」

「お訊ねいたします」

常吉は中間に顔をむけた。

「ただ今のお方は？」

「鹿谷さまとおっしゃって、お殿さまのご親戚筋に当たる方だ。ご身分もお旗本八百石の歴々《れきれき》じゃ」

中間は教えた。

「さようでございますか。いや、これは、とんだご無礼を仕《つか》まつりました。しかし、その鹿谷さまが、こちらにお見えになってるのは、何か、お客さまにでも……」

「いろいろと訊く男だな。それもついでに答えてやると、鹿谷さまはお殿様の甲府御住居の間、この寮の留守居格でいらっしゃるのだ。やい、もう余計なことは訊くな」

中間は、仕方なさそうに常吉と庄太を邸の内に入れた。

外からも想像していたが、邸内に入ると、その立派さには常吉もびっくりした。彼には庭園のことはくわしくわからないが、素人《しろうと》目に見ただけでも、たいそうな金がかかっていることが判る。庭の造りも、京都の名園を模したと思われるくらい見事だった。

先ほど、せせらぎの音と聞いたのは、大きな石をならべて、あいだに深い小川ができているのだった。それが、築山《つきやま》や巌《いわお》の間に曲折《きよくせつ》して見えかくれしていた。その上にさし出ている松も、名木とわかる形のいいものだったが、その樹自体が年経ている古いものなのである。

どの樹も、どの石も、一々、達者な目でえらんだものばかりのようだった。石と、植込みと、苔の間に、これも変った形で小径が築山をめぐってついていた。

広い邸だとはわかっていたが、このような庭内に入ってくると、深山に迷いこんだような錯覚さえ起しそうだった。

池があった。――その池もどのような形に模したのか、奇妙で、こちらには見当がつかないくらいである。

池が端まで出たとき、建物の一部が見えて来た。そこは、茶室造りのようなかまえになっているらしい。

「おっと。待った、ここまでだ」

急に中間が常吉と庄太の前に立った。

「これから先は、おめえたちの行くところではねえのだ」

常吉はびっくりしたように頼んだ。

「もし、せっかく、ここまで拝見させていただいたのですから、もう、ちっとばかり、さきを見せていただきとうございます。何分、こういうご立派なお邸を拝見するのは、はじめてですから、目の保養になります」

「駄目だ、駄目だ」

中間は首を激しくふった。

「おめえがどう言おうと、これから先は外の人間を入れることはできねえ。さあ、引き返してくれ」

「でも、先ほどの殿さまがおっしゃったように、てまえどもに見せて下さるとのお言葉でございましたが……」

「えい、煩《うる》せえ。誰がなんと言おうと、おれが承知できねえのだ。さあ、帰《けえ》った、帰《けえ》った」

中間は犬でも追うように両手を拡げて振りまわした。

こうなっては常吉も仕方がないので、中間に叮嚀におじぎをした。彼は庄太をうながして門の外に出た。

「いや、親分、おどろきましたね」

庄太は頸筋の汗を手拭いでふいた。

「親分の頓智も恐れ入りましたが、あの邸の立派なのにも、びっくりでしたね」

「うむ」

常吉は浮かない顔をして歩いていた。

「それよりも庄太」

常吉は呟くように言った。

「あの鹿谷という旗本は、なんで、おれたちにあの屋敷のなかを見せたのだろう?」

13

雲が出て、道に陽が翳《かげ》った。

常吉と庄太はならんで歩いていた。家がとぎれると、広い田園が見渡せる。遠くに森があった。松の木の根方《ねかた》では、百姓が筵《むしろ》をひろげて籾《もみ》を乾《ほ》していた。

あの鹿谷という武士《さむらい》は、なぜ、すなおにじぶんたちを門内に入らせたのだろうか。

常吉が歩きながら思案しているのが、これだった。

「そりゃ、親分。先方では、すっかり親分の言葉を真《ま》に受けて、庭を見せてくれたにちげえありません」

歩きながら庄太が言った。

「なにしろ、大そうな庭ですからね。自慢で見せてくれたのでしょう」

「おれは、そうは思わねえ」

常吉は考えながら言った。

「庄太。あの旗本の眼つきを見たか?」

「へえ、ちらと見ました。なにしろ、親分の陰で小さく縮んではいましたがね」

「どう思った？」

「やっぱり、歴々の旗本ぐらいあります。こっちが思わず気圧《けお》されましたよ」

「おめえもそう思うか。だが、庄太。それだけではねえぜ」

「といいますと？」

「あの眼つきは、只者《ただもの》じゃねえ。いや、おれたちを見据《す》えたときの眼よ……あれは、おれたちの素性を見抜いた眼だ」

「なんですって？　それじゃ親分」

「そうだ。知っていて、わざとおれたちを入れてくれたのだ。それも、町の岡っ引が、なぜ、この屋敷に狙いを付けて来たか、そこまで分っての芝居だ」

「親分の前だが、そいつはちょっとばかり考え過ぎのようです。もし、そうなら、あっしたちを門から追い返しそうなもんですがね」

「そこだ。おめえに言われるまでもねえ。おれもひと通りはそれを考えた。だが、庄太、おれたちは、あの屋敷に入って内部《なか》を隅から隅まで見せてもらえたか？」

「へえ、そりゃ……」

「だろう。なるほど、宏大な屋敷だ、歩くのに手間がかかるかもしれねえが、おれたちが見たのは、庭だけじゃねえか。建物が見えそうな所に来ると、あの中間《ちゅうげん》があわてて前を遮《さえぎ》り、追い返しただろう」

「へえ」

「見せてくれたのは、あそこまでだ。中間が言ったじゃねえか。誰がなんといおうと、ここから先は通せんぼうだと。あの中間も只者じゃねえ。今度、はっきりと気を付けて耳に聞いたが、やっぱり甲州訛りだ。ありゃ、あそこの主人から堅く言いつかって、屋敷を守っている一人だ」

「するてえと、あの旗本が言ったのは？」

「そうだ。鹿谷という留守居格も、あの中間のすることがちゃんとわかっているから、わざとおれたちを呼び入れたのだ。物蔭《ものかげ》から、おれたちの様子を見ていたにちげえねえ。いや、様子だけじゃねえ、おれたちの眼がどう動くか、何を覗《のぞ》こうとしているか、そんなことまで、いちいち眼を光らせていたにちげえねえ」

「なるほどね」

「おれはお辞儀をした拍子《ひょうし》に、鹿谷という旗本と眼が合ったが、思わずこちらがはっと息を呑みそうなぐらい、鋭い眼つきだったぜ。あのときにおれは、見抜かれたな、と思った。それから先は、向うの仕掛けよ。門内に入れたら、おれたちがどう出るか、その様子を確かめていたのだ」

「親分。では、あの屋敷は、やっぱり怪しいわけですね」

「当たりめえだ。建物も拝ませねえようじゃ、何かよっぽどの曰くがあるにちげえねえな。これからはおれたちもあの門前はうろつけねえ。なにしろ、顔をすっかり見憶えられたからな」

「そんなら、親分。この次は、亀五郎にでも身代《みがわ》りに寄越《よこ》させますかえ？」

「いいや。おれでさえ見破られたのだ。亀じゃ役にたたねえ」

道は曲りくねっている。殊にこの辺は田舎だから、曲り方がひどかった。ところどころに百姓家や植木屋がある。

「旦那さま。今日は」

不意に、道の横の植込みから声がかかったので、常吉はどきりとしてそっちへ眼をやった。

頭に手拭を捲いた、半纏《はんてん》に股引の年寄が、欅《けやき》と松の茂みから顔を出した。

「お天気さんでございます」

六十ばかりの老人である。腰に木鋏を逆さまにさし込んでいた。

「おう、おめえさんは……」

常吉も、対手の顔にやっと合点がいった。いつぞや冷やかしに寄った植木屋のおやじだった。

「その節は、ありがとうございました」

田舎の植木屋は律儀《りちぎ》だった。

「旦那さま。この間、躑躅《つつじ》の鉢お買い求めねがいましたが、あれは、あれっきりお忘れでございましたね？」

「ああ、そうだったな」

常吉は苦笑した。

「あれから、つい、他所《よそ》にまわって、この前はとおらなかったのでな」

「どうなさったかと思って気をつけておりましたが、左様でございましたか。今日は、お通りがかりでちょうど幸いでございます。どうぞ、今度はお忘れにならないうちに、お持ち帰りくださいまし」

常吉は庄太と顔を見合わせたが、断るのも妙だった。

「そいつア心配《しんぺえ》をかけた。庄太。おめえ、鉢を貰って来てくれ」

重い鉢をこれから薬研堀まで持たされる庄太は、ちょっと恨めしそうな顔をした。

おやじは、その間にまた商売物の植込みの中に入っていたが、すぐに、小脇に躑蠲の鉢を抱えてもどって来た。

「へえ、どうぞ、お受取りを」

向うは親切なのだ。

「今日はまた、この辺をお歩きでございますか？」

「ちょっと、その先に用事があってな、天気がいいのでやって来たが、どうやら、崩れそうだね」

常吉は空を見上げた。

「左様でございます。いや、手前どものような商売をしておりますと、お湿りがときどきないと困ります」

「大きにそうだった」

と常吉も笑った。

「商売によっていろいろと、お天道《てんとう》さまも采配がむずかしい」

「旦那さま方は、何か御商売でも？」

「いや、なに、商売というほどでもないが、野暮用にひっかけて来たが、この辺が気持がいいので、つい、足が伸びたのだ。では、これを貰って行くよ」

「へえ、どうぞ」

常吉と庄太とは歩き出したが、庄太は重そうに鉢を抱えていた。

「ちぇっ。物覚えのいいおやじだ」

彼は歩き出して悪態をついた。

「まあ、我慢しろ。それも只で貰ったんじゃねえ。ちゃんと銭を払ってあるのだ」

——植木屋は、松並木の蔭に二人が消えるのを、庭木の蔭から見送っていた。それから、そこにしゃがみ、腰から莨《たばこ》入れをとり出して、煙管《きせる》を口に銜《くわ》えた。彼はしきりと何かを考える風だった。

二服も吸ったころ、一人の男が表から大股で入って来た。

「弥助、弥助」

男は呼んだ。

「何だ？　ここに居る」

老人の傍にやって来たのは、山根の屋敷に居た、あの頑丈な身体の中間だった。

「おい、弥助、今、この前を、二人づれの町人が通らなかったか？　呉服屋の番頭みてえな恰好をした男だ」

「見た」

弥助と呼ばれた植木屋の老人は、掌に吸殻を落した。

「どっちへ行きやがった？」

「あっちだ」

植木屋のおやじは、顎をちょいとしゃくった。

「だが、おめえ。何をそう泡を喰ってるんだ？」

「畜生《ちくしょう》。町方のイヌがお屋敷の門内を窺っていたんだ。この前もうろついていたが、今日それと分ったのだ」

「知っている。だが、なにも、そう泡を喰うこたあねえ。三日前《めえ》にも、ここにやって来た」

「おめえのとこへも来たのか？」

「うむ。あれは薬研堀に住む岡っ引で、常吉という野郎だ。も一人は、その手下だ」

「おめえ、そこまで分っていて……」

「まあさ、落ちつけ。なに、大したことはねえ。やつらはまだ何も分ってねえのだ、だが、油断だけは禁物だ」

「鹿谷さまもそうおっしゃった。おれは今日、初めて鹿谷さまに教えて頂いたのだが。その鹿谷さまがまた、あの二人にお屋敷内を見せられたのだ」

「ふむ。さすがに鹿谷さまだ。おめえとはちっとばかり桁が違う。おめえのように血相《けっそう》変えて後を追っかけて来るような役者じゃねえ。だが、まだ、たいしたことはねえ。いざとなれば、町方の岡っ引など手も足も出ねえように、がんじがらめにしてやらあな」

常吉と庄太は、道を常泉寺のほうへ取っていた。

大川から流れて来る水が、いま上潮《あげしお》とみえて、かすかに海の匂いがする。

「おい、庄太」

常吉は途中で庄太を見た。

「あんな所にお宮がある。今まで気が付かなかったな」

それは、この道からちょっと入り込んだ、田圃の近くにあった。辺りに山がないので、その杜は案外大きく見えた。樹の間からは、鳥居らしいものが覗いている。

「なるほど」

庄太もはじめてらしかった。

「何事も信心だ。ここまで来たついで、と言っちゃ申しわけねえが、ちょいとお詣りをして来ようか」

「そうですね。今日は、なんだか縁起があんまり良くねえから、厄払いをしましょうか」

二人は、参道とも言えない径《こみち》を森のほうへ辿った。

鳥居を潜ると、古びた社があったが、それほど大きくはない。二人は、拝殿の前まで来て鈴を鳴らした。常吉に倣《なら》って、庄太も神妙に拍手《かしわで》を打った。

「親分、これはお諏訪さまですよ」

「うむ、そうらしいな」

「向うのほうにも、お社が見えますよ」

庄太は指をさした。

「なるほどな。別社かもしれねえ。なかなかいい境内だ。ぶらぶら歩いて、もう一つお詣りして来ようか」

二人は、樹の間の径《こみち》を伝った。田圃のなかだが、この森は以前《まえ》から残っているとみえて、樹がわりと多かった。奥のほうは枝がしげって、先がすきとおって見えない。かえってうす暗いくらいだった。

二人が辿ったところは、諏訪社よりも小さかった。この社殿も同じくらいに古い。常吉は、ここでも小さな鈴を鳴らした。

常吉は眼を上げて、拝殿の上に掲《かか》っている額を読んでいたが、

「青日明神《あおひ》」

呟いて、小首を傾《かし》げた。

「どうも、聞いたことのねえ名前の明神さまだ」

「そうですね。親分。絵馬が出ていますぜ」

庄太は組格子の中に眼をあてていた。

常吉もそれに倣って暗い内部《なか》をのぞいた。

光線が射していないので、絵馬の模様はよく分らない。が、どうやら、普通の絵《え》
柄《がら》とはちがっているようだった。

「不思議な絵ですね」

庄太はいった。

「金槌みたいなものが描《か》いてありますぜ」

「うむ」

常吉がそこから眼をはなすと、その視線は、偶然、鈴に付けた神紋にあたった。

「釘《くぎ》メニ閂《かんぬき》だ。お宮さまの神紋にしては、変っているな」

彼はしばらくそれを見ていたが、

「よめた」

と小さく叫んだ。

「絵馬に金槌が描いてあるのは、大方、この神紋に因《ちな》んだものだろう。釘と金槌とは、切っても切れねえからな」

「そうかもしれません。しかし、ちょいと変っていますな。これもお諏訪さまに縁《ゆかり》があるのでしょうか？」

「さあ」

神さまのことになると、常吉もよく分らなかった。二人はぶらぶらあるいて、その拝殿のうしろにまわった。

「おや。親分」

庄太はまた常吉に注意した。

「ここにも同じような絵が描いてありますぜ」

それは、奉納者が祈願のためにかかげた小さな絵馬だった。絵馬のかたちそのものはべつに工夫はないが、描かれている絵がやはり金槌なのだ。その小さな絵馬は、いく通りも下がっていた。

常吉は何を思ったか、吊《つ》ってあるその一枚を手に取った。

「あんまり面白くもねえ図柄ですね」

庄太は横から覗いて言った。

「うむ。なんだか字みてえなものが書いてあるが、あまり巧すぎて、おれにはよく判らねえ」

それは四、五行書いてあるが、その文字はあまり崩れすぎていて判読ができなかった。ことに雨風にさらされて黒くなっている古い絵馬の方は、よけいに読めない。

このとき、急に常吉は耳を澄ませた。

「親分」

庄太も囁いた。

「誰か来ましたぜ。どうやら、女のようです」

常吉が振返ると、樹の間に派手な色がちらちらしていた。その着物は途中でとまったが、急に、森の中を向うへ逃げるように歩き出した。

「やい、庄太、あいつを取り押えろ」

常吉が低く叫んだ。

14

庄太は、森の中からすごすごと戻って来た。

「親分」

彼は頭を掻いた。

「とうとう、捕り逃がしましたよ。おそろしく脚の速い女で、見失いました」

彼は面目なさそうに常吉の前に頭をさげた。

「うむ。おれもここから見ていたが、どうやら、おめえでは手に合いそうになかったな」

実際、女の姿は敏捷に樹の間を縫うように走っていたのだ。

「なにしろ、やけに樹が多いもんですから、まっすぐには走れません。もたもたしてるうちに、女のほうは茂みの奥に逃げ込みました」

庄太は、言い訳のように説明した。

「森と言っても、こんな小っぽけなところですから、すぐに田圃に出ました。あっしが見渡すと、広びろとした田圃のどこにも、人の影はありません。それからまた舞戻って、林の間を捜したのですが、どこにも見当りません。まるで狐につままれたような具合です」

庄太の言う通り、この宮の森は小さい。松や杉がおい茂っていると言っても、区域は知れたものであった。一方が諏訪明神社につづいているが、それを入れても一町四方とはなかった。

「仕方がねえな」

常吉はあきらめた。

「ですが、親分。今の女をどうして捕り押えろと言ったのですか?」

「おめえの背中には眼がなかったからわかるめえが」

常吉は言った。

「女の様子がおかしかったのだ。あれは、おれたちの話してる姿を見て、ふいと脚をとめたのだ。普通の参拝人だったら、そんな真似はしねえ。何か心に疚《やま》しいことがあるから、おれたちの話を盗み聞こうとしていたのだ」

「そうですかね。あっしはまた、急に親分が捕り押えろと言ったものだから、やけに駆け出しました。しかし、なんでしょうね?」

「さあ、おれにも見当がつかねえ。ちらっと樹の間隠れに見たんだが、どうやら、若い女のようだったな」

「あっしもそう思います。こんな小っぽけな森でも、お宮があると、なんだか、女が妖気に見えてきますね」

常吉は、立っている場所からはなれた。彼は女の逃げた方向に脚を進めていた。数十年も伐ったことがないと見えて、松や杉は大きな幹ばかりであった。枝も茂り合い重なり合って、奥のほうがうす暗い。下には雑草や落葉が積んでいた。むろん、径らしいものもなかった。

しばらく歩いていて常吉は、ふと、何かを見つけたように腰を屈めた。背を伸ばしたとき、彼の手には光ったものが握られていた。

「おい、庄太。こんなものが落ちていたぜ」

彼は、うしろに従いている庄太を振り返った。庄太も覗き込んだ。

「簪《かんざし》ですね」

「うむ」

常吉は、掌に簪を載せて眺めていた。

「今の女が逃げるときに落したんですね？」

「そうだろうな」

常吉は、まだ簪に見入っていた。

簪の脚は普通の銀づくりだった。だが、変っているのは、その飾りである。簪の飾りは、普通だと、珊瑚《さんご》玉を使ったり、瑪瑙《めのう》を使ったりする。そのほか、平打《ひらうち》の簪では花の模様が多い。変ったところでは、役者の紋所を使っているのもあった。世の中が贅沢になって来ると、簪一つにも数百金を費やす者もあった。

ところが、常吉の掌に載っているその簪は、脚こそ銀づくりだったが、飾りは、黒っぽい石で、鏃《やじり》の恰好になっていた。

もっとも、この形の変っていることは、さして珍しくない。婦女の好みが新奇を衒《てら》い、火消しの纏《まとい》や、金棒《かなぼう》、帚、山葵《わさび》おろし、三味線の撥《ばち》などといったものを平気で頭に載せた。この簪が変っているのは、そのような市井の風俗を意匠したものではなく、むしろ武骨な鏃を象《かたど》ったところにあった。材料に黒っぽい石を使ったというのも奇異である。

「何でしょうね、この石は？」

常吉の眼も、先ほどからそれを調べていた。ちょうど、梢の間から陽が射して来た。すると、その黒っぽい石だったのが、半透明の茶褐色の色を呈して来た。つまり、影の部分だと黒く見えるが、陽の当るところに出すと茶褐色なのである。全体に艶光《つやびか》りがしている。

常吉は、それを手に持って陽に翳《かざ》した。するとこ、鏃のはしのほう、つまり石が薄くなっているところは、きれいな飴色になっていた。

「親分。鑑定がつきましたかえ?」

庄太がのぞいた。

「うむ。おれの目利きじゃ当てにならねえが、この石は黒曜石かもしれねえな」

「黒曜石? あんまり聞いたこともねえ石の名前ですね」

「うむ。隠居の講釈じゃねえが、おれも前にこの石のことを聞いたことがある。なんでも信州の山のほうで掘り出される石だそうだ」

「信州の山ですって?」

庄太は怪訝《けげん》な眼つきをした。

「すると、江戸にはねえものですな」

森の上では鴉が啼いていた。

庄太が、江戸にない、といったのは尤もだった。ちょっとこのような石を使った形の簪は見かけない。

石は見たところ黒いが、まるで玻璃《はり》のような光沢がある。つまり、それが簪の飾りになったものであろう。鏃の恰好だが、その端は何かで叩いて欠いたように造られている。そんなところをみても、これは簪の専門職人が造ったのでなく、素人の手作りということが判った。

「何でもいい」

常吉は言った。

「後で、何かの役に立つかも知れねえ」

彼は懐ろから鼻紙を出して、それを包んだ。

ふたりがその森を元の道のほうに引き返していると、ちょうど青日明神の拝殿のところで、一人の人間に出遇った。

それは、白い着物と水色の袴を穿《は》いた四十年配の神官だった。

形だけでもこの社《やしろ》に参拝したのだから、常吉は神官に腰を折った。

神官のほうも笑いながら頭を下げたが、むこうからあいさつした。

「御参拝でございますか？」

声をかけられたので、仕方なしに常吉も立ち停った。

「いいお天気でございます」

「まことに」

と神官は言った。

「ここには、ご参詣の方が珍しいので、お人をお見掛けすると、つい、ご挨拶したくなります」

なるほど、常吉もここにははじめてだが、参拝人の少ないことは想像できた。

「実は、てまえも初めてお参りいたしましたが」

常吉は、挨拶代りに訊いた。

「青日《あおひ》明神さまというのは、ずい分、古いお社ですか?」

「さよう」

神官はにここにこしてうなずいた。眼の大きい男で顴骨《かんこつ》が張っているが、笑い顔は愛嬌《あいきょう》があった。

「ここにお参りの方は、どなたもそうおききになります。そこに諏訪明神さまがおられますが、これはその別社になっております」

「左様でございますか。大方そうだろうと手前も思っておりましたが」

常吉は言った。

「ただ、ちょっと珍しいと思いましたのは、ご神紋でございます。確か、あれは、釘メニ閂《かんぬき》だと思いますが、何かご神体に由緒《いわれ》がございますのでしょうか?」

「さあ」

神官は相変らず笑っていた。

「わたしも、じつはそこまでせんさくいたしていません。なるほど、変っているといえば変った神紋かも分りませんね。わたしなどは朝晩見なれておりますので、べつになんとも考えませんでしたが」

「すると、このお社は、この土地にはずっと前から、ご鎮座になっていらっしゃるのですか?」

「左様。かれこれ、もう二、三十年は経ちますでしょう」

「二、三十年?」
二、三十年も前から、この小梅の在にこんな社があったのは意外だった。
「それはうかつに存じませんでしたな。神主さんはずっとここにお守りしていらっしゃるのですか?」

小さな宮となると、神官も兼業が多い。たとえば、日ごろは蠟燭屋《ろうそくや》をしていたり、八百屋をしているが、お祭りのときだけ神官の装束に早変りすることがある。

「はい。このお社の横に小さな小屋がございましてね。そこに住みついてお守りしております」

「すると、氏子はこの近くの方でございますか？」

「いえ、氏子は少々遠うございます」

神官は笑った。が、それがどのへんかということはいわなかった。常吉もそれほどの詮索心《せんさくしん》もなかったので、つい、そのままに聞き流した。

「それでは、御免くださいまし」

常吉が腰をかがめると、

「お気をつけなすって」

と神官も愛想よく見送った。

家に帰ってからも常吉は、拾ってきた簪を縁側にすわって調べていた。

どう見ても変った簪だった。おそらく、江戸中をさがしても似た品はあるまい。それというのも、これは売りものではなく、素人が飾りを細工したのであった。

この簪が、あのとき逃げた女のものであることは疑いない。常吉の思案は、簪の飾りの材料になった黒曜石《こくようせき》から、女の素性を思案していた。黒曜石は信州に多い石だ。信州と甲州は隣り合せである。

常吉が与力の杉浦治郎作から呼び出しを受けたのは、その翌日だった。

役宅に行くと、杉浦は普段より愛想よく彼を上にあげた。

「常吉。どうだえ、あの一件は？」

「まだ、埒があきません。実は、お詫びに伺おうと思っていたところです」

「なにも詫びるには及ばねえ」

杉浦はいった。

「面倒臭えなら、いっそ、この一件をほうってしまうか」

常吉はおどろいた。

与力のなかでも、杉浦治郎作は仕事熱心で聞えていた。それがいきなりそう言ったので、常吉も自分の耳をうたがった。

「何とおっしゃいます？」

彼は思わず杉浦の顔を見あげた。

「いや、常吉」

杉浦は、そのとき困ったような表情をしていた。

「おまえに、さんざん、骨を折らせて、こういうのは辛いが」

彼は前置きして語った。

「あの一件はあきらめてくれぬか？」

この言葉は、常吉にますます意外だった。

「とおっしゃいますと？」

「うむ。おれもおまえにはいいにくいが、じつは、さるところから苦情《くじょう》が入ったのだ」

杉浦は、眼を狭い庭のほうにむけていった。

「苦情でございますか？」

「いや、それほど強くはねえが、まあ、話がめんどうになって来ていることは確かだ」

杉浦はその説明を言い憎そうにしていた。

「常吉。おまえ、今度の探索で、小梅のほうを歩かなかったか？」

「へえ、歩きました。それが何か？」

「いや、小梅のほうを歩くだんには、べつに仔細《しさい》はねえ。ただ、おまえが小梅にある或る屋敷に入ったことが、ちっとばかり面倒を起しているのだ」

常吉はあっと思った。

言わずと知れた山根の屋敷のことである。苦情と言ったのは、その山根から抗議が上のほうに来た意味か。山根伯耆守は大身の旗本だ。掛け合いを奉行所の上のほうに持ち込むことは容易に考えられた。

「ここまで言えば、察しのいいおまえのことだ。おれからは、はっきりどうということは言えねえ。とにかく、この一件から手を引いてくれ」

「へえ」

常吉は、納得《なっとく》のいかない顔をした。あとの返事を渋ったのも、そのせいである。

「いや、おれからおまえに頼んでおいてこう言うのは、おれも立場がねえが、ありようは、上のほうからそう言いつけられたのだ。常吉。つとめというのは、辛いものでな」

「すると、杉浦の旦那。あっしが小梅のさるお屋敷内に入ったのがいけなかったのでございますかえ」

「ほんとのところは、おれにも分らねえ。だが、それが口実になってることは確かだ」

「旦那の前ですが、この一件は小梅に関係があります。そこで、あの辺一帯を洗って歩いたのですが、その屋敷というのが、一番手がかりになりそうな臭いがあります。いずれ、詳しいことは、旦那にお報らせしようと思っておりました。そのお屋敷にてまえが入ったのも、無断ではございません。ちゃんとその屋敷の方のお許しが出て、お庭を拝見したのでございます」

常吉は、自分で憤りを覚えていた。

それは、杉浦のような与力に対《むか》ってではない。理不尽に大きな力で圧《お》して来た目に見えないものへの抗議であった。

「おまえのことは、一番、おれが分っている」

杉浦は当惑したように言った。

「だが、物事は、理屈だけではおさまらねえ。なんとか、おまえの胸ひとつにたたんでおいてくれ」

「すると、向両国の亭主殺しは、あのままで眼をつむるのでございますかえ？」

「眼をつむるもつむらねえもねえ。探索のほうはよろしくやってくれ」

「それじゃ旦那……」

「いや、おまえの言う理屈はよく分っている」

杉浦は先手を打って止めた。

「とにかく、お上の御用を聞いている以上、探索のほうはぽつぽつ働いてもらわねばならねえ。だがな、小梅のほうだけは手をかけねえでくれ」

杉浦の言うことは、常吉にも分り過ぎるぐらい分った。言葉は飾っているが、要するに、山根の屋敷には一切手を着けてはならぬ、という命令なのだ。

15

三浦銀之助が市ケ谷の深谷作之進の屋敷を訪れたとき、作之進は折悪しく他出中であった。

出て来た顔馴染みの若党がそう告げたので、銀之助は当惑顔になった。

帰りは遅いのか、と訊くと、夕刻過ぎでないと戻らないだろうということだった。

「お言づけでもございましたら、てまえが伺っておきましょうか？」

若党はそう言った。

他人に言づけて言えることではなかった。銀之助があいまいな顔つきでいると、それを察したように若党は言った。

「お嬢さまがいらっしゃいます。なんでしたら、お取次いたしましょうか？」

「幸江さんが居るのか」

銀之助は、当主の不在中だったが、思い切って幸江に逢うことにした。口には出せないが、ここに来た自分の用事というのが、彼女の曽ての許婚者《いいなずけ》鈴木栄吾に関連している。

若党が引っ込むと、幸江が玄関に自分で出て来た。

「いらっしゃいませ」

いつ見ても、おとなしい娘である。許婚者の死の通告をうけて以来、元気を失っている。窶《やつ》れたとまでいかないが、顔も一段と細くなってみえた。

「どうぞ、おあがりあそばして」

銀之助がそれを断ったのは、やはり主人の不在に遠慮したからである。それと、閉め切った一間で幸江と対《むか》い合うのは心苦しかった。

「失礼ですが、庭先のほうにまわりましょう」

自分から微笑していった。

幸江は止めなかった。彼女にも銀之助の心遣いがわかっていた。

玄関前から脇を回って、横に付いている庭木戸を押した。

主人の作之進が庭造りに愛着を持っていて、それほど広くはないが、手入れが行届いている。樹を大切にする人だから、松の根方にも、樅の幹にも、もう霜除《よ》けの藁《わら》が捲いてある。去年、大和の長谷からわざわざ取寄せたという牡丹も、霜除けの屋根がしつらえてあった。

銀之助は、広い縁先に腰をかけた。幸江は、座蒲団を運び、茶を汲んできた。風が無く、暖い日だった。幸江も縁近くの場所に坐っていた。しばらく二人とも言葉がなかった。内気な娘で、こちらで世間話からはじめる対手ではなかった。

「父上は、今夜遅いそうですな？」

銀之助は、茶碗を手で囲いながら訊いた。

「はい。組の寄合《よりあい》がございまして、帰りがおくれるそうでございます」

彼女は、膝の上に手を重ねて、俯《うつむ》向き加減に答えた。低いが、よく透る声で、これが空気の清冽《せいれつ》さと似合った。

「お元気で」

と言ったのは、作之進のことだった。

「結構ですね」

「はい」

彼女は低くいう。

これは当然に鈴木栄吾の若い死に連想がつながる言葉だったが、幸江は敏感にそれと受取ったか、眼を伏せた。結い上げた髪が重たそうだった。

「わたしも」

銀之助は、ここで自分のことを言い出す言葉を見つけた。

「少し身体の加減を悪くしましてね。今度、組頭にお願いして、しばらく休ませてもらうことにしました」

池に張った水に音がした。

「伺っております」

幸江は低くこたえた。

「ほう」

ちょっと意外そうな眼になって、

「もう、聞えましたか？」

「はい。父がそのようなことを申しておりました」

「それは早い」

銀之助は、自然と苦笑になった。

「お大事になされませ。父も心配をしておりました」

「ありがとう」

銀之助は、わざと、枯れた草の蔽っている築山の辺りを眺めながら言った。

「当分の間、湯治にでも出かけようと思いましてね。老人のようですが、ゆっくりと身体を休めてくるつもりです。今日は、それでしばらくお伺い出来ないので、お父上にお暇乞《いとまご》いに上ったわけです」

「それは、わざわざ」

幸江は、軽く頭を下げた。

「恐れ入りました……で、湯治とおっしゃいますと、ご遠方でございますか？」

「いえ、それほど遠くはありません。甲州です」

甲州と聞いたとき、幸江がはっとして顔を上げ、そのまま、強い眼差《まなざし》で銀之助を見つめた。

これは銀之助に予期できないことではなかった。自分のこの言葉が彼女にどのような印象をあたえるか、はじめから分っていた。

幸江はそのあとをすぐにつづけずに、一旦、上げた眼をまた伏せた。

銀之助も黙っている。

枯れた樹の枝から、糸を光らせて簑虫が下がっていた。

「甲州は」

しばらくして下を向いて言い出したのが幸江だった。

「どちらでございますか？」

「それは、まだ決めかねております」

銀之助には、その答が用意してあった。実は、行先の心づもりがなかったのではない。だが、これ以上彼女に衝撃を与えたくなかった。

幸江は、身体を硬くしている。ふと見ると、膝の上に置いた手が、いつの間にか指をしっかり組み合わせていた。動揺が力の入ったその指先に現れていた。

銀之助は、それから眼を逸《そ》らした。悪いものを見たと思った。

「当分の間、とおっしゃいましたね」

彼女は抑えた声で言った。

「左様」

「江戸には、いつ、お戻りになりますか？」

「健康次第です」

冷淡だが、銀之助としてはそう答えるほかはなかった。実際は、自分でも生死を予測しかねているのである。

(栄吾に遇ったら、あなたのことを伝えておく。何か言うことがあったら、伺っておきましょうか？)

この言葉が咽喉《のど》まで出かかっていた。

それを言えば、この友だちの許婚者は、どのように衝撃をうけるか分らなかった。それでなくても、日ごろから栄吾のことを思いつづけて毎日を送っている女《ひと》なのだ。感情を抑えるように躾《しつ》けられたせいで、それだけに外からの刺戟に敏感なのだった。

幸江は、膝を揃えて身じろぎもしない。が、その組み合わせた指と同じように、細い肩も微かに揺れていた。感情を一ぱいに抑えた力が、いまにも彼女の身体のどこかで切れそうなくらいだった。

また沈黙がつづいた。樹の影が先ほどとは位置を移していた。

「では、お父上によろしく」

銀之助は、できるだけ気軽に続けた。

「あなたもお達者で」

これには、幸江からの返辞はすぐになかった。

「銀之助さま」

低いが、その声が違っていた。

銀之助が、はっとしたのは、幸江の眼が強く《きつ》自分を見ていたことである。これまで、このような大胆な眼を見せたことのない女《ひと》だった。銀之助が思わず棒立ちにな

っていると、

「甲州へいらしたら」

彼女の声が喘ぐように言った。

「お便りを下さいませ」

むろん、普通の挨拶ではなかった。甲州に行く銀之助に便りを呉れと言うのは、女の直感で銀之助の目的を察しているのだ。

その証拠に、彼女はつづけて言った。

「わたくしも……」

必死の声だった。

「わたくしも、お便り次第では、あとから甲州に参ります」

あっと思った。

この女《ひと》にそれだけの情熱があったのか。思わず幸江の顔を見返ると、彼女は顫《ふる》える唇を嚙《か》んでいた。自分の言った言葉が女の身にとってどれだけ重大なことか、彼女自身に分っている。

三百二十石の旗本の娘だし、町にもひとり歩きは許されない家の娘だった。それが不敵にそう言ったのだ。

銀之助はしばらく言葉が出なかった。

客の質問を受けて、常吉は、急に言葉を出さなくなった。陽は、この家の縁側にも当たっている。猫の額ほどの庭に盆栽が並んでいた。常吉は、ご免下さいまし、と客に断って煙管に煙草を詰めた。質問に、どう答えるか、考えるためだった。

客は、いつか常吉が番小屋に喚んだことのある三浦銀之助だった。今日、突然、この家に訪ねて来て、花屋殺しの経過を訊くのである。

いつぞやは迷惑を掛けたことだし、若い客の一本気な問いに、常吉はできるだけ叮嚀に話した。

だが、これには限りがあった。探索上の内聞のことではない。彼自身が突き当った壁のところまで客が話の上で追いつめて来たのだ。

探索の順序を話していると、当然のことに、最後がそこにつき当ってくる。その先を話せ、とせがまれても難儀なことだった。口先だけで誤魔化せる対手ではない。

煙管を莨盆《たばこぼん》の灰吹《はいふき》に叩いたのは、その高い音で自分の決心をつけたつもりだった。

「それから先は、まあ、ご勘弁下さいまし」

自分でも、対手を憤《おこ》らすような、ぶっきら棒な言葉だった。

「話せない、というのだね？」

銀之助は、これまでの柔和な顔つきを変えなかった。が、その返辞を聞いて、眼に光りだけは点じた。

「お話したいにも、どうも……てまえの手に負えなくなりましたのでね」

こう言ったとき、今まで自制していた常吉の気持が、自分の言葉で火を点《つ》けたような状態になった。与力杉浦治郎作からいい渡された理不尽《りふじん》な命令への不満が、急にここで突き上げて来たのだ。ひとりでそれを抑えて我慢していたのが、このとき、その抑えが不意に利かなくなったといえよう。気の短かいことでは人に負けぬ江戸っ子なのである。

「手に負えない？」

銀之助は、常吉の顔色の変化に眼を止めた。分別のあるこの岡っ引の表情に、さっと血がのぼったのを見逃さなかった。

「探索が行詰まったというのか？」

「てまえどもの仕事は、地道《じみち》に、ゆっくりと腰を落着けてやることが多うございます。むずかしい事件でも、丹念にもつれた糸をほぐしてゆけば、どこかに解決の見通しが出て来るものでしてね。だが、もつれた糸をそのままに、もう手を付けるな、と申し渡されては、こりゃどうにもなりません」

「手を付けるなと？」

今度は、銀之助が顔を緊張させる番だった。

「あんたに、そういう命令が上からあったわけだね？」

「てまえの口からはっきりとは申し上げかねますが、その辺のところは、お察しねがいます」

「そうか」

銀之助が太い息を吐いたのは、明らかにこの岡っ引にかかってきた上からの圧力のことで、事件の輪郭が案外に大きいと知ったからだった。

「どうにもならないのかね」

と言ったのは探索の続行のことである。

「意気地がねえ話ですが、こうなっちゃ、てまえなんぞは手出しも出来ません。骨を折ってお叱りを受けるんじゃ、間尺の合わない話でさあね。もう、この話は、これ限りにおねがいしとうございます」

「誰がそんな命令を出したか、心当りはないのか？」

返辞はわかりきっていながら、銀之助もそうきかずにはいられなかった。

「てまえから申せば、雲の上のことでございますからね」

岡っ引は、自嘲を顔にうかべた。

「さっぱり……」

「いままでも、このような場合があったのか？」

「いえ、あっしもはじめてなんで。実は、それで栃麺棒《とちめんぼう》を振ってるような有様でございます」

永い間、探索にたずさわっていた岡っ引が、はじめての経験だと言うのだ。それだけでも、奉行所の上のほうで行われた暗い政治取引が銀之助に想像できた。

「山根屋敷に手を付けようとしたところから、待ったがかかったわけだね？」

銀之助は念を押した。

「へえ。まあ、そういったところでございましょうね」

返辞のあいまいなのは、常吉の立場上、仕方がなかった。

「旦那」

と常吉が銀之助の顔を見て、苦しそうにいった。

「どうか、もう、ごかんべんくださいまし」

では、訊かぬことにしようと、こちらも話をあっさり打切った。

「しかし、不思議な話だな」

と、やはり思わず呟きがでた。

「花屋の亭主殺しを追ってゆくと、小梅の山根屋敷に突き当った。それから正体の知れない壁がにわかにできたというわけだな？」

常吉が返辞をしなかったのは、彼にも自分の言い過ぎがようやく悔まれて来たからだった。

「いろいろと、かたじけない」

銀之助が礼をいったのは、ここに来て常吉から一応の話を聞いたことにである。

「わたしも、あんたからその話を聞いたのを聞きおさめにして、しばらく江戸から離れるつもりでいる」

「とおっしゃいますと？」

常吉が顔を上げた。

「いや、少し身体を悪くしてね。甲州に湯治に行ってこようと思っている」

「甲州に？」

いままで生気のなかった常吉の顔が、俄かに殴られたような反応を見せた。

彼は銀之助をしばらく見戍《みまも》っていた。銀之助自身が眼のやり場に困ったくらい、対手の眼差しは詮索的だった。

「そりゃ」

言って、常吉ははじめてその眼をはずした。

「いいことをなさいます……実は、てまえも身体が少々くたびれて参りましたのでね、旦那と同じことを考えていたんでございますよ。さようでございますか。旦那も甲州へね……」

16

三浦銀之助は甲州街道を歩いた。

最初の晩は、府中へ泊った。次の日は、八王子から小仏峠《こぼとけとうげ》を越し、与瀬《よせ》に出た。与瀬から、関野《せきの》を通って堺川《さかいがわ》の関所を越える。これは俗に諏方《すわ》の関所と言った。入鉄砲《いりでっぽう》に出女は、江戸時代のきつい法度《はっと》である。しかし、この関所に限って、江戸から甲州に入る女は手形が要《い》らなかった。

上野原《うえのはら》、鶴川《つるかわ》、野田尻《のだじり》と通って、険しい坂道にかかったのが夕方近くであった。甲州街道は、江戸日本橋から内藤新宿を経て、信州下諏訪に通ずる五十四里の街道である。東海道ほどではないが、間に甲府を控えているので、旅人の往来も激しい。それに下諏訪から中仙道とつづくので、五街道のうちでも繁華な道中の一つだった。

銀之助は坂にかかっていた。

この坂は、俗に座頭転がしというほど峻嶮《しゅんけん》だった。弱い陽の下だったが、坂の上にかかったとき銀之助は、肌にうすい汗をかいていた。

空は晴れて、一点の雲もない。

山脈《やまなみ》は、遠く武蔵から相模《さがみ》にかけて深い奥行を見せている。見渡したところ、ほとんど人家はなかった。この辺は耕地が少なく、貧しい部落が山かげに黴《かび》のように取りついている。

峠にかかったときだった。

銀之助は、ふと、前方に二人の人影が路上にうずくまっているのを見た。

一人はまだ若い女である。一人は中年の男だったが、これがしきりと女をいたわっている。

銀之助は傍まで来て、通り過ぎようとしたが、女はよほど苦しいらしく、さし俯《うつ》向《む》いて呻き声を上げていた。

中年の男は、その介抱に一生懸命だったが、これはほとんど手がつかないらしく、女の肩をさすったり、背中を撫でたりしていて、ただ、うろうろするばかりである。

銀之助は、いったん行きすぎたが、少々、目にあまったので、二、三歩うしろに引返した。

「これこれ」

銀之助は、声をかけた。

「どうかしたのか？」

これに答えたのが、介抱している男のほうだった。

「へえ」

彼は困った顔で、銀之助に頭をさげた。

「実は、妹がこんなところで持病の癪《しやく》を起しまして、弱りはてているところでございます」

女は顔をさし俯向けて、身体を海老《えび》のように折り曲げている。髪の鬢《びん》がほつれ、その髪の一筋を唇の間に嚙んでいた。よほど苦しいのか、眉をよせて眼を閉じている。

「それは、いかぬな」

銀之助は、声をかけた手前、そのまま立ち去りもできなかった。

「へえ」

男は、それでも懸命に、妹という女の背中を不格好な手でさすっていた。

が、さきほどから一向にきき目がないらしく、女は肩で息をしていた。

銀之助は自分の腰の印籠《いんろう》をとりだした。

「これは、その病《やまい》に効くかどうかわからぬが、とにかく、飲ませてみてはどうか」

彼は懐紙を取りだして、印籠の中から黒い粒を四つ五つ載せた。

中年の男は、それを見ると、うれしそうに何度も頭をつづけてさげた。

「これは御親切さまにありがとうございます。いえ、てまえも道中薬を持たぬではございませぬが、安ぐすりで効き目がないとみえ、当人は苦しみつづけております。旦那さまのならば、さだめし高価なお薬かと存じます。いただいてもよろしゅうございますか？」

「わたしのほうからさし出したのじゃ。癒《なお》るかどうかはわからぬとしても、まあ、飲ませてあげなさい」

「ありがとうございます……これ、聞いたかえ？」

と、彼は苦しんでいる病人のほうに言った。

「ただ今、御親切に、お武家さまから高価なお薬をいただいた。いま飲ませてやるほどに、しばらく辛抱していろ」

女は苦しいなかにもうれしそうにうなずいていた。

「それでは、ちょっと、そこいらから水を汲んで来ます」

男は竹筒を持って、道から横の谷間へ藪《やぶ》を分けて駆け下りて行った。はるか下には、かすかだが、谿《たに》水の流れる音がしている。

介抱する男が居なくなったので、銀之助もいよいよそこから動けなくなった。

女はまだ身体を折り曲げて、手を胸のところに当てている。さすがに見ず知らずの銀之助の手前、声を出すのを怺《こら》えているが、相変らず息づかいは苦しそうだった。

見たところ、まだ二十歳《はたち》くらいである。若い銀之助もこの病人にどう言葉をかけていいか判らなかった。彼は、一刻も早く彼女の兄貴という男が戻って来るのを待っていた。

そのうち、街道なので、横を駕籠が通る。人を乗せた馬が通る。

そのたびに、道端にうずくまって苦しんでいる若い女と、ぼんやりと傍《そば》に立っている若い男とを、じろじろ見ながら行き過ぎた。銀之助は、いよいよ迷惑した。

道端の藪が鳴って、ようやく、さっきの男が姿を現した。銀之助はほっとした。

男は、竹筒に汲んだ谷川の水を女の口に当て、銀之助から貰った丸薬と同時に飲ませた。

男は、見たところ商人風だった。女もむろん町家の娘である。

男は三十過ぎくらいで、陽に焼けた黒い顔をしていた。妹のほうは美しい女だった。この兄の顔からは想像もできない器量《きりよう》をもっていた。

水を飲むと、女は肩で太い息を吐いた。それからしばらく眼を閉じていたが、眉の間の苦しそうな表情も次第になごんで行くようにみえた。

「え、何だと?」

妹が何か言ったらしく、兄は自分の耳を妹の口のそばに付けた。

「そうか、そうか」

兄は何度もうなずいている。

次に、銀之助に見せたその男の顔には、喜びがあふれていた。

「ありがとうございます。いま、妹が申しますには、ずいぶん、楽になったそうでございます。おかげさまでございます」

とにした。


「そうか」

銀之助もほっとした。

「それは何よりじゃ」

これで自分から買って出た厄介な責任がはたせたので、銀之助も先に歩き出すことにした。

「もし、お武家さま」

商人が言った。

「見ず知らずの場所で、かような御恩に預り、まことに仕合せでございます。せめて、お名前でもおおせ聞かせていただきますと、ありがとうございます。いえ、申しおくれましたが、てまえは、江戸の日本橋小伝馬町《こでんまちょう》に商売をいたしております繭《まゆ》商人で、吉田屋太郎作と申します。これは、妹のお文《ふみ》と申します」

うれしそうに名乗られたが、銀之助はかえって困った。

「いやいや、お互い、旅先のゆきずりだ、名前を言うほどのこともない」

当時の習慣として、武士はめったに自分の名前を他人に名乗らないものだった。

「ご尤もさまでございます」

吉田屋太郎作は、恐縮したように地べたに頭をこすりつけた。

「それでは、御恩になりっ放しにさせていただきます。いや、ありがとうございます……これ、お文。おまえも何かお礼を申し上げぬか？」

苦しそうに身体を曲げていた女が、兄に言われて、ようやく、手を地面に揃えた。

「……ありがとうぞんじました」

聞えぬくらいの低い声だった。

「大事にしなさい」

銀之助はそう言って、ようやくのことに、その場から離れた。

しばらく歩いて、ふと振り向くと、二人の兄妹《きようだい》はまだ道に坐っていたが、銀之助が振り返るのを見ると、またお辞儀をした。銀之助は、あわてて脚を先に急がせた。

坂を下りると、犬目《いぬめ》の村となる。これから鳥沢《とりさわ》まで一里六町。鳥沢を過ぎると、猿橋《さるはし》となる。

猿橋は、広重《ひろしげ》の絵でも知られているように、せまい渓流の上に架《か》かった長さ十七間の高い橋だった。橋から下の川まで三十三間。深さ三十三尋《ひろ》の水が両側から迫った谷間を奔流している。

猿橋を過ぎて、駒橋《こまばし》、大月、初狩《はつかり》を過ぎ、天神坂《てんじんさか》を下ると、ほどなく黒野田《くろのだ》の宿場に入った。ここに一泊した旅人は、明日は笹子峠《ささごとうげ》を越えるのだった。銀之助は、林屋という旅籠《はたご》に草鞋《わらじ》を脱いだ。

裏座敷の障子を開けると、すぐ前が樹に蔽われた崖ぶちだった。

さすがに山国で、陽が落ちると、冷気が肌にしみる。

朝になった。

銀之助は宿の裏に出て顔を洗った。竹樋《たけひ》から出る水は湧水口《ゆうすいぐち》から近いとみえて、掌にナマ温《あたた》かかった。隣りに小屋があって、大きな水車が水をうけてゆっくりとまわっていた。

「今朝は、お早いお発ちでございますか？」

部屋に帰るとき出遇った女中がきいた。

「いや、ゆっくりして行こう。甲府までどのくらいの道程《みちのり》かね？」

「さようでございますね。ここからだと、四里少々ございます。笹子峠を越えると、すぐに勝沼《かつぬま》に入ります」

江戸を離れてはじめて来た甲州路ではあるし、ゆっくりとこの辺を見て歩こうというのが、銀之助の心づもりだった。

朝飯を後にしてもらって、銀之助はそのままの姿で宿を出た。

「ごらんになるところは、なにもございません。山ばかりでございますよ」

女中は、出かける銀之助の背中に笑いながら言った。

なるほど見わたすかぎり山ばかりで、茶褐色の杉林と、黄色い森の蔽った山肌が続いている。径《みち》を登って行くと、反対側の重なった山脈《やまなみ》が少しずつ、ずり下がった。田も畑もなかった山峡《やまかい》にわずかな畑があるかと思うと、貧しげな百姓家が木立の中に隠れるように屋根を見せていた。急な斜面ばかりなので、そのわずかな畠もしだいにせり上がっていた。

銀之助の眼は、ふと、径の行手に小さな祠《ほこら》があるのを見つけた。これも、枯れた林と、斜面の枯草の中に崩れかけたようにして立っていた。

銀之助は、その祠まで行って宿に引きかえすつもりで前に進んだ。

祠は半分朽《く》ちかけたような拝殿を持っていた。むろん、堂守がいるような社ではない。

銀之助は、扉の間から暗い内をのぞいた。なにも見えなかった。時折、乞食でも寝るのか、暗い床板には筵《むしろ》や紙切れが散らかっている。

しかし、この蕭条《しょうじょう》とした景色の中に、破れた祠があるのは、悪い眺めではなかった。

江戸とちがってどこを見まわしても、すぐそこが山なのである。銀之助は胸いっぱいに冷たい山の空気を吸い込んだ。甘い枯草の匂いがした。

丘の下に、屋根に石を置いた宿場が小さく見えた。

銀之助は宿に帰るつもりで、くだりかけたが、祠の横にふと眼を留めた。絵馬が吊り下がっている。

近づいて、銀之助が、はっと思ったのは、その絵馬の図柄が金槌だったことだ。

この絵なら、江戸で同じものを見ている。小梅の里にあったものだ。

銀之助は、その古びた祠をもう一度見直した。しかし、この祠の正体が何かを知る扁額《へんがく》はなかった。

なおも、仔細に見ると、絵馬はどうやら拝殿の内側にもあるらしい。先ほどは暗くて見えなかったが、眼がなれてくると、幾つもそこに下がっていた。銀之助は壊れかかった格子戸を開けた。

――銀之助が宿に帰ったのは、それから、小半刻《こはんとき》近くも経ってからだった。

「おかえりなさいまし」

女中が銀之助を迎えた。

「お留守に、どなたかご挨拶にお見えになりましたが」

これは、銀之助をおどろかせた。

「挨拶に？」

知った人間は、いないはずだった。

「はい。旦那さまに途中でおせわになったものだと申し伝えてくれ、とのことでございます。お目にかかれなかったのは残念ですが、少々、先をいそぎますので失礼いたします、といって酒をおいて行かれました」

銀之助の眼に、昨日、峠で苦しんでいた兄妹の姿がうかんだ。座敷《ざしき》に戻ると、熨斗《のし》を附けた徳利が一個、貧弱な床の間に据えてある。

「旦那さまに、お目にかかりたかったようでございますが、お留守と聞いて、大そう残念そうでございました」

女中は報告した。

「何という人だったね？」

銀之助は、念のためにたしかめた。

「はい。江戸の吉田屋と申しあげてくれ、とのことでございました」

間違いなかった。

「その人、ひとりできたのか？」

銀之助は、体格のいい三十二、三歳の男を思い出した。苦しんでいる妹を介抱し、谷に下りて竹筒に水を汲んで来た男である。

「はい。門口に若い女のひとが立って居られました」

それなら、二人とも昨夜はこの同じ宿場に泊ったのか。

「旦那さまは、今朝はごゆっくりだそうですと申しましたら、それは何より好都合だ、この辺の地酒でお口に合いますまいが、お召上り下さい、とのことでございます」

律儀なことだと銀之助は思った。

あの兄妹とも、既に甲府へ向かって出立している。今ごろは笹子の峠にかかっていることであろう。

旅に出て、行きずりの人情に触れたことが、銀之助に温かい愉しさを覚えさせた。

「ちょっと、訊くが」

銀之助はほかのことをいった。

「裏の山にある祠は、青日《あおひ》明神社というのではないかね？」

「いいえ、違います。あれは八幡さまでございますよ。今は廃れておりますが……」

17

甲州街道も勝沼《かつぬま》のあたりにくると、甲府盆地が一望の下にひらける。いままで山ばかり見なれた眼には、とつぜん海が展けたような感じだ。富士山が、左のほうに真白い頂上を連山の上に大きく載せている。盆地の正面の山脈《やまなみ》にも雪が輝いていた。盆地を過《よぎ》って、釜無川《かまなしがわ》が遥か向うの山峡《やまかい》に流れている。その山峡の涯が鰍沢《かじかざわ》となる。釜無、笛吹《ふえふき》の両川《りようせん》が合流して、鰍沢から富士川となって駿河に流れるのだ。

勝沼から盆地に下りて甲府まで約三里。宿場は甲府の柳町だった。この辺は城下第一の殷賑《いんしん》である。

そもそも、甲府は武田信玄の父信虎が開いたところで、それまで石和《いさわ》にあった城を積翠寺《せきすいじ》の要害に移し、その麓の躑躅《つつじ》ケ崎に居館を建てたのが甲府の発祥《はつしよう》だ。爾来《じらい》、信玄によってこの地一帯は経営されたが、江戸時代になると、柳沢吉保《やなぎさわよしやす》が新しく平地に築城した。この吉保の代になって甲府はいちだんと発展した。しかし、柳沢氏が大和郡山《やまとこおりやま》に転封《てんぽう》になったのちは幕府直轄となり、代々甲府城守護の勤番を置いた。これが甲府勤番支配である。

幕府が甲府を直轄地としたのは、この土地が信玄以来要害であることと、江戸城の最後の拠点として重要視したためである。そのため、譜代《ふだい》大名といえども甲府を領有させなかった。

甲州街道がひらけたのは慶長、元和の頃で、江戸時代に入ると宿駅の制度が定まった。江戸より下諏訪まで宿駅を置いて、人馬繋送《けいそう》をなし、馬百六十五匹、人足五百十一人を置いた。

甲府の町は、大体、京都の市街に倣《なら》って、道が碁盤《ごばん》の目のようになっている。銀之助は、何は措いても鈴木栄吾の住居跡を訪ねねばならなかった。組屋敷は三日町にある。

そこは城の近くで、長屋がずっとつづいていた。近所で鈴木栄吾の居た住居を訊くと、そこは上田某が現在居住しているということだった。

「鈴木氏のことですか」

出て来た上田某は、痘痕面《あばたづら》の男だった。ニタニタと笑っている。

「さあ、わたしはあとから入って来たのでね、先の住人のことは全く知りませんよ。

いや、江戸からこんな所に流されて来て、誰がどういう暮しをしているか、全く興味がありませんでな」

この男も江戸で上司に憎まれ、甲府流しとなって来たものらしい。そういえば、この男の顔にも遊蕩の果ての頽廃《たいはい》の翳《かげ》が見えた。

だれか鈴木栄吾と親しかった者はいないか、と訊くと、

「そりゃ隣にきかれたほうがいちばん手っとりばやいでしょう。以前《まえ》からいる人ですからね」

と、銀之助が居る前で、自分から戸を閉めてしまった。

隣の人は、奥山三郎兵衛という三十過ぎの男だった。

これはまた神経質な顔をしている。

「あまり親しくつきあったことはありませんがね。なにしろ、ここにきてすぐに死んだというので、わたしも不幸な人だと思いましたよ。おなじ死ぬなら江戸ですよ。それが甲府流しになって間もなく死ぬとは、よくよく運のない人だと思いました」

彼は、銀之助が栄吾の友達だと言うので、そう言ってくれた。

「当人の死んだときの模様《もよう》はどうでした？」

「知りませんね」

「しかし、あなたはすぐ隣におられたのでしょう？」

「そりゃそうです。しかし、鈴木栄吾が死んだのは、その家ではありませんよ」

「何ですって？」

聞き捨てならない言葉だった。

「家で死んだのではなかったのですか？」

「そうです。なんだか、山のほうに行って怪我をして、そのまま息を引きとったと聞きましたがね。はてね、江戸では家で死んだことになっていますか？」

「奥山氏」

銀之助は急《せ》き込んだ。

「栄吾といちばん仲のいい友達は、どなただったでしょう？」

「そうですな、あの人はここに見えてあまり日がないので、それほど親しい友達はできなかったはずですが、そういえば、河村百介なら、わりと親しかったようですね」

「その河村氏は、どこにおられますか？」

「河村なら、その先に常盤町《ときわまち》というのがあります。奴は鉄砲組でね。その組屋敷に行けば、燻《くすぶ》っているはずですよ」

河村百介は昼寝でもしていたらしく、眼をこすりながら銀之助に会った。

生来、不精者《ぶしょうもの》とみえて戸口に立っても、家の中の乱雑なことがわかった。出て来た百介の姿もだらしがない。しかし、その着附《きつ》けのぐあいや、態度からみると、彼も江戸で相当放蕩をしてきたとは推測できた。

河村百介は、二十七歳ぐらいで言葉の調子もわざと伝法《でんぽう》だった。

「江戸から、わざわざみえられたのか？」

河村百介は、銀之助の来訪に少々おどろいていた。

「わざわざというほどではありませんが、甲州に湯治《とうじ》にきたついでに、ちょっと、彼の生前の様子を聞きにきました。なにしろ、幼ないときからの友だちですから」

「そりゃ、ご親切な」

河村百介は肘《ひじ》の袖をあげて、ぽりぽりと掻《か》いた。

「なに、あたしも、それほどながい付き合いではなかったのでね。栄吾のことはそんなにくわしくはないのです。しかしね、あの人が死んだのは、おっしゃるようにじぶんの家《うち》ではありませんよ」

「それの様子をうかがいたいのです」

「ちょうど、非番の日でした。当人は、遊びに行くといって、出かけたままなんですがね。それから、三日経っても、四日経っても帰って来ねえ。不思議なことだと思っていると、急に上の方から栄吾の死亡をきかされたんでね。何でも、遊びに行っている途中、どこかの山から落ちて、その傷《けが》で息を引き取ったそうですよ」

「しかし」

と銀之助はいった。

「留守宅に入った公儀からの報《し》らせでは、病気にかかって自宅で死んだとなっていますが」

「そりゃあね、やはり、遊びに行って崖から落ちたというと、当人の体面にもかかわりまさあね。それに、大きな声ではいえねえが、組頭の責任にもなり、まあ、こんなところから、当人のことも考えて、普通の病気だということになったのでしょうなあ」

「すると、あなたは栄吾の亡骸《なきがら》をご覧になってないのですか？」

河村百介は首を振った。

「いいや、あたしゃ、なにも仏を見たわけじゃねえ。上のほうから、そういう達しがあったのでね。そうと承知したのですよ」

「寺はどこですか？」

栄吾の死体を埋めた寺があるはずだった。

「寺は田町に明玄寺《みようげんじ》というのがあって、その墓地に埋めたということだがね」

栄吾と親しかったという河村百介にしてこれだった。彼自身はその寺の墓参に行ったこともないらしい。

「生きてるときの栄吾の様子は、どうでした？」

銀之助は、親しかったということから百介にたずねた。

「そうですね。あの人は、ちょっと変っているんじゃねえかな。なにせ、われわれは、いやいやながらこの甲府に流されて来た連中ばかりだが、栄吾は、自分から志願して来たような張り切り方だった。そういうこともあってか、当人、ひどく元気でしたよ。まあ、世の中には変った人もあるもので、人のいやがる山流しをよろこんでいるというのだからね。そのせいか、勤務のほうもひどく乗り気だったようですよ」

「そうすると、上司の受けはよかったわけですね」

「そりゃ上役は喜びまさあな。当人が懸命に働きますのでね。われわれとは大分話が違う。まあ、こちとらは、一生、生きて江戸に帰れるかどうか分らねえ連中ばかりでね、仕事のほうも半分は投げやりでさあな」

「栄吾が山に行ったというお話ですが、それは、鉄砲か何か持って猟《かり》にでも行ったのですか?」

銀之助は、花屋の亭主の話を伝え聞いている。花屋の与兵衛が身延の裏山で出遇ったとき、栄吾は鉄砲を持っていたという。

「さあ、そいつは知らねえな」

河村百介は、ぼんやりした眼つきで否定した。

「その山は、どこでしょう? いや、栄吾が落ちて死んだという山です」

「なんでも、ずっと南の、富士川沿いの辺りだと聞きましたがね」

「遠いですか?」

「遠い。もっとも、土地の人間は平気だが、江戸の町に馴《な》れているわれわれには、ちょっとやそっとでは行けねえような山奥でさあ」

「身延の裏山のほうに栄吾が入っていたということを聞きませんでしたか?」

「そいつは聞いたことがねえ。はてね、そういうことはどこから聞きなすった?」

「いえ、ただ思いつきだけです」

実際を言っていいかどうか分らなかったので、銀之助は、河村百介の前で口を濁《にご》した。

明玄寺は、それほど大きな寺ではなかった。

この辺の寺らしく、屋根は藁葺《わらぶ》きだった。山門から入ると、本堂が正面だったが、傍らが墓地になっている。庫裡《くり》は本堂の横手に見えた。

銀之助は、寺の前から線香と樒《しきみ》を買った。

彼は墓地に入った。墓地の向うは木立ちになって、田圃がひろがっている。その向うは突兀《とっこつ》たる山が見えた。信玄が砦《とりで》を築いたという積翠寺《せきすいじ》のある要害山だった。

銀之助は、墓場の中を歩いた。新仏《にいぼとけ》だけを目標に探したのだが、多くは町方の者ばかりで、栄吾の墓と思われるものは見あたらなかった。

新しい塚の前には、供養《くよう》の提灯などが破れ朽ちている。

この調子では寺の坊さんにでもきかなければわからぬと思い、庫裡のほうに歩きかけると、向うから六十ばかりの老爺が歩いて来ていた。手に水桶を提げているところを見ると、寺男らしい。

銀之助が近づくと、寺男のほうでも、

「お詣りでございますか」

と叮嚀《ていねい》に頭をさげる。

「ちょっとききたいが」

銀之助は、対手の脚をとめた。

「ここに、鈴木栄吾という仏の墓があると聞いてきたが、いずれにあるのか、教えてもらいたい」

「鈴木栄吾さま?」

寺男は首をかしげた。

「いつごろ、お亡くなりになりましたので?」

「九月朔日だ」

「それでは、まだ新しゅうございますね。百ヵ日がまだまいりませんとなると、すぐにわかるはずでございますが、さてと……」

寺男にもすぐにわからぬらしい。

「どうも、てまえには見当がつきませぬ。和尚さんにきいてまいりましょう」

「そうしてくれるか。手間をかけてすまぬ」

「どういたしまして」

寺男は、水桶をそこに置くと、もと来た道のほうへ引返した。

銀之助は、そこにたたずんでいた。冬空だが、空は晴れている。ここからも富士山がきれいに見えた。いつも江戸で見馴れている小さなかたちと違い、圧倒するくらいの大きさで眼前に迫っていた。入陽が雪肌をほの赤く染めている。

ふと気づくと、白い着物を着た住職らしい坊さんが、寺男をうしろに従えて、こちらに歩いてくるところだった。

銀之助は会釈《えしゃく》した。

「ただいま、おたずねをしましたが、仏は鈴木栄吾という甲府勤番の者です。九月朔日に亡くなったはずですが、墓は当寺と聞きました。わたしはその友だちで、江戸から参った者ですが」

坊さんは五十四、五歳くらいの、肥《ふと》った赭《あか》ら顔《がお》の男だった。

眼を細めて銀之助を眺めた。

「そりゃ遠いところをご足労でございました」

住職は、武士と見て叮嚀《ていねい》だった。

「そのお墓は、たしかに当寺にございます」

「えっ、ありますか？」

寺男も知らない墓が、たしかに境内にあると言うのだ。

「それでは、教えていただきましょうか。わたしの友達ですから、線香を上げたいと思います」

「それでは、どうぞこちらへ」

住職は先に立った。

卒塔婆《そとば》や石塔の中を歩いて進んだ。

ほとんど境内の隅に当たるところで、住職の足は停った。

「これでございます」

住職は指さした。

銀之助が見ると、一個の石塊が地面の上に据えられてある。

これは、と思ったことだ。石は高さ一尺ばかりの楕円形の自然石である。

石の表には、何の文字も刻まれていなかった。これでは幾ら探してもわからないはずである。

だが、これはどうしたことか。石の前には花筒一つあるでもなく、墓場らしい囲いが拵《こしら》えてあるでもなかった。いわば、地面に石ころが立っているだけだ。墓だといわれて、初めてそうかと気付くくらいである。

武士の墓としての待遇ではない。いや、普通の人間でも、このような粗末な墓はないのだ。

身寄りのない土地で死んだとしても、組頭などの上役もいることだ。なぜ、もう少し丁重に葬ってやらないのか。――

銀之助は、樒《しきみ》をその石の前に置き、線香を立てかけた。

手を合わせたが、どういうものか、栄吾の霊を弔《とむら》っている気持がしなかった。生前の彼の想い出も泛《う》かばねば、江戸からここに来て、仲のよかった死者の霊に対面している悲しみも起らなかった。

ただ不審だけが心を占めていた。父親鈴木弥九郎の話では、甲府で死んだ栄吾の遺髪《いはつ》は、公儀の死亡通告と一緒に留守宅に届けられたという。

すると、彼の遺体はこのみすぼらしい石の下に横たわっているのであろうか。

銀之助は、住職にそのことを訊いた。住職は数珠《じゅず》を繰《く》った。

「おっしゃる通り、お気の毒に仏さまはこの石の下に眠っておられます。はい。南無阿弥陀仏、南無阿弥陀仏」

18

銀之助は、明玄寺を出た。

不思議な話だというよりほかはない。

鈴木栄吾が役宅で病死したと公儀から通知があったが、現地の甲府に来てみると、話は大分違う。現に隣に住んでいる人間がそのことを知らないのだ。栄吾と一番仲の良かったという河村百介は、病死を否定する。

鈴木栄吾は遠くの山へ登って、崖から足を踏みすべらし、墜落死をした、というのが百介の説であった。もっとも、百介も自身で確かめたのではなく、上からそう聞いたというのだ。

同じ上からといっても、河村百介の場合は組頭か何かであろう。江戸の鈴木弥九郎のところへ来たのは、公儀からの公文書だから、これは多分、甲府勤番支配からの通告によったものと思える。

いずれにしても、江戸と甲府とでは話が食い違う。

しかも、いま、寺に来てみると、栄吾の墓は申し訳だけの石が立っているのみで、戒名も何も彫りつけていない。この粗末な扱いは、任地で死亡した武士の待遇ではなかった。

銀之助の脚は、寺を出てから、甲府の町を真っ直ぐに突き切った。突き当りが城である。

平城といっても高地に築城してあるので、城の櫓《やぐら》は甲府のどこからでも眺められる。

甲府勤番支配は、二名の常駐になっている。一人を大手支配といい、一人を山ノ手支配という。大手支配は主に城中の警備に任じ、山ノ手支配は市中の監察と行政に携わる。

山根伯耆守は山ノ手支配であった。役宅は山ノ手御門前に置かれてある。

銀之助は、人にきいて、そのほうへ足をむけた。一度は山根伯耆守の役宅を眼で見ておきたかったからである。

甲府城はそれほど大きくはないが、万一の場合、将軍家をも迎えるくらいの用意のある拠点だから、築城は堅固なものだった。柳沢吉保の跡を修理補強したものだ。

山ノ手御門前の勤番支配屋敷は、それだけが恰も城郭《じょうかく》の一部のように、長い白い塀を見せて、宏壮《こうそう》なものだった。すぐ前は、濠をへだてて乾《いぬい》櫓が高く聳《そび》えている。

その背後に富士山の頂上が重なっていた。

門前をそれとなく通り過ぎたが、警備の足軽などが固めていて、その威勢は、さながら、大名の上屋敷《かみやしき》のようである。

そもそも、甲府勤番となると、一般の勤番武士《ざむらい》とは違う。勤番士のほとんどは小普請組《こぶしんぐみ》から選《よ》り出される。選り出されるというのは悪いほうの意味で、放蕩者や喧嘩などして手に負えない者を、懲罰の意味でここへ置くのだ。しかし、勤番支配となるとそうではなく、この位置を足がかりとして出世する者が多い。

たとえば、享保九年に勤番支配となった興津忠閭《おきつただざと》は、十年に大目付《おおめつけ》となり、寛保元年に甲府に赴任した能勢頼次《のせよりつぐ》は、同じく大目付。延享四年の長谷川久三郎《はせがわきゅうさぶろう》は、西の丸弓頭へ、宝暦八年の八木重三郎は、槍奉行へ、安永四年の渡辺図書《わたなべずしょ》が同じく槍奉行というふうに、なかには、西の丸小姓組番頭や、一橋家の家老になっている山口兵庫《ひょうご》のような者もある。

要するに、一般の諸士が生きて江戸に帰れぬこの世の絶望を味わっているのに、勤番支配だけはここを出世の道程にしているのであった。

この勤番支配は、老中の支配下にあり、芙蓉《ふよう》の間詰で、組頭二人、勤番士百人、与力十騎、同心五十人、仮目付五人、武具《ぶぐ》奉行、破損奉行、蔵立合《くらたちあい》おのおの一人を勤番武士から勤めさせ、そのほか、小人数十人、町年寄二人、問屋一人を令するというたいそうな勢いだ。

むろん、本邸は江戸にあるが、その保養先として小梅に寮をもってもおかしくはない人物である。

その役宅の大きさも、一町四方はあった。

銀之助は、その塀に沿って歩いた。

陽はかなり傾いて、道に長い影をつくっている。

山根伯耆守がいかなる人物かは銀之助には知識がない。二年前、小普請支配からここにやられたという経歴しか分っていなかった。

甲府での山根の評判はどうか。そのへんも聞きたかった。

ようやく、町のほうへもどったときである。

人通りのなかから、彼の眼の前へ飛びだした男がいた。

「旦那さまじゃございませんか？」

いきなり声をかけられた。

銀之助が見ると、ひとりの町人が彼の前にしきりと頭をさげていた。

「おう、あんたは」

銀之助は思わず声をかけた。

「へえ、吉田屋でございます。あの節は、どうも」

その顔を忘れてはいなかった。甲州街道の峠で、妹を看病していた男である。つづいて、その翌る朝、銀之助の泊った宿に、地酒を一升、礼心にとどけてくれた太郎作だった。

「いろいろとお世話になりました。あのせつは失礼をしてお別れをいたしましたが、ここで旦那さまにお目にかかろうとは、思いがけないことでございます」

銀之助も全く意外であった。

「病人のその後の容体は、どうだね？」

銀之助は、峠の道端に苦しそうにしゃがんでいた、若い女の横顔をうかべた。

「ありがとうございます。おかげさまで、旦那さまからいただいたお薬が効きまして、ほどなく恢復《かいふく》いたしました。今ではすっかり元気になっています」

太郎作は、妹を助けられた礼を言った。

「それはなによりだった」

「かたじけのうございます。いまも妹は宿に残しております。てまえの宿は、ここからあまり遠くございません。むさくるしい所ではございますが、お休みがてらお立ち寄り下さると、妹もどのように喜ぶか分りません」

「ありがとう」

銀之助は微かに笑った。

「そうもしていられないでな。そうそう、こないだは、酒を届けてもらった」

「とんでもございません。お口には合わないとは思いましたが、ほんのお礼心でございます」

「妹御によろしく言ってくれ」

「で、旦那さまは、これからどちらへ？」

「わたしは湯治に来た人間だ。そこへ行くまでに、甲府の町を見物しているのだ。なにしろ、はじめての旅でな」

「さようでございましたね。湯治にいらっしゃるとは、あのとき承りました。どちらの方角に？」

吉田屋太郎作は熱心に行先をきいた。

「まだ、どこともきめてはいない」

銀之助はまた微笑した。

「いろいろといい場所を教えてもらって、その次第で脚の向くままだ。久しぶりに旅に出たので、のんびりと歩いてもみたいからな」

「結構でございます。甲州は、ほうぼうに湯治場がございまして、その分にはことは欠きませぬ」

太郎作はちょっと首を傾《かし》げていたが、

「さようでございますね、てまえも商売のほうが早く済みましたら、どこかの温泉場にでも参ろうかと存じておりました。もし、また御縁がありましたら、ひょんな所でお目にかからぬとも限りませぬ」

「そうだな。まあ、気をつけて行くがよい」

「ありがとうございます。旦那さまも、どうぞ、お身体を御大切になすって」

吉田屋太郎作は律儀《りちぎ》な男のようだった。銀之助の前に何度も頭をさげたのは、よほど妹の急病を助けてもらったのがうれしかったとみえる。

別れるときに、彼は銀之助にまたこうも言った。

「そうそう、甲州の湯治場も、所によってはこれから雪になります。一度、雪が降りますと、なかなか厄介で、そこからは出られぬこともございます。そのへんのところも、どうぞお考えなすって」

親切な注意であった。

銀之助は、吉田屋と別れると、今夜一晩は、この甲府に宿を取ることにした。

べつに当てはないが、何となくここが去りがたい。友達の栄吾がこの土地に勤めて、自分の歩いているこの通りも彼が歩いたことがあると思えば、懐しさが湧いた。

ただ、通りすがりに一瞥《べつ》して過ぎるのは心残りがした。

増山町の唐木屋というのに宿を取った。

「いらっしゃいまし。お早いお着きさまで」

番頭は、銀之助を表通りのいい部屋に通した。

「いらっしゃいまし」

二十五、六ぐらいの女中が茶を運んで来た。

「大そう賑やかなところだね」

銀之助は、障子を開けて表通りを見ながら言った。実際、下には人通りが多かった。

「さようでございます。この町でここがいっとう賑やかなところということになっています。とても江戸の外れにも及びませんが」

「いやいや、そうではない。さすがに信玄公以来の城下だ。なかなかなものだな」

銀之助がふと前を見ると、そこは大きな料亭になっていた。そういえば、その次も料理屋風な家が並んでいる。

「大きな料理屋があるな」

女中は茶をすすめながら、

「あれは岡野家さんと申します。ここでは一、二の料理屋でございます」

「家の構えといい、大きさといい、大したものだ」

「この町は、料理屋や、女衆を置いているお茶屋が多うございます。旦那さまも、日がくれましたら、ひとまわりお歩きになってはいかがでございますか？」

「いや、わたしはくたびれているでな」

銀之助は苦笑した。

「今夜はゆっくりと、早くからやすませてもらう」

「明日のお発ちは早ようございますか」

「いや、ゆっくりでいい。そうだ、ここの主人にも聞いて、あんたがたから、いい湯治場を教えてもらいたいと思っている」

「おや、湯治にいらっしゃいますので？」

女中は、若い銀之助の顔をちらりと見上げた。

銀之助は、宿の風呂に入った。

上って来ると、夕食の膳が出ていた。

「どこか、この近くでいい所があるかな?」

銀之助は、女中から訊くことにした。

「さようでございますね。甲府の近くでしたら、湯村がございます。ここから二里ばかりでございますから、ほんのひと足でございますよ」

「この近くだと、賑やかだろうな?」

「はい。なにしろ、甲府の方がほとんどでございます」

「あんたは、この辺の生れかね?」

「はい、甲州でございます。甲州といっても、わたくしは身延の近くでございますが」

「なに、身延?」

銀之助は、まるい顔をしている女中を見つめた。

「身延のほうにも湯治場はあるかね?」

「はい、ございます。ここから鰍沢《かじかざわ》を通りまして、山沿いの道を参りますと、下《しも》部《べ》というところがございます。信玄隠し湯の一つとして知られておりますが、そりや鄙《ひな》びたところでございます」

「そのほかにも湯治場があるかね？」

「さようでございますね」

女中はちょっと考えていたが、

「富士川から分れた流れに早川《はやかわ》というのがございます。ちょうど、身延山側でございますが、その早川についてずっと上りまして八里ばかり行きますと、西山《にしやま》という湯治場がございます」

「西山？」

「はい。身延山の裏山に七面山というのがございますが、ちょうど、その裏側にも当っております」

銀之助は箸を置いた。

「そこにしよう」

女中が笑い出した。

「まあ、お気の早い。ですが、旦那さま。そこはたいそう寂しい所でございます。なにしろ、山の中でございまして、宿も二軒か三軒。客といいましても、近所の百姓か樵夫《きこり》がおもでございます。旦那さまがたのご逗留《とうりゅう》になるような場所ではございませぬ」

「そういう所が、かえって風情《ふぜい》があっていいかも知れぬ。西山というんだね？」

銀之助は、その湯治場へ行くまでの地理をくわしく訊いた。

身延の裏山を下ったところだというのが気に入った。むろん、栄吾のことにかけてである。

向両国の花屋の亭主が栄吾に出遇ったのが、たしか七面山の裏側だった。亭主は久遠寺《くおんじ》から奥の院に登り、そこで道を踏み迷い、七面山の裏の山中で栄吾に遭遇したはずだ。

湯治場が寂しくてもいっこうにかまわなかった。もし、栄吾の最期がその七面山界隈だとすると、絶好の場所である。ことに女中の話では、樵夫が湯治にくるという。そうした山の連中からなんらかの手がかりが得られないでもなかった。

食事をおわって、銀之助はすこし横になった。歩きつづけて来ているので、やはり疲れが身体にのこっている。

「お床をおとりしましょう？」

外は暗くなっている。銀之助は、行灯《あんどん》の灯心を小さくして床にはいった。

枕に頭をつけていると、障子の外に賑やかな声が起って来た。三味線、太鼓がまじっていて、いつまでもつづく。それが耳について、容易に睡れなかった。彼は諦めたように起きあがった。

表の障子を開いた。騒ぎは前の岡野家から聞えてくる。実際、その家の表の障子が真昼のように明るく、ちらちらとたくさんな人の影が動いている。どうやら、その部屋で、遊興がはじまっているようであった。女の高い声もまじっている。見ていると、その障子があいた。芸者らしい女のひとりが開けたのだが、ちょうど、銀之助の見ているところから、その座敷の中が真正面だった。銀之助がなにげなくのぞくと、座敷の正面に老人がひとりすわっている。白い顎髯《あごひげ》が遠くからでもみえた。若い芸者が左右にすわっていて、老人は悠然と盃を手にしている。ほかにも人がいるらしいが、それは障子の蔭で見えなかった。とにかく、豪奢な遊びのようだった。

誰かが注意したらしい。芸者はすぐに障子を閉めた。が、その閉める寸前に、老人の顔がふいとこちらを向いた。むろん、視線を合せたわけではないが、老人も銀之助の方を見たようである。

絹物ずくめの立派な衣裳を着けている町人の年寄《としより》だった。

19

銀之助は、朝おそく起きた。裏で嗽《すす》ぎをしていると、縁側《えんがわ》をでっぷりと肥った男が通りすぎた。銀之助のほうを向いて会釈したが、銀之助は、それがこの宿の主人だろうぐらいに思っていた。

座敷に戻ると、女中が朝食の膳を持ってきていた。

「よくおやすみになりましたか」

同じ女中である。手を口にあてて、おかしそうに笑っていた。

「昨夜《ゆうべ》は、耳に前の騒ぎが聞こえて、いつまでも寝入れなかった」

銀之助は湯吞を取った。

女中は口から手を外して、

「それはお気の毒でございました。そういえば、あちらとこの部屋とは真向《まむ》かいでございましたね」

「お前にも、あの騒ぎが聞こえたか？」

「はい。賑やかでございましたわ。お客さまにはご迷惑でございましたね」

「大そうな騒ぎだった。甲府の町は景気がいいのか？」

「今年は秋蚕《ご》がよく取れて、各地から商人《あきんど》さんが入り、景気がよろしゅうございます」

銀之助は、その言葉で、昨日《きのう》、遇った吉田屋太郎作を思い出した。

「それでは、昨夜のお大尽は、繭の商人かな？」

「あら、旦那さまはご覧あそばしたので？」

「うむ。前の障子が開いたのでな、見るともなしに眺めたのだ。年寄だったな、客は？」

「白い髭の生えた方でしょ？」

「そうだ、そうだ。お前、知ってるのか？」

「ときどき、あのうちで派手な遊びをなさいます」

「やはり繭の商人か」

「いいえ、そうじゃございません。なんでも、信州の方の山持ちだそうでございます。大きな山をいくつももっておられるそうで。それであういう結構《けっこう》な遊びが出来るのでございましょう」

「ひとりでくるのか？」

「いいえ、いつも、お供に若い衆が二人ぐらい付き添っていらっしゃいます」

「仕合せな年寄だな」

話はそれで切れた。銀之助は朝食を終《お》えた。

「お粗末でございました」

女中が膳を退《さ》げようとするのを、銀之助は、

「あ、これ。ここの主人はいるか」

と止めた。

「いま、手がすいているなら、ここへちょっと呼んでもらえぬか」

「かしこまりました」

女中が襖の蔭に隠れてからすぐだった。同じところから、

「ごめん下さいまし」

太い声が障子の外から聞こえた。

「どうか入ってくれ」

姿を現わしたのは、さきほど嗽ぎのときに見た四十年配の男だった。

彼は畳に両手を突いた。

「お早うございます。てまえは、この宿の主人で庄兵衛と申します。お泊りをねが

ってありがとうございました」

「そう固くならないでもらいたい」

銀之助は微笑《わら》いかけた。

「なに、わたしはこの甲府が初めてなので、御主人にいろいろと伺おうと思ってな」

「さようでございますか」

「まあ、ずっとこちらに来てもらいたい」

主人の庄兵衛は、ごめん下さいまし、と言って銀之助のまん前に坐った。

「初めて来たところだが、この甲府もなかなかいいところだな。わたしは、甲州街道からこの盆地を見たとき、絶景にびっくりしたくらいだ。富士山は近いし、別な山には雪が乗っている。低い盆地一帯には霞が立っているという景色だった」

「どなたさまも、そうおっしゃいます」

宿の主人はほほえんだ。

「まあ、わたくしどもは、江戸にも年に一、二回は出かけて参りますが、住めば都とやらで、やはりこの甲府が住みようございます」

「そうであろう。甲府の勤番支配は、どなただったかな？　いや、町方を差配されている方だ。わたしも旗本のはしくれでな。ひょっとすると、名前だけは存じている方かもしれない」

「これは御直参《ごじきさん》でございましたか。失礼しました」

亭主は改まったように両手をついた。

「直参といっても、われわれは下っぱだ」

「恐れ入ります。さようでございますね、町方の差配をなさっているのは、山根伯耆守さまでございます」

「はてな？」

とわざととぼけて見せた。

「あまりに雲の上のお方で、われらには存じあげぬ名前だ。どうだな、いいお方か？」

亭主は頭を下げ、複雑な笑いを見せた。

「へえ、そりゃもう……いいお方でございます」

銀之助は笑い出した。

「いや、わたしが旗本の端くれだと思って、遠慮してくれるな。ありのままを言ってほしい。それに、山根様というお人はわたしの知らない方だ。お前から聞いたということは決して言わない。ただ、ご評判だけを知らせてほしいのだ」

「へえ」

亭主は、銀之助の顔を見つめている。

「旦那さまは、もしや、そのお調べでこちらに見えたのでは？」

「とんでもない。わたしは、いまもいうとおり、気ままに湯治に出かける男だ。はじめての旅で甲府に着いたので、いろいろと土地のことをきいているだけだ」

「さようでございますか」

亭主はまだ躊躇している。こっそり土地の評判をさぐりにきた隠密《おんみつ》ではないか、と疑っているらしい。

めったなことは言えないのだ。甲府勤番支配といえば、領主にも等しい。その人のことを、見ず知らずの他人に言えるわけもなかった。銀之助は、それもよく知っている。ただ、亭主の顔色から反応《はんのう》を判断するだけだった。

「いえ、ほんとうにいいお方でございます。町の者も、山根さまの御支配になってからは、よろこんでおります」

銀之助は眼を少し横にそらせ、唇にうすい笑いをのぼせた。

「はてな、そんなに土地には評判のお人かな」

「…………」

「わたしはものを疑ってかかるほうでな。土地の人がこういったからといって、すなおにはうけとれない。わたしの悪いくせでね。山根さまも評判がいいと聞いても、にわかには信じられぬのだ」

亭主はそれを強くうち消さなかった。少し困ったように俯向いている。

「甲府勤番支配は、近々、御槍奉行に転任になる、という噂がもっぱらだ」

銀之助はカマをかけた。

「えっ？」

亭主は、ひょいと銀之助の顔を見上げた。

「それは、大手支配さまでございますか？　それとも、山ノ手支配さまでございますか？」

熱心な眼つきだった。ただ、甲府を支配している長官の更迭だけを気にしている眼ではなかった。それ以上の何かがあった。

「さあ、それはどちらのお方ともわからぬがな」

銀之助は、そ知らぬ眼で亭主の表情をそれとなく観察している。

「さようでございますか。へえ。そういうお噂が江戸でございますか？」

亭主は、どこか気がかりなような、安堵したような複雑な色を見せた。銀之助は、それで万事判ったと思った。

「いろいろとくだらないことを訊いたな。もう、引き取ってくれ。わたしもぼつぼつ出発するつもりだ」

「さようでございますか。へえ。どうも行き届きませんで」

亭主は座敷を辞した。

銀之助はそのあとで起ち、表の障子を開けた。昨夜、散財騒ぎのあった部屋は掃除でもしているのか、障子が一ぱいに開かれ、女中たちが立ち働いていた。

昨夜、あの部屋で騒いだのは、信州の山持ちという。百姓ながら金持なのだ。そういうことでは、到底、武士が足もとにもおよばない。信州といえば深い山ばかりで、良材も多いことだろう。広い区域を占めた地主だと、なるほど、あれくらいの遊び方は当り前かもしれぬ。

それにしても、山根伯耆守の評判は、土地ではあまりよくないらしい。もし、じっさいに彼が好評だったら、銀之助の猜疑的な言葉を、亭主は強くうち消すはずだった。顔色も真剣になって訂正するはずだった。それがないのだ。ただ、口先だけであたりさわりのないことを言っていた。

甲府勤番支配が近く更迭になると言って聞かせると、亭主は思わず眼を輝かしたではないか。大手支配か、山ノ手支配か、とも訊いた。多分、亭主の気持は、山ノ手支配山根伯耆守の更迭を希望していたのではなかろうか。――

銀之助は、障子を閉めた。

これから山の中に入る。江戸に便りをするとなれば、この甲府よりほかにない。ほかの土地だと時間がかかる。

銀之助は、栄吾の許嫁者《いいなずけ》だった幸江のことを思い出した。甲州に着いたら、すぐに手紙を呉れ、と言っていた。栄吾の消息がわかれば、すぐにでも家を脱け出るつもりなのである。

彼女は、今も、銀之助から来る便りを待っているに違いない。

幸江に報告することはあった。栄吾の死が公儀の報らせと食い違っていることである。この発見は重大だった。しかし、それをそのまま幸江に伝えていいものかどうか。

この点になると、銀之助も迷った。

が、けっきょく、幸江の気持を察して、とうぶん、これは便りに書かないことにした。

三浦銀之助は、その日の午《ひる》まえに甲府を出た。

甲府から、盆地を横ぎって南へまっすぐに行く。この道は身延街道とも言った。盆地には寒い風が渡っていた。左手に見える富士山は、連山の上に白砂をかけたように盛り上がっている。右側の高い尾根の稜線にも雪が積っていた。

甲府を出て一里ばかり行くと、市川大門にでる。

この辺では、家の外に楮《こうぞ》を干していた。寒いので、今が仕事のさかりだった。手漉《す》きの紙が枠の中に冬の陽を白く照り返していた。

市川大門を過ぎると、鰍沢《かじかざわ》までは三里の道程《みちのり》である。笛吹と釜無の二つの川の名が、この谷間《たにあい》で一つとなって富士川とかわり、駿河のほうに注いで行く。道はここで川と別れ、別の山の間に分け入っている。

銀之助は、この山道で何人もの旅人と出遇った。その多くは、身延詣の信者である。手に数珠を持ち、団扇《うちわ》太鼓を握っていた。身延さまはどのような病いにも霊験あらたかだと信じられて、さまざまな人間がこの街道に頻繁に見受けられるのだ。

鰍沢から切石まで二里十八丁。それから下部温泉までは一里十三丁だった。信玄隠し湯の一つとして、下部温泉は以前から近郷に名前がある。

下部川を上って行くと、湯ノ奥というところに出る。杣道《そまみち》をつたって南へのぼると、麓《ふもと》という村に出るが、これが富士の裾野にあたっている。その湯ノ奥の谿谷から湧き出る水が北に落ちた下流に下部の湯がある。

冬の日あしは短い。甲府を午《ひる》まえに発ったので、この湯の宿に着いたときは、真暗に昏れていた。

銀之助は、八代屋という湯宿に入った。

湯宿といっても、百姓家と等しい。湯治客の多くは自炊だった。それもこの辺の百姓が多く、湯はぬるい。

晩飯には山女魚《やまめ》が膳につけられた。

「明日《あす》は、お早いお発ちでございますか？」

女中は訊いた。

「そうだな、それほど早くもない。気儘なときに出発したい」

「それでは、明朝、御都合を伺いに参ります」

「そうしてくれ」

膳にあるのは山菜が多かった。山女魚を焼く臭いがどこかでしている。

部屋はきたなかった。天井も低いし、畳もよごれている。襖も、障子も、ところどころ破れていた。自炊客を泊めるので、部屋は荒れていた。

銀之助は、階下に降りて湯壺に入った。湯の温度が低いので、沸かしている。湯槽《ゆぶね》には二、三人の相客があった。裏のほうに流れの音がする。

銀之助が湯からあがって部屋にかえるときだった。縁側を通っていると、この母《おも》屋《や》からはなれたところに板戸でかこった小屋がある。はじめ、物置かとおもったが、そうではなく、蠟燭《ろうそく》があるので、どうやら、人がその中にいるようだった。

銀之助は透かしてながめた。蠟燭の火影《ほかげ》にちらちらうつっているのは、脚の不自由な病人のようだった。ひと目で業病をわずらっている人間と知れた。ここでは、土地がら、身延が近いので、そうした患者を泊めるらしい。小屋は、その専用の宿舎なのである。

襖の隙間から寒い風がはいっていた。底冷えがする。江戸とちがってかなりな山奥だから、寒気も強い。

ここから西山にゆくには、いったん、身延まで出て、道を北にとるのである。

銀之助は、幸江に出す便りのことを気にかけているうちに、いつのまにか睡りに落ちた。どれだけ睡ったかわからない。ふと、眼をさました。どういう理由でさましたかわからないが、耳もとに微かな物音を聞いたと思う。

部屋は、むろん、まっ暗だった。銀之助は、そっと枕元の刀を抱きよせた。息を詰めていると、縁側に細い音が動いていた。それも歩いているのではなく、明らかに、膝をつけて障子に身体をすり寄せ、こちらの寝息を窺っているのだった。銀之助は、闇の中から見当をつけた。その方角に、障子が音を消して少し開いた。かすかに水音がするようである。銀之助は、対手が障子の閾《しきい》を水でしめしていることを知った。音を殺すためである。

障子の隙間が三寸は開いた、とおもった。彼は蒲団のなかに身体をかがめて、その計算をしている。

五寸開いたと思ったときだった。銀之助はものもいわずに、蒲団と身体を同時に跳ね起した。瞬間に、切尖《きっさき》が障子の隙間から正確に廊下へ伸びていた。

20

切尖は伸びたが、手応《てごた》えはなかった。

いや、手応えがある前に、対手は切尖の寸前をかわしたようだった。たしかに徒《いたず》らに空を截《き》ったのではない。切尖と対手の間に、空気が波立っていた。跳《と》び退《すさ》った対手が起こした、かすかな風だった。

銀之助が障子の外へ出たとき、廊下には何者もいなかった。何かが上って行く音が、廊下のはしから聞こえた。敏捷な人間だった。

銀之助は、行灯の芯《しん》をかき立てて、それを閾《しきい》際に持って行った。

障子は、銀之助が廊下に出る前は、たしかに五寸は開いていた。閾を湿した水のあとが、そのくらいの長さだった。水を含ませた手拭を、ここで絞ったのかもしれない。

正体の分らない対手である。見当もつかなかった。しかし、人違いされたとも思わなかったし、突然のことでもなかった。こういうことはありそうな気がしていた。これからも、何かがあるに違いない。狙われているということは無気味なことだったが、その覚悟はして来たつもりだ。栄吾の奇怪な死に方から考えて、そのあとを調査する自分に、これくらいの危険は予想している。

しかし、予感はあっても、現実に起こってみると、やはり、これは、と思わないわけにはいかなかった。いざ、襲われてみると、別な覚悟になった。心が霜のように引き緊まったのも、その直後からである。

銀之助には、抜き打ちにいささかの自信があった。江戸の仲間うちでも彼ほどの腕は珍しい、と賞められていたくらいである。その鋭い切尖を対手は、寸秒の間にかわしたのだ。むろん、盗賊ではない。あの動作で、対手の力量のほどが分かった。この田舎に住んでいるような人間ではない。

銀之助は、夜明け前になって睡った。起きたときは、陽が高くなっていた。

障子の閾をもう一度調べた。もう乾いているが、まだ湿った跡はある。

対手は何をしようとしたのか。盗まれる物は何もなかった。侵入の目的があるとすると、銀之助に加える危害だけだ。それ以外には考えられない。

なぜ、対手は自分を殺そうとして来たか。

事情を知った者の仕業と思うよりほかはなかった。むろん、栄吾の死の真相を調べに来たことを知った者だ。そのことが不利益と考えている人間だ。

しかし、昨夜のことがあって、かえって幸いだった。

予感だけあって、いつ、それが形に現われるかと待っているよりも、早速、見舞われたことは有難かった。いわば、これは対手方から来た警告である。

女中が来た。何も知っていない。

「旦那さま。お風呂はいかがでございますか？」

温泉のありがたさだった。朝から湯がある。銀之助は手拭を提げて、湯壺のあるところに降りた。廊下を行くとき、自然に眼が庭先に向く。板塀の掘立小屋があった。そこでは、一人の男が暖かい陽溜まりに背中を温《ぬく》めていた。まだ三十にもならない男のようだった。蒼白くむくんだ顔をしている。

湯壺は、この家の低いところにある。すぐ傍《そば》が川だから、流れの音が雨を聞いているようだった。

湯気の籠《こも》った湯槽《ゆぶね》に入ると、先客が一人いた。

「お先にいただいております」

百姓のような男で、これは武士への礼儀だった。

肩幅のがっちりとした男だ。筋肉も見事で、山仕事か何かをしていると見ていい。顔もいかついのだ。二十三、四ぐらいだ。唇の厚い男だった。

「あんたは、この近くの人かね？」

銀之助は話しかけた。

「へえ」

男は、ざぶりと手で自分の顔に湯をかけた。

「左様でございます。いつも山にばかり入っておりますので、この里に出て、温かい湯に入るのが、何よりの楽しみでございます」

「山に入っている？　すると樵夫《きこり》か」

「いえ、炭焼きでございます。今年も、今から山に入って、春まで戻って参りませんので、これが最後の入湯《にゅうとう》でございます」

「山は近いのか」

「へえ、この上でございます。けれども、これから雪が降って参りますと、なかなか里には下りられません」

男は気軽に答えた。

「旦那さまは、どちらから？」

「江戸からきた」

「そうだろうと思いました。甲府のお方ではないようで」

「分かるか」

「そりゃア、もう……」

男は笑っていた。銀之助は、この男に同じ江戸からきた栄吾のことをきこうかと思ったが、用心をして口をつぐんだ。

下部《しもべ》を発ったのが午《ひる》近くだった。

ここから二里ばかりの山径を南に下って行くと、俄かに広い富士川べりに出た。これから一里の間は、絶えず川を見ながら歩く。川幅が広いので、水は川床の中央を流れているだけだった。川原には白い小石がひろがっている。対岸は山脈《やまなみ》が続いていた。その中で、ひときわ高い山が見えている。それが身延だった。

身延詣りの渡し舟が出ている。講中の旗を立てた参詣人がほとんどだった。白い着物を着て、大きな数珠を肩から下げた者が多い。法華信者は賑やかだ。舟が対岸の身延に近づくと、早速、お山に向かって題目が唱えられ、団扇太鼓が鳴った。舟着き場から身延山の久遠寺に着くまでは、二里の坂を登らねばならぬ。参道は鬱蒼とした杉の巨木に覆われていた。朝は霜が立つのか、陽の当たらぬ蔭の地面が濡れていた。

銀之助はそれを見ると、昨夜の曲者のことを思い出す。水で閾を濡らして、音を立てないように障子を開けるのが、忍者の心得でもあるのか。油断のならぬことだった。

暗い参道を登って行くと、坂はいよいよ急となり、久遠寺の大屋根が杉の葉の間から望まれるころ、門前に並ぶ茶店の町に出た。

そこを抜けると、石段のある高い道となり、参詣人が多くなる。

さすがに、法華の総本山だけに、堂塔伽藍《どうとうがらん》は見事なものだ。千年も経つと思われる杉の森の中に、かずかずの宿坊がはさまっていた。

銀之助がここへきたのは、お祖師《そし》さまには申しわけのないことだが、西山に行く途中だから、ついでに参詣したのだ。有名なので、寺だけを見ておきたい気持だった。


大きな本堂の前から離れたとき、ふと眼が前方に向かった。

寺の境内にも大きな杉の木が多い。銀之助の視線に写ったのは、その杉木立の間に人が五、六人歩いていることだった。

参詣人だから、それだけでは不思議はない。が、先頭にゆっくりと足を運ばせているのが、白い髭を生やした老人なのだ。おや、と思わず見直したのは、むろん、その顔に憶えがあったからだ。

甲府の宿で、真向かいの料亭で騒いでいたあの年寄りだった。騒ぎがひどいので、容易に寝つかれなかった。こちらから眺めていると、偶然に向かいの障子が開いて、座敷に坐っている老人の顔が見えた。歩いているのはその同じ人なのである。

冬の陽は杉に遮ぎられて、境内に明るい場所と暗い部分とをつくっている。老人が歩いているのが、その日向の中だった。白い髭が光っているのが見える。老人は、ときどき立ち止まりながら、高い杉の梢を見上げたりなどしていた。歩き方なども悠然《ゆうぜん》としているし、動作も落ち着いている。

老人に説明する人間もいた。供人も老人に恭々《うやうや》しい様子である。その後ろにいる五、六人の人たちも、いずれも傭人であるらしかった。

宿の女中の話で、老人は信州のほうに大きな山林を持っているということだった。それだったら五、六人の供人が老人を尊敬しているのは当然なのだ。

銀之助が見ている前で、その一行は境内から参道のほうへ下って行った。

あの老人とここで遇ったとしても奇妙ではない。信州の山奥から出た老人は、甲府の町で散財をし、この身延山に回って来たのかもしれない。あり得ることだ。

また、あの老人と自分との間には、何の関係もない。甲府の一夜、こちらの睡りを妨げられたという因縁くらいのものだった。

銀之助は下山の途についた。

門前の茶店の並んでいるところに来て、銀之助は咽喉《のど》の渇《かわ》きを覚えた。眼に着いた茶店に入った。床机《しょうぎ》に腰をかけると、真向かいの床机でしきりと餅を食べている男がいる。その横顔を見て、銀之助はおもわず声をあげた。それがなんと吉田屋太郎作であった。どこかでお目にかかるかもしれない、と甲府で会ったとき、太郎作は言っていたが、早速、これなのだ。

「こりゃ、おどろきました」

太郎作は、額に手をやって銀之助におじぎをした。

「こんなところで、と言っちゃ悪うございますが、身延山で旦那さまにお目にかかろうとは思いませんでした。いや、重ねがさね、不思議な御縁でございますな」

「あんたもお詣りか？」

「へえ。甲府での仕事が早く埒《らち》がつきましたので、すこし脚をのばして、身延さまにおまいりにきたようなしだいでございます」

銀之助は、太郎作が独りなのに気づいた。

「妹御はどうされた？」

「へえ、有難うございます。妹のやつは、まだ、身体がしっかりしないといって、お山にのぼるのを渋っていました。わたしも、強《た》って伴《つ》れて来て、またぞろ腹痛をおこされちゃかないませんから、甲府の宿においております」

「そうか。で、江戸にはいつかえるのか？」

「今夜は身延さまにご厄介になって、明日にでも甲府にかえり、明後日から出立したいとおもいます」

「湯治には行けぬわけだな？」

「へえ。何とかそのつもりでおりましたが、いろいろと野暮用もあり、妹も伴《つ》れておりますので、まっすぐ江戸に帰ることになりました。なにしろ、商売をしていると、自分の勝手にはいかぬものでございます」

太郎作は、銀之助の顔を眺めた。

「そこへいくと、旦那さまなどは、お独りで気軽にお遊びにいらしてるのですから、お楽しみでございます」

「旅路に出たのは初めてだから、いろいろと勝手が違って困っている」

「左様でございましょうとも。江戸の土地で暮らした人間には、山道は難儀《なんぎ》でございます」

太郎作はなつかしそうに銀之助と話していたが、

「で、旦那さまは、これからどちらへ？」

「宿で聞いたが、なんでも、西山という湯治場が疲れた身体にはいいそうだ。そこへ出向こうと考えている」

「そりゃようござんした。西山でございますか。なるほど。さすがに土地の者は、よく知っておりますな。あすこなら、てまえも聞いたことがございます。そりゃ、きっと、旦那さまも御丈夫におなり遊ばすと思います」

甲州街道の峠の上で遇い、甲府で遇い、今また身延で三度目に遇った。よくよく縁の深い間柄だと銀之助は思った。

しかし、ここで手間を取っては日が昏《く》れそうになる。銀之助は起ち上がった。

「それでは、気をつけて行くがよい」

「旦那さまも」

と、吉田屋太郎作は道端まで出て見送ってくれた。

銀之助は、太郎作が宿に残したという妹のことを思い出した。太郎作と並んでその妹の姿がないことを、何となくもの足りなく思った。

銀之助は、身延から奥山へ詣り、それから七面山のほうに抜けることも考えぬではなかった。それは栄吾に出遇った向両国の花屋与兵衛の踏んだ道である。だが、いま、そこへ行っても、結局、効果のないことを覚った。それよりも、その裏側に当たる西山に行ったほうが調査の手がかりが早くつくような気がする。

身延の山を下り切ると、ふたたび富士川の見える道に出た。今度は舟着場のほうには行かず、その道を上流に取って歩く。つまり、鰍沢のほうへ逆に戻るのだった。

富士川の行く手を見ると、山裾が重なり合い、その間にも遠い山がのぞいている。だが、富士川の支流の早川から、道を上流に取ると、山の深さはいよいよ増して来た。ここはほとんど村というものがない。土地がないので、家がかなり高いところに点在しているだけだった。その辺にだけ、斜面を切り拓《ひら》いた段々畠が見える。

ここから西山まで三里。ときどき、馬の背に薪を積んだ馬子と出遇う。背負子《しょいこ》を背負った農夫とも往き遇った。

一里も歩いたころ、道の傍らに古びた祠があった。銀之助がそこでひと休みしようとして、ふと見ると、祠のわきに絵馬が下がっている。

銀之助は近づいてそれを手に取った。半ば予期したように、その図柄は金槌《かなづち》であった。図の上に何やら文字が書いてあるが、判読もできなかった。この絵なら、江戸の小梅の里でも見たし、甲州街道の黒野田の宿場でも見た。

これは、一体、何を表わす図柄だろう。またしても、思う。

神社の絵馬というと、大てい、神社の使いだと言われる動物が描かれるのが普通だ。馬だとか、狐だとか、巳だとかである。それは一種の呪術《じゅじゅつ》であろう。しかし、金槌とは聞いたことがない。何の呪術であろうか。

銀之助は、その古びた小さい祠を改めて見た。べつに神社の名前も書いていない。

しかし、この絵馬があるところを見ると、やはり青日明神の流れなのだろうか。そして、青日明神というのは、この甲州一帯に信仰されている神体なのだろうか。銀之助は、下がっている絵馬をまた手に取って眺めた。せめて文字だけでも読みたいと思ったが、妙に捻《ひね》った文字で判読できない。

折りから夕陽も消え、山峡に蒼然と靄が立つ。山が高いので日没が早い。

「何を、はあ、見てるだね？」

銀之助の背後から声が飛んで来た。

21

「親分。この辺までくると、やっぱり冷えますね」

「うむ。陽の昏れになったから、余計に寒くなったようだ」

「しかし、親分は脚が丈夫だ。あっしは少々くたびれましたよ」

「まあ、弱音を吐くな。ほら、宿場がもう見えてるぜ」

常吉は笑いながら子分の庄太に顎《あご》をしゃくってみせた。

山が深いので、陽の入りがずっと早い。重なった山峡《やまかい》には、烟《けむり》のような蒼白い靄《もや》が立っていた。

「これで、甲州街道も半分はきましたかえ？」

「甲州街道というと、諏訪までだが、甲府までは、もう三《み》つひと分《ぶん》だ」

「やれやれ。江戸の町をかけずり歩く分にはくたびれませんが、旅へ出ると、二里の道でも難儀ですね」

「いくじのねえことを言うぜ。おめえだって自分でおれにくっ付いてきたんだ。これからも、どのくれえくたびれるか知れねえ。あんまり泣き言を言うと、この辺から追い返すぞ」

「いけねえ。謝りだ」

庄太は、道中笠の下でうしろ頭を叩いた。松並木のはしから家並が見えてきた。

「親分。あの宿場は、何という名前ですかえ？」

「おれも初めてだからよくわからねえが、あれが黒野田《くろのだ》の宿だろう」

「やれやれ。早いとこ湯に浸《つか》って、按摩《あんま》でも呼びたいですね」

「こんなところに按摩がいるもんか」

「そうですか。じゃ、一ぺえ呑みてえもんですね」

「それがおめえの本音だろうな」

陽昏れになっているので、この街道を通る旅人の姿も絶えていた。

庄太は、家の影を見て急に元気が出たように、振分けの荷物を肩の上にずりあげた。

黒野田は、この街道でも寂しい宿場だ。宿といっても一軒しかなかった。

夕闇は道の上にも匍《は》い下りている。黒い影になった米搗《つき》小屋の前に、水車がゆっくりと回っていた。

「おい、庄太」

常吉は小声で子分を止めた。彼は急に道の端に立ち停まっていた。

「あれを見ろ」

彼は指さした。

この街道は一本道である。左は狭い畠があるが、その先は枯草のおおった斜面となり、下に川の音が聞こえている。川の向うは壁のような黒い山がそそり立っていた。

常吉が指さしたのは、右側の山の斜面だ。

それは北の方角に当たる。それをずっと進めば大菩薩《だいぼさつ》峠に突き当たり、そこを分水嶺として、向う側は奥秩父となっている。

ここから秩父までは、山越えで六里。陽は急速に昏れかけている。その斜面の枯草の中を一つの黒い影が這い上っていた。

常吉の眼にとまったのはそれである。

その一つの影は左右を窺うようにして、隠れるように草を分けている。

「妙なところに上っているな。ありゃ土地の者じゃねえ。旅人だ」

常吉は庄太にささやいた。

「何をやってるのか、ちょっと覗いてみようか。庄太。そっと従《つ》いてこい」

「合点です」

二人は、宿場の手前から山についた小径《こみち》を上った。それが向うから上っている男の歩いている場所と出遇うことを予想していた。

斜面について上ると、宿場の屋根がだんだん下になってくる。ところどころ、段々畠があった。常吉は、夕闇の中に身体を沈めるようにして上った。

向うでも、ときどき、きたほうを振り返って見ている。

「親分。やっぱりおめえさんは眼が高《た》けえ」

庄太は言った。

「ありゃタダもんじゃねえ。何か曰くがありますぜ」

「うむ」

二人は向うに気づかれぬように、いよいよ身体を低くした。

あたりは急速に昏れてゆく。そのなかで黒い影は小径を上りつづけていた。

「親分。野郎は立ち止まりましたぜ」

「うむ。おれたちもこの辺でしゃがもうか」

これから先歩くのは、対手に気づかれそうな危険があった。それでなくても旅人風のその男は、しじゅう、あたりを警戒している様子がありありと見えていた。

常吉と庄太とは、それでも少しずつ身体を前進させた。闇がしだいに濃くなってくるので、ともすると前景が消えかかってくる。だが、こちらの姿も夕闇に紛れて、行動がかなり自由になった。

「おやっ、祠《ほこら》がありますぜ」

庄太が指摘するまでもなかった。常吉の眼には、その男が祠の前に佇んでしきりと拝んでいる姿が映った。

「神信心ですね」

庄太が草の間から首を伸ばして常吉にささやいた。

「まあ、一々、口を出さずに、黙って見ていろ」

二人が凝視していると、その祠に手を合わせていた男はすっくと起ち上がって、また、前後左右を見回した。

次に眼に映ったのは、彼が祠の中を覗きこみ、それから裏側にまわったことだった。

「親分。何をしてるんでしょうね？」

「さあ」

見ているうちに、その男の姿はまた前の場所に現われた。なおも左右に気をつけている。

人影がないと見定めたか、その男はふたたび祠の前に手を合わせると、それが最後の挨拶でもあるように小径を下りはじめた。

「親分。野郎を取り押えましょうか？」

常吉は叱った。

「こんなところでそんなことをしてどうする？」

「けど、タダ者ではねえようで」

「まあ、いい」

常吉は、斜面を下りきって行く旅人のうしろ姿を見送った。それは、やがて彼らの眼にも届かない宿場の間に消えた。そこにも蒼白い靄が立っている。

「庄太。行って見よう」

二人は隠れている場所から起ちあがった。

「ケチな祠ですね」

庄太が言った。

なるほど、堂守もいないような、傾きかけた社《やしろ》だった。これがこんもりした小さな松林の中に隠れるようにして建っている。

常吉は黙って社の横手にまわった。彼の眼は、その壁に吊り下がっている絵馬に止まった。

「庄太」

「へえ」

「これを見ろ」

常吉が吊り下がっている絵馬の一枚を手で持っていた。

「おや？　こいつは小梅にあった絵馬と同じ図柄ですね」

庄太は小さく叫んだ。

「その通りだ。何やら字が書いてあるが、これも小梅で見たときと同じに、読めねえ字だな」

「なるほど、判じものみてえですね」

「いまの男が何をしにここにきたか、おめえにわかるか？」

「やっぱり、この絵馬に用事があってきたんでしょうね」

「そうだ」

「これをわざわざ見にきたのでしょうか？」

常吉は黙っていたが、その一枚を紐《ひも》からはずすと、懐ろの中に入れた。

「庄太、ここで長居は無用だ。下に降りよう」

二人はこっそり祠の前から離れた。

庄太は眼を下に向けたが、いよいよ乏しくなった光線の中でも、いまの旅人の姿は見当たらなかった。屋根の上に石を置いた宿場の家なみが、崖の下に細長くのびていた。

街道に出ると、常吉は前後を見渡した。しかし、道の上にも動いている人影はなかった。

「親分、今の野郎も、この宿場に泊まったのでしょうかね？」

「そうじゃあるめえ。あのまま歩いて、どっちの方角かに行ったのだ」

「どの方角でしょう？　甲府のほうに行ったのですかえ」

「そいつはおれにもわからねえ。ま、どっちに行こうと、たいしたことじゃねえ」

しかし、常吉は、しきりと何かを思い出そうと考えていた。

宿の前へ出た。

「林屋」という看板が掛かっている。

「いらっしゃいまし」

背の低い女中が出迎えた。

常吉は逸早く中を見たが、今、旅人が泊まったような形跡はなかった。

「今晩、厄介になりたいんだがね」

「お二人さまですね。さあさあ、どうぞ。奥のいい部屋が空いています」

二人は案内されたが、その部屋を見て、庄太がすぐ注文をつけた。

「寒そうな座敷だな。ねえさん。早いとこ一ぺえつけてくれ」


「なに、あの社《やしろ》のことをきいた人があったのかえ？」

座敷で盃を持ったまま、常吉は酌に出た女中にきき返した。

「そうなんでございますよ。ちょうど、お客人と同じように、あの祠の名前はなんだと頻《しき》りとおききになりました。青日明神《あおひ》というのではないか、とお尋ねでしたが、わたしはそんな名前ではなく、あれはこの辺の八幡さまでしょうといいました」

女中は銚子を持ちながら答えた。

「世の中には、同じような物好きがあるものだな。で、その客人はどんな人だったかね？」

常吉はさり気ないように、また訊いた。

「お武家さまでございましたよ」

「武士《さむらい》かえ？」

「そうなんです。まだ、若いお方ですよ。色の白い、ちょっといい顔のお武家様でしたよ」

庄太が常吉の横顔を窺った。

「それは、いったい、いつごろの話だね？」

「さようでございますね。四、五日前だったと思います。なんでも、この甲州街道ははじめての旅だそうで、江戸からみえて、甲州の湯治場に行くようなお話でございました」

「そうか」

常吉と庄太とが自由になって話を交わしたのは、女中が去った後からである。

「庄太、聞いたか？」

「へえ。その武士《さむらい》っていうのは、親分の言った旗本の若侍でしょう？」

「そうだ。三浦銀之助という人だ」

常吉はうなずいた。

「すると、三浦さんは、おれたちより四、五日前に、ここを通ったとみえるな」

「あの祠にも行ったんですね」

「見たのは、あの絵馬だ。金槌の図柄のついたやつさ。三浦さんも、きっと小梅の諏訪社の妙な絵馬を見たにちげえねえ。だから、女中に青日明神ではないかと訊いたのだ」

「そうですね」

常吉は荷物の包みから、絵馬の一つを取り出した。さっき、祠からそっと奪《と》ってきた一枚である。

彼は行灯《あんどん》を引き寄せて、じっと絵馬を眺めていた。金槌の図のほかに文字らしいものが書いてあるがやはり、読めなかった。

「何でしょうね？」

庄太も横から覗き込んで首をひねっている。

「何だか、おれにもわからねえ。だがな、庄太。さっきの旅人があそこにこれを見に上ったわけは、どうやら見当がついたようだ」

「何ですかえ？」

「これを見ろ」

常吉は、その不思議な文字を指さした。

「こいつは、当人同士でなければわからねえような仕組にできている。文字のように誤魔化してあるが、字ではねえ。おれの判断だが、こいつは目印だな」

「目印といいますと？」

「仲間どうしにだけ判る符牒《ふちよう》だ。さっきの男は、この符牒を見に行ったか、それとも、自分で書き加えたか、どっちかわからねえが、大方、そんなことだろう」

「なるほど、親分の言うとおりかもしれねえ」

庄太も合点をした。

「すると、連中は、大掛りな泥棒ですかえ？」

「そんなことはまだわからねえ。判っているのは、今おれが言ったところまでだ。長い道中を往還する仲間は、互いになにか合図をし合って、打ち合せをしなきゃならねえ。それが、これだと思う」

「そんなことなら、野郎を取り押さえればよかったですね」

「取り押さえても無駄だ。こちらには何も証拠がねえ。それに一人か二人をやっても、なんにもならねえよ。まあ、やるときは、一件がはっきりと判ってからだな」

「三浦さんにも、この符牒の理由《わけ》が解けたでしょうかね」

「そいつは何ともわからねえ。そのうち、どこかで当人に遇えるだろう。そのとき、訊いてみることだな」

その夜は、凩《こがらし》にも似た山の風の音を聞いて寝た。

二人が甲府の城下に現われたのは、その翌日の昼下りだった。

「親分。三浦さんの行方を突き止めるには、甲府の宿を一軒一軒のぞくよりほかないでしょうね」

庄太は歩きながら言った。

「そうだ。おれも今、それを考えていたところだ」

常吉は応えた。

「湯治というが、どこに行ったか、無鉄砲《むてっぽう》にあとを追うわけにもいかねえ。甲府の宿にもかならず泊まっていなさっただろうから、これはおめえの言う通り、首を突っ込んでまわるより仕方がねえだろうな」

「それでは、これからすぐまわりますかえ？」

「まあ、待て。折角、ここまで来たのだ。ひとつ、甲府のお城を拝もうじゃねえか」

二人は町をはなれて城のほうへ向かった。

「なるほど。さすがに甲府さまだ。かたちは小せえが、豪勢なものですね」

庄太は感心して櫓《やぐら》を見上げた。その後ろに、白い富士山が飾りもののように出ている。

「庄太」

常吉は子分の袖を引いた。

「見ろ。これが甲府勤番支配の山根さまの役宅だ」

「あ、これがそれですか。なるほどね。小梅の寮も立派だが、さすがに役宅となると、まるでお城みてえですね」

常吉の眼は、その長い塀に沿って、自然と詮索《せんさく》的となった。二人はじろじろ屋敷を眺めながら歩いた。

「おいおい」

ふいに、うしろで声が聞こえた。

常吉が振り返ると、勤番武士らしい男が懐《ふとこ》ろ手《で》をしながら、じろじろと二人を見ていた。

「おめえたちは何だ？」

言葉も伝法《でんぽう》だった。

二十七、八ぐらいの酒焼けした赧《あか》ら顔だった。むろん、二人は知らないが、この顔なら、三浦銀之助が栄吾のことをききまわったとき、栄吾の親友と言って会った河村百介だった。

22

常吉と庄太は腰を屈《かが》めて、対手の武士を見上げた。

酔った顔をしている。二十七、八くらいの眉のうすい男だった。懐ろ手をしながら二人を睨んで立っている。

「へえ」

「へえじゃねえ」

武士は口を尖《とが》らした。

「じろじろと山ノ手支配の役宅などを睨んで、どうしようという了簡《りようけん》だ？」

伝法《でんぽう》な口の利き方だった。

常吉は、それにもおどろいたが、いきなり咎《とが》められたのにはびっくりした。屋敷を見ただけで叱られるとは思わなかった。

「べつに、どうしようという了簡ではございません。お役宅が立派なので、思わず見惚《と》れておりました」

常吉は頭を下げた。対手は酒を呑んでいる。素直に謝ったほうが因縁をつけられずに済む。

「おめえたち、江戸者だな？」

武士は二人を睨《ね》めつけて言った。

「へえ、左様でございます」

「江戸者が、こんな小っぽけな屋敷ぐれえで眼をむくたあ珍しい。それとも、おめえたちは、大名屋敷をまだ見たことねえか？」

「いえ、それはございます」

「それみろ。江戸には、この何倍もある屋敷が、浜の小石ぐれえこぼれているはずだ。いやさ、江戸からきたと聞いちゃ、いまさら田舎者とは言わせねえ。やい。さては、おめえたち、何かのたくらみがあって、当屋敷を窺《うかが》いに来たな」

「と、とんでもございません」

常吉は腰を屈めたまま、顔の前で手を振った。

「それは、旦那さま、思い過ごしでございます。てまえどもは、ただ、名にし負う甲府さまを初めて拝見したのでございます。それについても、勤番支配さまのお屋敷のお立派なこと。ただ、もう、感心して拝見していたところでございます」

「しかと、それに相違ないか?」

「へえ。金輪際《こんりんざい》、嘘は申しません」

「うむ。このごろは、江戸からちょいちょい、訳の判らぬ人間がやって来る。それで、おれもおめえたちの様子に眼を光らしていたのだ」

この言葉が常吉の耳に引っかかった。

「旦那さま」

「何だ?」

「近ごろ、江戸から、訳の判らぬ人間がこの甲府へ参るようなお話でございましたが、それは本当でございますか?」

「本当も何も、こないだ、おれが遇ったばかりだ」

「つかぬことをお伺い申し上げます」

常吉は折った腰をさらに曲げた。

「それはお武士《さむらい》さまでございましょうか、それとも、てまえどものような町人でございましょうか」

「なに」

その武士は脚を一歩引いて、常吉を見直すようにした。

「おもしれえことを訊《き》く。もし、それが武士だったら、どうする？」

「へえ。じつは、てまえ、少々人を探しております。もしや、その方が心当りのご仁《じん》ではないかと……」

「いかにも、おれが遇ったのは武士《さむらい》だ。だが、武士といっても、おめえの探している人間とは違うかもしれねえ。名前は何という？」

常吉は迷ったが、思い切って言うことにした。そうするよりほか、手がかりの方法がない。

「お旗本で、三浦銀之助さまとおっしゃいます」

男の眼がにわかに開いた。彼はまた睨《にら》むように、二人を見た。

「うむ。いかにも、その三浦氏は、このわしを訪ねてみえた」

「えっ。それでは三浦さまが？　これはこれは、いいところで、いいお方にお目にかかりました。じつは、てまえどもは、三浦さまのおあとを慕っている者でございます」

「おめえたちは何だ？」

「へえ。三浦さまの屋敷に出入りをしている者でございます。三浦さまが湯治場においでになるということでお発《た》ちになりましたので、江戸からあわてて追いつくところでございます」

「そうか」

男は考えていたが、

「たしかに、三浦氏は湯治場に行くと言っていた。わしに遇ったのは、なんでも友人の消息を聞かれる用件だった」

常吉は心の中で、しめたと思った。まさに間違いはない。

「それで、その方は甲州の湯治場の、いずれにおいでになりましたので？」

「よくは知らんの。だが、なんでも、下部《しもべ》のほうに行くと言っておられた。そうそう、下部が大そう身体に効《き》くということで、当分、滞在の様子であったぞ」

「さようでございますか。これはこれは、まことに有難うございました」

常吉と庄太とは、つづけさまに頭を下げた。

「それでは、ご免くだせえまし」

別れた二人のあとを見送った河村百介は、ぺろりと舌を出した。

「庄太、いいところで消息がつかめたな」

常吉は歩きながら庄太を振り返った。

「そうでござんすね。わたしも、いきなりどなられたときはびっくりしましたが、かえって三浦さんの消息を知るのに近道でしたね」

「そうだ。おめえの考えのように、甲府の宿屋を一軒ずつ訊き歩かねばならねえかとうんざりしていたが、これは早手回しに済んだものだ」

「やっぱり、甲府の町は江戸と違って、狭《せも》うござんすね」

「まあ、そうともいえるな」

「親分、下部というのはどこでござんすかえ？」

「身延へのお詣《まい》り道だ。何でも、信玄公の時代からある湯治場だという話だ。なるほど、あそこだったら身延にも近いし、三浦さんが鈴木さんの消息を尋ねるには、もってこいの場所かも知れねえ」

「親分、ここから、その身延とやらには何里ぐれえござんすかえ？」

「そうだな。道中絵図には、ざっと五里と書いてある」

「やれやれ、旅は辛《つろ》うござんすね」

「おめえのように、女房の髪結いを横眼で眺めながら、長火鉢の前にやに下ってい
る奴には、ちっとばかり辛《つれ》えかも知れねえな。だが、まあ辛抱しろ、ときには薬
だ」

盆地を渡る風は冷い。

「親分。富士山がいやに大きゅうござんすね」

「そうだ、江戸で見るのと大ぶん違うな。江戸から見える富士は盆栽みてえに小《ち》せ
えが、ここからじゃあ、おれたちの頭におおいかぶさるように大きい。しかし、雪
をかぶった富士山の頂上をこれほどま近に見たのは初めてだな」

「全くでござんすね」

しばらく歩いた。

「ところで親分。あっしたちは、人さまにどう見えるんでござんしょうね？」

「どう、というと？」

「なる程、職人のふうに工夫してきましたが、さっきの甲府で、どなられた武士《さむらい》の

眼から見ると、どうやら、奇妙な風体に見えたようですぜ」

「うむ。おめえもそれに気がついたか？」

「へえ、あのときは対手が酔っぱらって、あっしたちをからかっているのかと思いましたが、いま考えてみると、そうじゃねえ。あの武士は酔ってはいたが、眼つきが気に入らねえ」

「実は、おれもそう思っていたところだ。三浦さんがあの武士《さむらい》に会ったのは、鈴木栄吾さんのことを聞くためだといっていたな。すると、あの武士は、甲府で鈴木さんの朋輩《ほうばい》だったたんだ」

「そうでしょう。それを知ったから、きっと、三浦さんはわざわざあの武士を訪ねていったんですね？」

「そうだろう。おれも、あの武士の教えかたが気になってきた」

「と、いいますと？」

「三浦さんが、下部に滞在するつもりだと教えてくれたことよ。ひょいとすると、おれたちをかついでいるんじゃあるめえな」

「まさかと思いますが。けれど、親分のいうとおり用心してかかったほうが、いいかもしれません」

「おれもそう思う。口のきき方もえらく伝法だったじゃねえか。あれは、江戸でさんざん遊んだ人間だ。それで、お上でも手を焼いて、甲府流しにあったにちげえねえ」

「そうすると、いい人に会ったと手放しでよろこんでもいられませんでしたね」

二人は話しながら進んだ。

甲府から鰍沢《かじかざわ》までは相当な道程《みちのり》だが、歩くにつれて、盆地の端に見えている山が、だんだん近くなってきた。

「庄太、あの山を見ろ。あれから、いよいよ山越えだぜ」

「親分、その辺で、ちょいと一休みしやしょう」

庄太は膝を揉《も》みながら提案した。


「甲州に？」

ふいと顔を上げてきき返したのは、お蔦だった。

常吉を訪ねて来たが、女房のお菊から不在と知らされたのである。長火鉢の前には茶が出ている。それを一口呑んで、常吉に用事があってきたと切り出したのだが、お菊の返事がそれだった。

「おかみさん。それはいつでござんすかえ？」

「一昨日《おととい》、子分の庄太を伴れて発ったばかりですよ」

お蔦の顔色が動揺したのは、常吉の不在を聞いたばかりではない。その行先が甲州と判ったからである。

「悪かったね。せっかく訪ねておくれだったが、当分、向うで逗留するという話でしたよ」

「おかみさん」

お蔦はひと膝乗り出した。

「甲州は、どちらへ行かれたんでござんすかえ？」

「湯治場へ行くようなことは言っていたが、さあ、どこか、行き当たりばったりで、まだ決まっていなかったようですよ。少々、御用のことで疲れたので、こんどは庄太と二人で呑気な旅をしてきたい、といっていました」

「泊り先から、おかみさんのところに便りがくることになっていますかえ？」

「さあ、どうだかね」

お菊は長煙管《きせる》に煙草を詰めながら笑った。

「あの人のことだから、あまり当てにはしていないけどね」

これで、ふいと黙りこんだのがお蔦である。眼を据えて、じっと考えこむようにしている。

水茶屋で働いている女だが、身装《みなり》はきちんとしていた。なるべく堅気《かたぎ》に見せようという苦心が、彼女のじみな着付けにも、行儀にも現われていた。

が、考えこんでいる彼女の顔は、少し蒼褪《あおざ》めていた。

お菊は一ぷく吸い付けて、ふと、その様子に眼を留めた。

「おや、お蔦さん、どうかしたかえ？」

彼女は対手を覗きこんだ。

「おかみさん」

思い切ったようにまた顔を上げてきいた。

「親分さんの御用は、もしや、花屋の亭主殺しに係わりのあることではござんせんかえ？」

「さあ、どうだかね。御用のことは、あたしゃ一切聞かされないことにしているよ。うかつに口を出したら、うちの人から叱られますからね」

「でも、おかみさんは、始終、親分さんと一緒にいる方です。話のはしばしに、そういうことが、耳に入りませんでしたかえ？」

「さあ、憶《おぼ》えがないね」

烟《けむり》を吐き出しながら、眼の隅でお蔦を見成るようにした。

「後生です、おかみさん。教えてください。親分さんが甲州に発《た》たれたと聞いて、あたしゃきっとそうだと思います」

「そういえば、おまえさんは、花屋の亭主殺しのことで、うちにきておいでだったね」

「ええ。ここんところ、店が忙しくて、ちょいと御無沙汰したのがいけなかったのです。あれからずっとお宅にお邪魔していれば、親分さんが甲州にお発《た》ちのことは判ったはずですが、口惜しいことをしました」

「それほど、おまえさんには、うちの親分の行先が気にかかるかえ?」

「そりゃもう……」

と言いかけて、

「おかみさんは、ほんとに何もご存じないんですね?」

と、念を押した。

「ああ、知りませんよ。今も言った通りですからね」

「じゃ、思い切って言います。あたしの好きな人が、甲州にお役替えになって、甲府住いとなりました。名前は、鈴木栄吾さまというんです。ところがその人が病気になって、間もなく甲府で死んだと聞いたとき、あたしゃどんなに悲しかったか分かりません」

お蔦は眼を伏せて話しだした。

「ところが、花屋の御亭主は、無類の法華《ほっけ》信者です。その花屋さんが身延さまにお詣りして、裏山で道に迷ったとき、思いがけなく、死んだはずの鈴木栄吾さまに出遇ったそうです。その話を人伝《ひとづて》に聞いたとき、あたしゃ夢かと思いました。もし、それが本当なら、栄吾さまは、まだ、この世に生きていらっしゃるわけです」

「…………」

「あたしゃその話を聞きに、何度、花屋さんに会いに行ったか分かりません。けど、御当人に会うと、いつも、それに首を振るのです。けど、あたしには、花屋さんが本当のことを匿《かく》しているのだと思いました。だって、ひどく、自分の話したことを後悔していた様子だし、何かを怖れてもいるようでした。そのすぐあとです、その花屋のご亭主があんな死に方をされたのは……」

お蔦はつづけた。

「わたしゃ、花屋の御亭主を殺した人間は、きっと、花屋さんが鈴木栄吾さまと出遇ったことを他人《ひと》にしゃべったので、口止めのために殺《や》ったのだと思います。そうすると、栄吾さまは、いよいよ、生きているという証拠です。あたしが親分さんのところに足しげく通って、花屋の亭主殺しの一件をうるさいようにおききしたのは、そのためです」

「………」

「今、親分さんが甲州にお発ちと聞いて、きっと、その一件の探索にちがいないと思いました。おかみさん。後生《ごしょう》ですから、親分さんの行先をおしえてください。あたしゃ、すぐあとからでも親分さんを追っかけて行きとうござんす」

23

お蔦は、つとめている水茶屋を脱け出た。

水茶屋の女は、雇主に借金で自由が括《くく》られていることは女郎と似ている。外へ出るにも、いちいち監視の眼が光る。

お蔦は、近くに知った家があって、そこに旅の荷物をこっそりと運んだ。彼女が抱え主のところを脱け出たのは日が昏れてからだった。

風呂に行くような格好をして、そのまま知り合いのところに走り込んだのだ。その晩はその家で厄介になり、あくる朝早く旅の支度をした。どこに行くのか、とその家の人に訊かれたが、上方へ、と答えただけだった。うっかり甲府と洩らして、あとで追手にかかってはならない。口の固い人だったが、やはりそれだけの警戒は要した。

夜が明けると、甲州街道へ向かった。

知り合いの家でも、女の独り旅を気遣ったが、そんなことを構ってはいられなかった。

鈴木栄吾が生きている。この確信は、常吉が子分をつれて甲州の湯治場へ出かけたと聞いてから、揺るぎのないものになった。保養のためだと女房のお菊は言ったが、それが口実であることはお蔦も察した。花屋の亭主殺しの探索にたずさわっていた男が、急に思い出したように湯治に出かけるはずはない。日ごろから御用熱心で聞こえた岡っ引だった。

内藤新宿を出て、高井戸、府中と歩いて行く。この辺は人の通りも多く、宿場と宿場との間も近い。

日ごろから稼ぎ貯《た》めた金があった。鈴木栄吾が心づけとして余分に呉れた金も貯めている。まさかのときは、行く先々で、女中奉公でも何でもして生きるつもりだった。ここまで性根を据えていれば、怖れるものはない。

八王子を過ぎると、平野が尽きて山道となる。

常吉が甲州のどこを目的として行ったかは判らない。しかし、甲州の湯治場といえば、数は知れている。その一つ一つを尋ね歩いても、さしたる苦労はあるまいと、彼女はタカをくっていた。

女の脚では思うように捗《はかど》らない。昨夜《ゆうべ》は、高井戸の宿で一泊した。

江戸と八王子の間は、それでも人馬の往来が多かったが、山の中にかかると、旅人の姿はずっと少なくなる。すれ違う馬子や、追い越してゆく人足どもが、ひとり旅の彼女の姿をじろじろと見ながら過ぎる。

江戸の水をくぐった商売女と、堅気の田舎女とは、ひと目で見分けがつくのだ。

その晩は、駒木野《こまきの》の宿場へ泊まった。

ここを出ると、小仏峠にかかる。江戸に住み馴れた眼には、山の重なりが気を遠くさせる。

峠の道は難渋だった。なんといっても、水茶屋稼業の生活では、脚の道中運びがのろい。少し歩いては憩《やす》みを取った。

峠の頂上までは、まだかなりな距離がある。坂は無限に曲ってつづいているように思われる。

この辺は、もう、冬が始まっていて、梢は裸だったが、杉、松、欅の大木が道の両方の森をぎっしりと塞《ふさ》いでいる。

「姐《ねえ》さん。帰り道だ。乗って行かねえか。安くするぜ」

馬子にも誘われたし、刺青《いれずみ》を彫った駕籠《かご》舁《か》きにも、しつこく付きまとわれた。向両国で鍛えた、男を男とも思わない気性が、口先で激しく雲助どもを追っ払ったが、人の多勢いる両国とは違い、寂しい山中が心細い。口先と心は違っていた。不安だから余計に伝法な啖呵《たんか》になる。

「ほう、気の強え女《あま》だ」

馬子も、駕籠舁きも、眼をまるくして行き過ぎた。

宿を出るとき、この峠を下ると与瀬の村になると聞かされた。そこまで行けば宿場だと思えば、気持ちだけは急《あせ》った。

鈴木栄吾の消息を知りたい、いや、その生きた姿に一目でも早く逢いたい、という一念が彼女を大胆にこの道を歩かせている。

も一つの不安は、脱け出してきた水茶屋から追手がかかることだった。発見されたら、どんなことになるか分からない。これまで例のないことではなかった。つれ戻されると、半殺しのむごい仕置きを受ける。

万一のときは、それも覚悟している。この決心の上に立っての初旅だった。

峠道には裸の梢を渡って寒い風が吹き下りている。

後ろから男たちの笑い声が聞こえた。声は下のほうからする。

ふり返って見る気持にもならなかった。こちらは勝手に急ぐのだと思って足を早めたが、対手《あいて》の声は彼女を追っかけるようにして近づいた。女の足弱は、旅なれた男の比ではない。

お蔦は、いっそ、後ろからの人を先に出そうと思いながら、わざと足をゆるめた。背後から男がついて来るのは気持のいいものではない。

が、彼女が足をゆるめても、後ろの男たちはいっこうに前に進まなかった。仕方がないので、草履の紐のゆるみを結ぶつもりで道の横に屈《かが》むと、後ろのほうでも足を停めている。明らかに、ひとり旅のお蔦を狙っているようだった。

ふり向かないから、対手がどういう人間かわからない。だが、声の様子からすると、まともな男たちではないようだ。お蔦に聞えよがしに卑猥な言葉を面白そうに交わしている。

そんな言葉も商売上で馴れてはいたが、こんな場所で聞くと身震いがした。お蔦は駆け出すように前に進んだ。すると、男たちの足音も、追いかけるように後ろからつづく。

足を速めれば、疲労も早い。そのうち、誰かほかに通りかかる人もあるだろうと思って、また、もとの速度に戻ると、男たちの足は今度はそのまま彼女の背後に近づいて来た。

思わず身体を固くしていると、

「もし、姐さん」

と、はっきりと呼び止める声が飛んだ。

「どこまで行きなさるかえ？」

返辞をしないつもりでいると、男たちは横着《おうちやく》に彼女の両側に並んだものだ。

普通の道中姿だが、笠の下から若い男の顔が揃って笑っていた。お蔦の足に合わせて、対手も歩調をゆるめている。

「あたしですかえ？」

わざと訊いて、まともに向いてやった。どちらも三十前後の男で、色の黒い下卑た顔だった。

「とぼけちゃいけねえ。ほかに女子衆《おなごしゅう》もみえねえから、呼びとめたのはお前さんのことだ」

彼女の肩すれすれに寄った右脇の男が、うすら嗤《わら》いをして言った。

「何の用ですかえ」

負けてはならないと思って、強い声で、言った。

「別に、用事というほどでもねえがね」

男はゆっくりと自分のだみ声を聞かせた。

「先ほどから見ていると、姐さんは、大そう先を急いでいなさるようだ。どこまで行きなさるか知らねえが、おれたちも、甲府までだ。何も、旅のつれづれだ。無駄話でもしながら行くと、長道も大そう楽に歩けるというものよ。どうだえ、こんな野郎どもだが、よかったら伴《つ》れにしてもらえねえだろうか？」

「せっかくですがね」

お蔦は高い声で言い返した。

「あたしゃ、見ず知らずのお前さん方と伴れにはなれませんからね。どうぞ勝手に先に行って下され」

「見ず知らずはお互いさまだ。それに見たところ、どうやらおめえひとりのようだ。

女の独り旅は何かと心細いだろう。これでも、おれたちが傍についてりゃあ途中の悪い雲助や馬子にからかわれることもあるめえ。姐さん、おれたちゃ、おめえの身の為を思って誘っているんだぜ」

「ご親切さま」

お蔦はまだ、強気に答えた。

「でもね、あたしゃ、自分の好きなようにしたいんだから、構わないで放っといておくんなさい」

「わからねえひとだな」

と右脇の男があごを突き出して言った。

「おめえ、何だろう。きっと、おれたちが何か悪さでもすると思って、おっかながっているに違えねえ。そんなら、無駄な心配だ。おれたちぁ、そんなものじゃねえ。これでも江戸のまっとうの商人だ。甲府へ生糸の買い出しに行くために、この甲州街道は歩きなれている。だからよう、おめえの楽なように案内してやろうってんだ」

「そうだとも」

と彼女の左横にいる男が合槌を打った。

「おれたちが担いでいるこの肩の振分け荷物の中には、生糸を買う銭がたっぷりと入っているんだぜ。何も、おめえなどから金や物を盗もうとか、どうしようとかいう了簡《りょうけん》じゃねえ。これだけの金があれば、宿場宿場での飯盛女には不自由しねえおれたちだ。そう怕《こわ》がってばかりいねえで、素直に従《つ》いてきたほうがおめえのためだぜ」

男たちの言葉は、次第に威嚇的となった。

お蔦は正面ばかりを見ていた。道はそこでまた詰ったように曲っている。先は杉木立に遮られて、見通しも利かない。別な旅人の歩いて来る様子もなかった。

「まあ、お断りしたほうがよござんすよ。あたしはひとりのほうが、ずっと呑気《のんき》ですからね。おまえさんが先に行かなきゃあ、あたしは、少し後戻りしてでも、独りで行きますよ」

「理窟に合わねえことを言うひとだな。さっきは、おめえ、ひどく先を急いでいたじゃねえか。それを後戻りするとは、どういう考えだ。……そうだ、急いでいるといえば、ほれ、こっちに近道があるぜ」

男は傍の斜面を上っている細い径を指さした。それは深い森の奥に消えていた。

「この表街道はな、このとおり、大蛇みてえにぐるぐるまわっている。これを、まっとうに歩いていちゃあ、刻《とき》をくって仕方がねえ。ここを登ったほうが、ずっと早道だ。登り切ったところが、ちょうど頂上で、この街道の出合となっている。姐さん、こっちへきなせえ」

「そうだ、そうだ。ぐるぐると回りくどい道を歩いているよりも、こっちの径が早くていい」

「いいえ、よござんす。あたしゃあ、おそくでもひとりで行きますから。おまえさん方、どうぞ、その近道を行っておくんなさい」

「えい、わからねえアマだ。せっかく先達《せんだつ》が教えてやろうってんだ。人の親切は有り難く受けるものだぜ」

男二人は、いきなりお蔦の手を引っ張った。

口を厚い手で塞《ふさ》がれたので、声も息も出なかった。一人が彼女の両手を押えて自由を失わせ、二人がかりで山の小径へ抱き上げた。

お蔦は藻掻《もが》いたが、鉄のような力で身体を締めつけられている。不運にも、この乱暴を目撃する旅人も通らなかった。

「えい、おとなしくしろ」

男の一人が彼女の耳元に押えた声で吹き込んだ。

「おめえも素人娘じゃあるめえし、男に馴れた水商売《しょうべい》の身体だ。おとなしく観念するがいいぜ」

首も動かさないように、両手で締めつけてくる。女の胴と脚とが狂ったように藻《も》掻《が》いて、男二人の欲心を拷つ。

「おう、この上に、祠《ほこら》があったはずだ」

一人がいった。

「あそこなら街道から離れているぜ」

「いいところに気がついた。よしっ、そこに運べ」

藻掻いてもどうなるものではなかった。お蔦は荷物のように、男二人の腕に抱えられて引きずられた。

斜面は急だった。さすがの男も、人間を抱えては気儘に登れなかった。

「面倒だ。口を縛ってしまえ」

一人が腰から手拭いを抜くと、お蔦の口を縛りつけた。肩に他愛なく載せられたのは、それからである。

樹が多い。が、二人は木立ちの間を縫って確実に上りつづけていた。

「おう、きたぞ」

暗いところに、名も知れないような古びた祠があった。人間三人は寝れるような広さの堂だ。藁屋根も厚い苔が重なって傾きかけている。

「やれ、やれ」

その堂の前にお蔦を下ろした男は、手の甲で顔の汗を拭いた。

「寒いのに汗をかかせたぜ」

一人が辺りを見廻した。

「誰も気づいちゃいめえな？」

「気づくもんか。でえいち、こんなところに祠があるなどたア、普通の者には判っちゃいねえ。甲州街道の上り下りに慣れているおれたちだからこそ知っているのだ」

陽も此処には洩れていなかった。杉木立が重なり合い、夕暮れのように暗い。

「ぐずぐずするな。見つけられては面倒だ。早いとこ、寝かしつけて、済ませてしまえ」

合点だ、と一人が腐れかけた拝殿の戸を押したときだった。

おやっと思ったのは、その祠の横から、一筋の蒼い烟《けむり》がふわりと流れて来たことである。

二人ともぎょっとなった。

烟は続いてのんびりと漂って来る。二人が怕い眼になったとき、声が拝殿のうしろから烟と一しょに流れて来た。

「にいさん。見ているぜ」

こちらは、あっと思った。

思わないところに人がいたのだ。二人は血相を変えた。

「だ、だれだ?」

笑い声がその返辞《へんじ》だった。

二人が祠のうしろに走って、ぎょっとなって立ち停まったのは、旅姿の老人が一人、しゃがみ込んで煙管《きせる》をくわえていたからである。

煙草の火が尽きたとみえ、掌を出して、煙管をふっと吹き、灰殻《はいがら》を乗せた。悠々とした動作だった。

「悪いところにいて、済まなかったな」

年寄なのだ。前からここで休んでいたらしいことは、道中笠を脱いでいることでも判る。白髪が多かった。頬骨《ほおぼね》が出て、鼻が鉤《かぎ》のように曲がっている。

「うぬア、どこの乞食だ?」

一人がどなった。これは対手が年寄と見て、にわかに安心したらしい。

「どこの乞食ときく奴もねえもんだ。それはこっちから言いてえことだ」

「なに」

「悪かったな。だが、お天道《てんとう》さんの高えときから、二人がかりで女ひとりを慰《なぐさ》もうってえのは、ちょっと度胸がよすぎるぜ。悪いこたア言わねえから、そんな悪さは止めて、とっとと先の道中を急ぐことだな」

「耄碌《もうろく》おやじめ、何をぬかしゃあがる。おめえこそ、怪我のねえように、そこをどいたがよかろうぜ」

「いんや、そうはいかねえ。年寄は気が長《な》げえ。おれはもう半日、ここでゆっくり休んでゆくつもりだ」

「年寄だと思ってやさしく言ってやりゃつけあがりやがる。野郎。崖の下まで突き転ばしてやれえ」

声の終わらないうちに、一人が老人に拳を振り上げてとびかかった。

「あっ」

眼の前に、もつれた姿が流れていたが、声を立ててのけ反《ぞ》ったのは、若いほうだった。

24

「危ないところだったな」

老人は、煙管《きせる》を拾って懐ろに収めた。呼吸《いき》一つ乱れていなかった。

お蔦の眼から見て、まるで信じられないくらいだった。大の男が、小柄の老人に躍りかかったのだが、これが術《て》もなく、転がされて斜面の下に転げ落ちたのである。一人は木の根に頭を打ち、そのままそこにうずくまった。一人は笹で眼を突いたのであろう。異様な声を出しながら、急斜面を転がった。

ざまあみろ、とも言わないで、垣根の一つを修繕したくらいな動作だった。手を叩いて泥を払った。

お蔦の口を締めた手拭いなどを外してやった後である。

老人は六十くらいとみえた。頬骨《ほおぼね》が出て眼が落ちくぼんでいるのは歳《とし》のせいだが、身体はがっちりとしている。指先が鉈豆《なたまめ》のように太くて、爪などは潰れたようになっていた。

普通の町人ではなく、何かの仕事に携っている職人かもしれない。この指の形だったら、多分、植木屋あたりではなかろうか。

「ほんとにありがとうございました」

お蔦は、その老人の前に坐って手をついた。着物の乱れや髪などを恥ずかしそうに繕《つくろ》っての後である。

「姐さん、おめえ一人旅かえ？」

老人はお蔦にきいた。

「はい。甲府まで行くところでございます」

「なに、甲府？　女旅の一人歩きじゃ、物騒《ぶっそう》でいけねえ。今おれがここにいたからよかったのだ。いなかったらどうなったかわからねえ。まあ、無事でよかった」

老人は祠の朽ちた縁に腰を下ろして、お蔦を見下ろした。

「何の用か知らねえが、これからの一人歩きは危ねえ話だ。どうだえ、おめえさえよかったら、わしが甲府まで送ってやってもいいぜ」

「…………」

「ひでえ目にあったので、だいぶん用心しているな。そんなら仕方がねえ。歳はとってもおれも男のうちだ。おめえが用心するのも無理はねえ。じゃ……」

と縁から立ち上がった。

「あばよ。まあ、気をつけて行くんだな」

「もし」

お蔦は思い切って、後ろから追うように声をかけた。

「後生ですから、わたしもいっしょに伴《つ》れていってくださいまし」

往還《おうかん》ではなかった。ここも薄暗い杉の木立の中である。老人に先に行かれてしまうと、急に一人の心細さが彼女の肩を落ちてきた。

「そうか」

老人は振り向いた。

「おれでもいいかえ？」

笑った。

「はい」

お蔦は改めて頭をさげた。

「どうぞ、お願いいたします」

「おめえとわしとでは、いっしょに伴《つ》れだっても、他人《ひと》の眼にはうるさく映らねえだろう。どう見ても親娘《おやこ》だからな」

老人は、事実、六十には見えた。体格は箱のようにがっちりしたものである。さきほど、若い男二人を難なく片づけたところをみると、年に似合わずかなりな膂《りよ》力《りよく》の持ち主だった。

二人は、斜面を下りて街道に出た。

「ぼつぼつ歩こうか。わしも年寄だし、おめえは脚弱《あしよわ》だ。ま、のんびりと行こうぜ」

二人は歩き出したが、老人の何げない言葉には、お蔦への労《いたわ》りがあった。

お蔦は、この老人は一体何者だろう、と思った。

さきほど、あの杉林の中の祠で休んでいたが、あそこで何をしていたのか。街道からずっと離れた山林の中だ。脚を休めるとしても、道から離れ過ぎている。

それに、ああいう場所にあんな祠があることを知っているのは、よほどこの街道に馴れた者に違いない。ちょっと見たところ、風采からすると、百姓といったところだし、着ている物も質素なものだった。

この老人の言葉どおり、当人があの祠に休んでいたから助かったのだが、お蔦は、それをただの休息と思い込むことに、多少の疑問を感じた。

峠を越えた。

新しい山が前面に見えてくる。老人はお蔦の脚に合わせてゆっくり歩いてくれるが、お蔦としては馴れない道なので一生懸命だった。

老人が横にいてくれるせいか、いままでと違って、駕籠《かご》舁《か》きにも、馬子にも、からかわれることはなかった。親娘と思っているに違いない。

これほど世話になったのだから、お蔦は、この辺で自分の名前を明かさなければ悪いような気がした。

「そうかい」

老人はにこにこしていた。

「向両国には、おれも何度か行ったことがある。なるほど、そういうところにつとめていちゃ、この道中が難儀なはずだ」

追手のことがあるので、お蔦も正直に言うのをためらったが、結局、老人の恩の前にはありのままを言ってしまったのである。

「わしはな」

老人も自分の身の上を言った。

「葛飾《かつしか》のほうの百姓だ。名前は善兵衛という。ま、旅の道づれとして覚えておいてもらおうか」

百姓と聞いて、お蔦は想像から少し違ったが、さきほど見た老人の指を思い出す。

恰度指先きが蝮《まむし》の首のように、三角に平べったくなっている。よほど土いじりをした指に違いなかった。

「ところで」

善兵衛と名乗る年寄は言った。

「おめえ、甲府はどこに行くんだね？」

「はい」

お蔦は、ここでも正直に告げた。

「じつは、甲府は中継ぎで、本当は甲州の湯治場に行くつもりでいます」

「湯治場に？」

老人は、お蔦の身体をじろじろと見るようにした。

「べつに身体も悪くねえようだが、どこか病気でも持ってるのかえ」

「いいえ。実は、人を訪ねて行くところでございます」

「道理で病人には見えねえはずだ。人を訪ねてね。はてね、そんなら行き先きが分かりそうなものだが」

「いいえ、向うさまに黙って出て行かれたので、あとを追ってるところでございますよ」

「お安くねえようだな。おめえの情夫《いろ》かえ？」

「そんなんじゃありません」

お蔦は笑った。

「ぜひ、お目にかかりたい方なんです」

「やれやれ。おめえのような佳《い》い女にあとを追いかけられるのは、よほど果報な男にちげえねえ。先方も一人かえ？　おっと、こんなことを訊いちゃいけなかったな？」

「いいえ、かまいません。向うさまも二人づれでございます」

老人の質問がこれを聞いてから切れた。ふっと黙《だま》り込んだのである。

何が機嫌を悪くしたのかとお蔦が思ったほど、年寄は声をしばらく出さなかった。

ただ、歩いている速度だけは正確だった。

「実は、わしも」

しばらくして言い出したのは、この言葉だった。

「湯治場に行くところでね。もしかするとおめえの探している対手も、同じところにいるかも知れねえぜ」

「おじさんも」

つい、口に出た。お蔦は、はじめて対手をこう呼んだ。

「湯治場ですか。それは、どこなんですか？」

「うむ、わしが行くところは西山といってな、甲府から南へ当たる山の中だ。そうだな、甲府から十里くれえはたっぷりとあるだろう」

お蔦にふいと予感が走ったのは、この言葉を耳にしてからだった。

山の中の湯宿――花屋が栄吾に会ったのも身延の山中だった。すると、それを探索に出かけた薬研堀《やげんぼり》の常吉の落ちつく先も、案外、そんな場所ではなかろうか。

「甲府から南というと、どの辺に当たりますかえ？」

「おめえはこの辺は初旅のようだから、土地の様子は判るめえ。身延さまというのを聞いたことがあるだろう？」

「はい。そりゃもう……」

「わしの行く湯治場は、その身延さまの裏山のまた裏に当たる、西山というたいそう寂しいところだ」

「おじさん」

お蔦は叫んだ。

「ぜひ、あたしにお供させてくださいまし」

「なに、その西山におめえも行くのか？」

「はい。どうせ、どこだか判らない湯治場を探すのでございます。同じ行くなら、おじさんといっしょに、ひとまず、そこへ行ってみとうございます」

身延の裏山に当たると聞いて、お蔦は一生懸命になった。

「そうかい。……ま、いっぷく、しよう」

年寄はお蔦を誘って、松並木の間に腰を下ろした。

腰から煙管を出して、火を点《つ》けたが、

「おめえがその気なら」

と、ふっと烟を吐いた。

「そこまでの伴《つ》れになってもいいぜ」

その夜は、野田尻の宿場に泊まった。次の夜は、黒野田だった。

二晩ともべつに異状はなかった。宿帳には親娘としてあったが、それでなくても年格好を見て、宿ではその扱いにする。

最初の夜、襖を隔てて隣に寝たのだが、さすがにお蔦も用心をした。しかし、善兵衛のほうでは、勝手に宵の口から隣の間で高鼾《たかいびき》で寝てしまったのだ。

お蔦はすっかり安堵をした。六十といっても男に変りはないからと警戒していたのだが、善兵衛には、当人の言う通り、少しも邪心はないらしい。夜通し彼の快い鼾《いびき》が次の間で聞こえるだけだった。

もっとも、黒野田の宿では、お蔦が眼を醒ますと、隣の部屋に鼾が消えていた。障子を見ると、雨戸の隙間から洩れる光線が、夜があけたばかりの薄明だった。

年寄は朝が早い。

それにしてもどこに行ったのか、と思っていると、しばらくして、こっそり部屋に戻る気配がした。どうやら、眼が早く醒めすぎて、その辺をひとまわりしてきたらしかった。

お蔦は、そのことをわざと善兵衛に訊かなかった。隣の様子をしじゅう窺っているようで気が引けたし、それを言えば、老人の行動を不自由にさせる心配もあった。

年寄と女の脚だから、ゆっくりとした道中である。ようやく、三晩目に甲府の宿場に入った。

甲府の宿は、相模屋というのだった。

ここでも隣合わせの部屋に寝た。老人は遠慮してか、晩酌もやらないし、なかなか律儀のようだった。お蔦にも気を兼ねているところだった。彼女の方が気の毒になったくらいである。

年寄は寝付きが早いのか、ここでも、蒲団を敷かせると、善兵衛はすぐに鼾をかきはじめた。気楽な性分らしいのだ。お蔦は、あんなに早く熟睡ができればどんなにいいだろう、と羨しく思った。

その夜明け方だった。

お蔦が、ふと眼をさますと、隣の部屋に鼾がなかった。寝ていれば必ず鼾を聞かせる老人だから、もう、早起きしたのか、と思っていると、こっそり襖を開けて外から戻ってくる気配がした。

やはり眼ざめが早くて、寝ていられないのだろう。そういえば、昨夜《ゆうべ》泊まった黒野田の宿場でも同じようなことがあった。

隣では、再び床の中に入る気配がする。枕に頭をつけたと思われるとすぐに、例の呑気な鼾がはじまった。

お蔦は、この年寄が二日つづけて早起きするのを知った。そういう性癖があるのだ。それにしても、善兵衛は、今朝、ただ外を歩いてきたというだけではなく、彼女の直感として、どうも外で用足ししてきたような気がする。

これが若い者だったら、その辺の飯盛女のところへ行って朝帰りだということも考えられるが、年寄だし、昨夜《ゆうべ》の夜中は確かに、例の高鼾を聞かせていたのである。

善兵衛には、甲府に知った人があるのかもしれない――ふと、そんな気がおきた。甲州街道は旅馴れている様子からして、この想像は不自然ではない。だが、人を訪問するとしても、朝の早いのは奇妙だった。もちろん、起きてからこれを老人に詮索《せんさく》はできなかった。それでなくても、お蔦には何かと気を配ってくれているのである。あんまり対手の行動に興味をもつのはほめたことではあるまい。

「さあ、これから行こうぜ」

老人は、その朝もお蔦に笑いかける。

二人は身延道に方向を取った。甲府の盆地を過《よぎ》って鰍沢までは、銀之助の歩いた道中だが、違うのはそこから先である。

黒沢を通って、山を歩き、岩間から峠を越えて楠甫《くすほ》に出る。

ここは富士川べりで、渡し舟が出ている。

つまり、岩間から道を岐《わか》れないで、ずっと南に向かうと、銀之助が泊った湯治場の下部《しもべ》になるのだ。

ここの渡し舟にも身延詣りの客が多い。富士川の急流を真一文字に過《よぎ》って向う岸に着いた。箱原というところに上がる。この辺は、富士川の両岸が截《き》りたった断崖になっている。

この道を南に取って、手打沢、八日市などの集落を過ぎると、やがて、富士川から岐れた早川の入口になる。

このとき、陽はもう頂天に上がっていた。

「どうだ、くたびれたろう。腹も空《す》いてきたな。その辺でソバでも食べようか」

老人は相変わらず親切だ。

街道ばたに茶店が出ていた。

「ごめんよ」

年寄が先に暖簾《のれん》を分けて入る。

ソバを取って食べていると、先ほどから隅のほうに腰掛けている近くの百姓らしい男が、じろじろと両人の方を窺《うかが》うように見ていた。

すると、ソバを食べ終わった善兵衛が、何げない恰好《かっこう》でその客の前に近づいた。

「おい、油断はならねえぜ」

百姓はあたりを見まわして善兵衛に耳打ちした。

「妙な武士が、この前、この辺を通って西山に向っていたからの」

25

銀之助は西山の湯治場に逗留した。西山は山の間に黴《かび》のように取りついたような温泉だった。宿の裏に川が流れているが、これが早川の上流である。

宿は二軒しかない。銀之助が泊まったのは、信濃屋というのだが、隣に大和屋というのがあった。どちらも旅籠《はたご》というよりも、百姓家の大きいのを改造したような構えだった。このへんの民家の風習として、屋根は藁葺《わらぶ》きだが、堂々とした合掌《がっしょう》造《づく》りになっている。

信濃屋は自炊客がほとんどだった。銀之助だけは武士というので、宿で食事の世話をしてくれたが、ほかの客は三度三度自分で炊《た》かなければならない。それに小部屋が少ないから、連中は、大部屋の真ん中に掘った囲炉裏《いろり》の上に鍋、釜をかけて煮炊きをするのだった。夜もそこに足の先を伸ばして雑魚寝《ざこね》である。

小部屋にいるのは夫婦者に限られていたが、割に若い者が多かった。この湯は子宝の湯といって、子供に恵まれない者が、遠方からわざわざやってくる。

湯壺は川のすぐそばにあった。これも下部から較べると、ほとんど野天といっていい簡単な小屋掛があるだけで、入口には莚《むしろ》が一枚下がっているだけだった。湯壺は石を組んで湯を溜《た》めている。五、六人はたっぷりと入るくらいの大きさだったが、そのほとんどが、近在の百姓か、山で働く炭焼き、木樵《きこり》の類《たぐ》いだった。銀之助にとって大切なのは、実は、この連中だった。

彼は宿に着くと、すぐに栄吾の消息を聞いて回った。

こういうことは、湯に浸《つか》っているときが一番都合がいい。

鈴木栄吾の特徴を述べて、このような武士を、山で見かけなかったかというと、誰もが首を振って、知らないと答えるのである。

「へえ、そういうお方にお目にかかったら目立ちますから、金輪際《こんりんざい》、忘れようがないんでございますがね」

と言う。

花屋の亭主が遭ったのは、身延の裏山だが、ここはそこからずっと離れた北のほうだった。甲州でもこの辺は、まるで空に壁を回したように高山が聳《そび》えている。

あれは何という山かと、一番高い頂上を指してきくと、白根岳《しらねだけ》と教えられた。すぐ南に隣りあっているのが、濃鳥山《のうとり》という。

山岳は屏風のように横につらなっている。

土地の者の説明によると、北から南にかけて、駒ケ岳《こまたけ》、地蔵岳《じぞうだけ》、鳳凰山《ほうおうざん》、白根岳、濃鳥山（現在の農鳥岳）と主な名前をあげた。これは、現在の南アルプスに当たる。花屋の亭主が栄吾に遭ったのは、七面山のほうだから、その山岳とは別な方角だ。が、遠い山つづきには違いない。

銀之助はその山を見上げては、栄吾がその山中に、現在でも迷い込んでいるような幻想が起きるのであった。

湯に入っている木樵たちは、この山の麓で仕事をしている。もし、栄吾の消息があれば、この連中が知らぬはずはないのだ。

みんな正直者のようである。返事も、嘘をいっているとも思われなかった。

銀之助は、この宿で三、四日逗留するつもりだった。ここで栄吾の行方がつかめなかったら、また別なところに移動することを考えている。

連山は朝陽が昇ると、頂上《いただき》の雪が輝やきはじめ、次第に明るい部分が麓のほうへ匍《は》い下りていく。

このときが一ばん山の容《かたち》をはっきりと見せた。渓の皺《しわ》の形まで、細部を描きわける。

陽が西に落ちると、連山は茜《あかね》色の空を背景に影の姿となる。

霧は絶えず麓を這い、午《ひる》にならないと霽《は》れることはなかった。

この西山を最後にしてほとんど山に行き詰まりのようにみえたが、狭い径《みち》はまだ丘の奥へ分け入っていた。

ときたま、その径を人が歩いているのは、この奥にも小さな集落があるからに違いなかった。

径には、とき折、馬に薪を積んだ百姓や、背負子《しょいこ》を担《かつ》いだ女たちが歩いていた。

土地の者にきくと、

「へえ、これから二里ばかり奥に台里《だいり》というところがございます。そこが、ほんとうのどん詰まりでございますよ」

裏の川は、山の間から落ちてその村を通ってこちらに流れているようだった。

栄吾の消息はさっぱり判らなかった。

銀之助はそろそろ失望してきた。

そんな或る日だった。

銀之助が宿の外に出てみると、向こうに武士が一人《ひとり》立っている。

どうも見たことのある顔だと思ったが、先方から笑いかけながら近付いてきた。

「あんたは、三浦さんじゃないですか？」

銀之助は、あっ、と口の中で声を立てた。

その対手の顔にこちらでも見憶えがあった。甲府に寄ったとき、鈴木栄吾の友だちの間を訪ねたことがある。この男はそのとき話を聞いた一人の河村百介だった。

「これは思いがけないところで」

銀之助は眼をみはった。

「どうも、先ほどから、あんたらしいと思っていましたよ」

河村百介は銀之助の姿を先ほどから見ていたらしい。

「いや、その節はどうも、いろいろと厄介になりました」

銀之助は礼を言った。

「いっこうお役に立たないで」

河村百介は今度はいやに慇懃《いんぎん》だった。

甲府で会ったときは、すごく伝法な口の利き方をすると思っていた。江戸で遊んでいた名残が、彼の生活態度にのぞけるような気がした。

しかし、いま会った河村百介は、見違えるように姿勢を直している。

「こちらには？」

銀之助がきくと、

「役目ですよ」

河村百介は笑った。

「と、おっしゃると？」

「わたしはお山方でしてな。今度、上のほうからの命令で、この辺りの図面を改正していく用件で来ました」

立ち話だったが、河村百介は屈託なげに語った。

「ごらんのとおり、眠っているような山村ですが、五、六年の間には、やはり移りかわりがあります。それと、前のほうの図面はどうも完全ではないのでね。それを少しずつ修正《なお》していくのが、われわれお山方の役目ですよ」

「ご苦労さまですね」

銀之助は挨拶した。

「いや、全くです。これが江戸の町のように平らなところを歩くのでしたら平気ですが、山から山へ、まるで猿か獣のように歩く恰好ってのは、なっていません。そんなときの姿を江戸の情婦《いろおんな》に見せたら泣き出しますよ」

河村百介は明るい笑い声をあげた。

「では、すぐこれから出発ですか？」

「いや、まだ二、三日、ここに骨休みしているつもりです。お山方というのは、一月の半分、仕事を振り向けられていますが、その間に役目を果せばいいわけです。まあ城勤めの窮屈さからみると、ある程度、のんびりしたところはありますな。また、それでなければ、こんなワリの悪い仕事はやりきれませんよ。……それはそうと」

百介は急に言葉の調子を変えた。

「あんたが探していた、鈴木栄吾の死の模様は判りましたか？」

「それです」

銀之助は言った。

「こちらにきて、木樵《きこり》や炭焼きの人に話を聞いたのですが、確《しか》とした消息が知れません」

「そうですか、いい奴でしたがな」

と河村百介は鈴木栄吾のことを述懐した。

「わたしとは短い付き合いでした。何しろ、栄吾が来てから、左様、半年とは経っていませんでしたからな。短い交際でしたが、死んだとなると可哀想でなりません。あの男も江戸にいれば、結構、愉《たの》しみがあったのでしょうが、こういう山の中では、われわれ同様、望みも何も失ったわけです」

話を聞いていると、河村百介は、あまり深い事を知っていないようだった。ただ、鈴木栄吾の病死の公報についての喰い違いだけは、銀之助の話を聞いて首を傾《かし》げているだけだ。

栄吾が甲府に来たのも、やはり他の連中と同じように、江戸で勝手なことをやり過ぎて、山流しとなったものと彼は判断していた。

「あんたは、まだ、ここに当分逗留ですか？」

今度は、百介のほうから銀之助に訊いた。

「いえ、もう、ぼつぼつ引き揚げようと思っています」

「ほう、すると、今度はどこか？　……」

「はあ、別な湯治場に移ってみたいと思ってます」

「それがいいですな。こんなところに二日といたら、飽きあきしますよ。まあ、遊ぶのはいいところですが、逗留となると、ほかの百姓どもといっしょですからな。わたしが山に入るまで、よろしかったら、たびたび遊びに行きますよ」

「ぜひ、おねがいします」

銀之助は言った。

「わたしも、こういうところであなたに会おうとは思わなかった。話し対手が欲しいですな」

「では、いずれ」

百介はそういうと、すたすたと向こうに去った。彼が泊まっているのは、銀之助のいる信濃屋ではなく、隣の大和屋であった。

その夕方、銀之助は湯壺に降りて行った。どういうものか、誰も湯には入っていなかった。この宿には自炊客が多いので、必ず一人か二人見かけるのだが、銀之助が降りたときには彼ひとりだった。

湯は熱いくらいである。簡単な小屋掛けだから、湯気が中にこもるということもなかった。かえって、隙間から冷たい風が入ってくる。しかし、身体を湯壺に浸《つ》けていると、その冷たい風がかえって快かった。

銀之助は、江戸にいる幸江のことを想いだしていた。

甲府に着いたら、どこからでもすぐに便りをくれという頼みだったし、銀之助もそれを約束してきている。しかし、栄吾の消息が不明な現在、便りを出しても、かえって幸江を失望させるばかりだと思った。

だが、一方、幸江は銀之助の便りを待ちこがれているに違いない。別れたときの彼女の寂しげな面差《おもざ》しが今でも彼の眼に泛んだ。

江戸を出てから今日でもう十日以上になる。近ごろは目が醒めると、壁のような山を見るのが当たり前になった。もう少し経つと、江戸の町のことを忘れてしまうような気さえする。

湯壺に浸っていると、考え方まで自然とのんびりするものだ。

そのときだった。急に、銀之助は五体の神経が緊張するのをおぼえた。

いま、裸で風呂の中だということが、一番に頭にきた。これは無防備なのである。

しかし、感じているのは、一抹の殺気だった。

刀は手を伸ばせば、すぐに届くところに置いてある。銀之助は、その殺気が自分の背中に流れていることを感じていた。

それも、僅かの間だったが、彼にはかなり長い時間に思われた。

突然といっていい、今まで磁気のように鋭かった空気が、どういうものか、急にゆるんだのである。

ほっ、としたが、同時に、奇怪な、と考えた。

むろん、眼には変化は映っていない。表口に垂れた筵《むしろ》は、風にわずかにゆらいでいる。板囲いの間から入ってくる冷たい空気も、以前《まえ》のつづきだった。足音が起こった。それも二、三人である。銀之助は、はじめて殺気が消えた理由を知った。

「ご免下さいまし」

先客が武士だと知ってか、後から入ってきた百姓のような連中は会釈した。

「ちょっと、尋ねるが」

と言ったのは、その連中が同じ湯壷に肩を沈めてからである。

「あんた方が、この湯壷に入ってくる途中、誰か人に会わなかったかね。いや、宿の中ではない。この小屋の外での話だが」

「さあ」

連中は、お互いに顔を見合わせていた。

「存じませんね。誰もいなかったようです」

「そうか」

そうだろうと思った。人に迂闊《うかつ》に姿を見せる相手ではない。

「何か……？」

「いや、いいんだ」

銀之助は顔を湯でざぶりと洗った。

湯から上がると、銀之助は外に佇んだ。陽は西に落ち、いつものように雪を戴いた高い連山が、残照の中に影絵のように聳えている。

当然のことだが、先ほど感じさせた殺気の主はいない。

見えるものは、向こうの径を行く土地の者だけだった。径は山の間に入り山へ向かっている。歩いている人の姿が夕靄の中に急いでいた。

あの径を行くと、台里というところに出るのだという。

銀之助がそう考えながら眺めているときだった。

宿で雑役のようなことをしている老爺が、薪《まき》を抱いて通りかかった。

「ちょっと、きくが」

銀之助は、ふと訊く気になった。

「あの径を行くと、台里というところに出るそうだが、どういうところだね？」

「へえ、台里でございますか？」

老爺は腰を屈《かが》めて立ち止まった。

「そこが、里のどん詰まりでございますがね。いや、山奥のまた奥に住んでいるせいか、台里のものは、この辺の人間とは少し違うようでございますな」

「違うとは？」

「何でも、台里の者の話では、自分たちの祖先は平家《へいけ》の落武者だと申しております。そういうわけで、いまでも言葉の訛《なま》りがこの辺とはまるで変っていましてな」

「変っているとは？」

「京都の言葉が残っているそうでございますが、われわれが聞いても、あの土地の言葉はよくわからないことがございますよ。もの識《し》りの話では、都の雅《みやび》やかな言葉が混《まじ》り込んでいるそうで……」

変った話だと思った。

「これは、もの識りのお方からの受け売りでございますが、台里《だいり》という土地の名前は、実は、御所の内裏《だいり》のことだそうでございますな」

「そうか、なるほど。土地土地でめずらしいところもあるものだな」

「へえ、全く左様で」

老爺は頭を下げて、宿の納屋《なや》のほうへ行った。

銀之助はまた一人で立っていた。径もわずかに白い一筋となって、ぼんやりと枯草の間に昏《く》れ残っていた。

銀之助は、山の間に消えているその往還《おうかん》に、何となく憧れを持った。

26

夜、河村百介が遊びにきた。

「さっそく、うかがいましたよ」

百介は銀之助に笑いかけた。手には徳利を提《さ》げていた。

「この通り、酒持参です」

部屋を見まわして、

「かまいませんか？」

そこに坐った。

「退屈していたところです」

銀之助は歓迎した。

「地酒ですが、まんざら捨てたもんじゃありませんよ」

百介は徳利を振った。

「そうですか。いま、用意させましょう」

銀之助は手を叩いて女中を呼んだ。

「やっぱり、江戸から見えた人となると、懐かしいですよ」

河村百介は徳利から酒を注いだ。

「まるで親類に遇ったようなもんです」

酒は銀之助の口にもわりあいうまかった。

「どうです？」

「けっこうですな」

「そうでしょう。いや、こういう地酒をほめるようになっちゃ、もうおしまいです。わたしも田舎者になりましたよ」

百介は笑った。

「それでも、この酒は、わたしが宿に言いつけて吟味《ぎんみ》させたものです。お口に合ってありがたいですな」

女中が山女魚《やまめ》を焼いたのや山菜を運んできた。

「ここの山の中じゃ、こういう川魚しか食べられませんからな。甲府だってそうですよ。海の魚ときたら塩ものです。とろっとした刺身の鮪《まぐろ》とはいいませんがね。せめて無塩《ぶえん》を口にしたいですよ」

百介は述懐《じゅっかい》した。

「もう、これで、三年は刺身にありついていませんよ」

「そうですか。しかし、住めば都と言いますから、あなたも甲府にはだいぶんお馴れになったでしょう？」

「馴れましたね。いや、田舎に馴れたという意味です。やっぱり、気持ちはいつも江戸にありますよ。江戸では勝手なことをしましたからな。身から出た錆《さび》とはいいながら、あのころの放埒《ほうらつ》が、今になって祟ったわけです。しかしですな、三浦さん。放埒といえば、両国や浅草のほうは、変わらないでしょうね？」

そう言う百介の眼に、懐かしそうな色が現われていた。

「あなたがいらしたころと、ほとんど変わっていないようです。もっとも、わたくしは浅草は知りませんが、両国はそうだと思います」

「両国といえば」

と百介は酒を呷《あお》って言った。

「わたしの好きな女がいましてね。わたしが甲府に来てからは、どうしているやら。当分の間、毎晩、女が泣いている夢を見ましたよ」

銀之助は、ふと、栄吾の許婚者《いいなずけ》の幸江のことが眼にうかんだ。

「わたしだけじゃありません。甲府勤番になった連中は、みんなそうです。大てい、江戸で遊蕩三昧《ざんまい》に日を送った連中ですから、いまは、生きながらの屍《むくろ》と言ってもいいくらいです」

「そんな」

銀之助が笑おうとすると、

「いや、本当です」

百介は手で押えるようにした。

「なにしろ、生きて江戸には帰れない身ですからな。あなたは、まだいいですよ。ここは旅先ですから、何日かしたら江戸の土を踏むことができます。ところが、われわれはそれができない。この山の中で骨を埋めるわけです。こりゃ堪《たま》りませんよ。そんなことを考えたら、気が狂いそうなくらいです」

「…………」

「そういえば、本当に気の狂った奴もいます。こいつが江戸恋しさで狂乱したのですから、ほかの者がまともな話とは取れないくらいです。そればかりではない。江戸に残した可愛い女が忘れられず、甲府から脱走した者もいますよ」

「…………」

「武士もそうなると恥さらしだ、とおっしゃるかもわかりませんが、現実がそうなんです。もっとも、逃げようたって間々《あいだあいだ》には関所があって、逃げおおせるものじゃありません。一人は、やっと小仏峠《こぼとけとうげ》まで辿り着いて捕まり、一人は、追い詰められて崖から身を投げましたよ」

暗い話だった。

「まあ、そう深刻に考えないほうが長生きの道だと思いましてね。わたしも、このごろは、いくらか悟《さと》りを開きましたよ。こうして、お山方という役目を仰せ付かって、猿みたいに山から山を歩いていますが、けっこう、これでまたいいところがあります。お城勤めの窮屈さからも逃れられるし、山の中を匍《は》いずり回っていたんじゃ、江戸の町を夢見てる暇はありませんからな。それにつけても、栄吾は気の毒なことをしました。ここに着いた早々死んだんですからね」

河村百介は銀之助にしきりと地酒をすすめた。

銀之助は河村百介の暗い話をなるべく外《はず》そうとした。

聞いていて、こちらの気持ちが滅入りそうなのである。百介の話は多少の誇張があるにしても、実感に溢れていた。

甲府勤番は不行跡が原因で島流し同様にされた者だ。これには赦免という恩典《おんてん》はない。

「昼間、お話を聞いたんですが、お山方というのは、御領内の絵図面を作られるわけですか？」

銀之助は話題を変えた。

「そうです。それと山林の管理ですがね。わたしのばあいは図面を作成するわけです。これが、いざというときの用意にもなり、またご領内の監察にも役立つというわけです。もちろん、土台はあるのですが、それを少しずつ訂正するため現地を歩いているというのが、わたしの役目です」

「なかなか、おもしろそうですね」

銀之助は言った。

「おもしろいこともあります」

河村百介はうなずいた。

「山の中の一軒家みたいなところに泊めてもらっていると、都では味わえない風味もあります。しかし、危険もありますよ。これは、鈴木栄吾ではないが、一歩踏みはずすと断崖の下に墜落して、即死するような危なっかしいところをわたります。場所だけでなく、深山《しんざん》に入ると山犬《やまいぬ》もいます」

「山犬?」

「狼と同じですよ。こいつがいちばん苦手です。まだ甲州の山奥には、そういう獣《けだもの》がだいぶ残っていますからな」

話を聞いて、銀之助の心に泛《うか》ぶのは、やはり栄吾のことだった。

「河村さん、どうでしょう、これから、あなたが山に入られるなら、わたしもお供できないでしょうか?」

「え、あなたが?」

河村百介は銀之助を真直ぐに見た。

「そりゃ、どういうご了簡《りょうけん》で?」

「いや、お話を聞いておもしろくなりました。今度は、いつ、山にお入りになるんですか?」

「左様。今度は七面山の裏側です。駿河に接しているところです」

「今度は、何日ぐらいの予定ですか?」

「左様。先ず四、五日くらいは山歩きというところでしょうか」

「河村さん」

銀之助はまた言った。

「ぜひ、お供したい。そういう山の中をみたいのです」

「あなたも、変わり者ですな」

酒をくみながら、河村百介は笑った。

「よろしい。それほどおっしゃるのならご案内しましょう」

「それでは、諾《き》いていただけますか？」

「約束しましょう。しかし、山歩きは辛《つら》いですよ」

「覚悟です」

そう言う銀之助の顔を、河村百介は見戍《まも》った。

「あなたは、友だち想いですな？」

「…………」

「栄吾のことを、そこまでお考えになっているとは思わなかった。こうなると、お上《かみ》も、もう少し、栄吾の死に際をはっきりさせておけばよかったと思いますよ。江戸では、栄吾が甲府の役宅で死んだことになっているそうだし、こちらでは、山の中で事故死を遂げたことになっている。話はえらく喰い違っている。あなたが、栄吾の死んだ真相を調べようとなさるのは、わかりますよ」

銀之助は栄吾の死亡さえ疑問だ、と言いたかったが、それは黙った。まだ、この男に言うべき時期ではなかった。

「及ばずながら、わたしも協力しましょう。栄吾が、果たして、どの辺で死んだか、ということをですね」

「そう願えますか？」

「やりましょう。わたしも、だんだん、上司の処置が腑《ふ》に落ちなくなりましたよ。届いたのは、栄吾の髪の毛ということになっています。それでは、一体、死体から髪の毛を誰が剃《そ》って来たかということです。これは誰にも判っていない。知っているのは、上《うえ》のほうだけです」

「不思議です」

銀之助は、その髪の毛さえ誰の者か判らぬと思っている。

「しかし、三浦さん、わたしが絵図面の調査に出発するのは、もう少し先になります」

百介は言った。

「といいますのは、その前に、一応、この近くに用事があります。左様、そこでの用事は二日くらいで済むでしょう。それから、ここに戻ってあなたとごいっしょするということにいたしましょう」

河村百介は近くに用事があって行くというが、どこへどのような用事で行くのだろうか。

銀之助は、まだ、それは訊けなかった。対手も打ち明けないことだし、こちらに遠慮があった。強い地酒を飲んでいる河村百介はだんだん酔ってきたようだった。

お蔦は、善兵衛の導きでその峠に立ったとき、息切れがしていた。

ほとんど路とは言えないような径《こみち》を、長いこと上りつづけて来たのである。早川の入口で茶屋に憩《やす》んだのが最後だった。本道とは、その先から岐《わか》れた。

善兵衛の言うには、こちらの路が近いというのだ。

多少の不安がないでもなかったが、善兵衛と無事に三晩も過ごしたお蔦は、結局、彼の言う通りに従うほかはなかった。とにかく、ここまで親切に案内してくれたのである。路も分らなかったし、この年寄に突き放されたら、という不安がもっと大きかった。小仏の峠で手籠めに遇いそうになった経験が、よけいに彼女を怯《ひる》ませていた。

「近道だから、少々、足場が悪いぜ」

善兵衛は前もって注意した。

西山の湯治場に行くというのが、これからの目的だった。何を言われようと、西も東も分からぬお蔦にとっては、善兵衛の言う通りになるよりほかはない。

年寄が前もって念を押した通り、路は胸をつくような急な上りでつづいた。人家は麓でちらりと見ただけである。あとは、深い谿間《たにま》と高い山が見える山中だった。ずっと下のほうに、ときどき、流れの音を聞いた。

この峠に出るまでも二、三回は憩《やす》んだ。しかし、善兵衛に迷惑をかけてはならぬという気持ちが、お蔦を張りつめさせていた。普通なら、むろん無理な道中だった。

峠は、木立ちも何もない草原になっていた。しかし、向うの眺望は、今までと一変している。これまで頂上しか見せなかった正面の高い山が、にわかに裾野を曳《ひ》いた全容を見せたのである。あっという景色だった。

その麓もいくつかの小山が重なってもり上がっていた。

「ほれ、あすこだ」

善兵衛が指したのは、山と山の間にわずかに見える人家らしいかたまりだった。

「馴れねえ山路を無理に歩かせて、悪かったな」

善兵衛はお蔦から少し離れて、煙管《きせる》を咥《くわ》える。

「だが、もう少しだ。下りになると、こりゃずっと楽だからな」

絶えず、こうして激励してくれた。

「あの家が、西山の湯治場ですかえ？」

お蔦が訊くと、

「まあ、そんなところだ」

善兵衛は吸殻を吹いては、答える。

すぐ、そこに見えると思っても、山路となると、なかなかの距離だった。その間には森があり、林があって、見通しが隠れたりする。

人ひとり遇わないのも心細かった。

それからどのくらい歩いたか覚えがない。

「やっと来たぜ」

善兵衛の声にお蔦は眼を上げた。

山沿いに人家が見えた。どの屋根にも、強い風に備えるために石を置いて、縛《しば》ってある。家数は二十戸ぐらいだった。

その中でひときわ大きい屋根が見える。

「あれが宿屋ですかえ？」

お蔦は眼をあげる。

「まあ、そんなところだ」

善兵衛の口癖だろうか、はっきりと言わない。

峠を下っても、また上り路になったりした。川がすぐ傍を流れていたが、音でかなりの速さだと分った。

ようやく、家のある近くに来ると、この山路は別な往還と出合っていた。

ここで、はじめて人の姿を見た。

土地の百姓らしい女だったが、善兵衛を見ると、短い言葉を投げた。

善兵衛もそれに応《こた》える。ところが、今まで江戸前だった彼の言葉が、急に変わった。奇妙な言葉だ。意味も取れなかった。

百姓女は、お蔦の姿をじろじろ見て行き過ぎた。

「あれは土地の女だ。おめえには言葉が分からねえだろう」

善兵衛は笑った。

しかし、土地の女と言葉を自由に交わす善兵衛は、この村には始終《しじゅう》来る人間らしい。

「ほれ、ここが、今夜、おめえの泊まる家だ」

連れ込まれたのは、お蔦が宿屋かと訊いた、大きな合掌作《がっしょうづく》りの藁屋根《わらやね》の家だった。

27

お蔦が案内されたのは、その家の奥深い一部屋だった。

百姓家といっても、これは宿屋みたいに大きい。中に入って分かったのだが、各座敷にはまた、それぞれ梯子《はしご》が付いて中二階がついている。その上に二階があり、また中二階があるというふうに、層々《そうそう》と積み上がっている。部屋数にしても相当多いようだ。

農家だから、もちろん贅沢な部屋ではない。しかし、それほど粗末でもなかった。お蔦は、この辺の庄屋の家かと思ったくらいである。

「まあ、ここでしばらく辛抱しな」

善兵衛はお蔦にいった。

「ここが西山ですかえ？」

「西山は、ちっとばかり離れているが、いま、湯治場はいっぺえだそうだ。なにしろ、この辺は、百姓の暇のときは、どっと、そういう連中が宿に押しかけるでな」

善兵衛はそう説明した。にこにこと笑っているのだ。

「それでは、ここから湯治場に通うんですかえ？」

「歩いてもたいしたことはねえ。まあ、明日にでも、おれが伴《つ》れてってやる。宿が空《あ》くまでのしんぼうだ」

「善兵衛さん」

お蔦は訊いた。

「この家は、どういう方の……？」

「うむ、言うのを忘れていたが、ここは、このへん一帯の地主の家だ。ま、地主といっても、おめえの見るとおり、侘びしい山の村だから、たいしたことはねえ。そのうち、この家の者に引き合わせてやるから、待っていな」

善兵衛は説明する。

「おめえもくたびれている。そんな気兼ねはあと回しにして、今夜はゆっくり身体を休めてくれ」

といたわった。

一晩でも厄介になる以上、この家の者に挨拶せねばならなかった。しかし、どうやら、善兵衛はこの家の主人とかなり親しいらしい。

「わたしがここにお邪魔しても、大事ございませんかえ」

「なんの」

善兵衛は手を振った。

「おめえのことは、よく話してある。そんな心配《しんぺえ》はいらねえ」

「おまえさまも、この家にしばらくいなさるのかえ？」

「うむ、五、六日ぐれえは逗留するつもりだ」

「ここに、よくおいでかえ？」

「そうだな、半年のうちには、二度くれえはやって来る。だから、この家の者とは親類みてえなものだ」

善兵衛は自分では葛飾のほうの百姓だと言っていた。その葛飾の百姓が、甲斐の山村にどのような用事で来るのか。お蔦には見当がつかなかった。尤も、町育ちの彼女には、百姓というと、どれも同じように見える。だから、百姓の善兵衛がこの百姓の家に来るのも、さして不思議には思われなかった。

「おめえの食事は、この家に働いている小女《こおんな》が持ってくる。言葉はちっとばかり分からねえかもしれねえが、なに、気がねのいらねえ女だ。おめえも腹が減っただろうから、たらふく食って、のびのびと宵寝《よいね》をするといいぜ」

何もかも親切だった。

「じゃ、おれは向うに行ってるからな。何かあったら、小女を呼んでくれ」

善兵衛に去られると、お蔦も少々心細かったが、彼には用事があるらしいので、そう我儘《わがまま》もいえなかった。

「善兵衛さん。それでは、あとでまた、きっと来て下さいね」

「いいとも」

善兵衛は笑った。

「大事なお客だ。なんでおれが放っておけよう」

この言葉もお蔦は親切にとった。

「ほんとに、おまえさまには、いろいろとお世話になりました。その上、こういう家に厄介になったりなぞして……」

お蔦は両手を突いた。

向両国で、永年、男を対手にしてきた商売女だけに、自然にこぼれるような愛嬌がある。

それに場所が百姓家だけに、にわかに花を置いたように目立つ。

「そんなら、善兵衛さん。明日は、きっと、西山とかいう湯治場へ伴《つ》れてって下さるでしょうね?」

「いいとも、いいとも」

老人はうなずきながら、お蔦を置いて出て行った。


「弥助」

一人が言った。

「乙《おつ》な女を伴《つ》れて来たな」

対手はにやにやと笑った。

「どういう了簡でつれ込んだのだ？」

男はこの辺の百姓の姿をしていた。頑丈な身体つきである。皮膚も黒いし、顔に生えた鬚も熊のようだった。

「おめえの知ったことではねえ」

弥助というのが善兵衛の本名だった。この年寄なら、指の先が蝮《まむし》のように平らなのもうなずける。始終、枝を截ったり、土をいじっている植木屋職だった。江戸の小梅の里の辺に多い、植木屋の一つを営んでいる。

弥助は、この家で一番奥まった座敷へ向かった。旧い百姓家特有の、太い梁《はり》と柱が見事だった。この奥がこの家で大事な場所らしいことは、畳もきれいだし、柱も艶光りしていることで判る。

大きな囲炉裡がまん中に掘られてあった。そこに坐っている男が炉に粗朶《そだ》を投げ入れている。四十五、六の、ずんぐりと肥った男だ。

「ごめん下せえまし」

弥助は声をかけた。

「弥助か」

「へえ」

「入るがいい」

弥助は腰をかがめて、男の傍から畳一枚ぐらい離れたところで膝を揃えた。

「ただ今、お山にあがって参りました」

「うむ」

男はあぐらをかいたまま振り返った。

「ご苦労だったな」

「親方さまは、お変りはございませんか?」

「達者だ。いま、あちらで昼寝をしているらしい。あとで会うがいい」

「有難うございます。それではのちほどお目にかからせていただきます」

「江戸はどうだ？」

「へえ……ひとつは、そのことでこちらに上って参りました。近ごろ、妙な男が山根さまのお屋敷の前をうろうろいたしますので、これはお耳に入れたほうがよろしいかと思いまして」

「どういう男だ？」

「江戸の岡っ引でございます。薬研堀の常吉と申しまして、あの仲間では聞こえた男でございます。もう一人は、常吉の子分で」

「大したことはないだろう」

「今は心配ございません。ですが、この間も、山根さまの庭を拝見とか申しまして、下町の旦那衆に化けて入りました。油断のならないことでございます。それも、お屋敷の前を窺うのは一度きりではございません」

「岡っ引か……」

男は呟いて、あぐらのまま火箸で灰を搔《か》いていた。

「それが、今度はちっとばかり骨のある野郎でございます。そのことが山根さまのほうに分かりまして、殿さまから手を回し、常吉にはその一件から手を引かせましたが、その常吉は子分と二人で、甲州に出立したそうでございます」

「ここへ来るのか？」

「多分、そんなことだろうと思います。湯治場へ入湯に行くと言って出かけたそうで……決して油断はなりませんぞ。岡っ引のこともですが、もう一人、妙な武士がこれに関わり合っているようでございます」

「その話は聞いた」

ずんぐりした男の髭面《ひげづら》の唇から洩れた。

「ほう、では、もう……」

「報らせがあったのだ。そやつは、鈴木栄吾の友達だそうだな」

「はてね？」

「その男も、岡っ引とおなじ目的だ。両方とも、大方、向両国の花屋の亭主が殺された一件の探索から、小梅に段取りをつけたにちげえねえ……あれは、おれのほうもちと抜かりがあった」

「いいえ、そんなことはございません。水茶屋の亭主の口は塞がないと、あとが面倒でございます」

男は、それに返辞をせずに、

「おめえ、妙な女を背負《しょ》い込んで来たな」

と話を変えた。

「へえ。実は、あの女の口から、岡っ引二人が湯治場のほうへ向かったと知りました。あの女は、向両国の水茶屋の女だそうでございます」

「ほう。すると花屋の女か？」

「いいえ、違います。その近くの、同じ商売の家で……」

「その女が、どうしてこの辺にやって来たのだ？」

「その詮議は、いずれあとからゆっくりとしてえと思います。今はただ、知らぬ顔をしてここまで誘い込んだわけです」

「埒《らち》もねえ」

男は囲炉裡の炎を見て言った。

「そんな女なぞに関わるんじゃねえ。殊に、こんなところへ伴《つ》れて来て、いってえ、どうするつもりだ？」

「与四郎さま」

年寄は眼を笑わせた。はじめて名前を呼んだ。

「これには、あっしに考えがあってのことでございます」

弥助は言った。

「どういう考えだ」

与四郎と呼ばれた男は、相変らず囲炉裡の火を見つめて聞く。

「もう、そろそろ、甲府からお山方の河村百介さまが見えるころでございますな？」

「うむ」

「河村さまはここに来ると、必ず二日は滞在します。与四郎さま、あっしはあの女《あま》を、河村さまにあてがおうと思っているのでございますよ」

与四郎という男が、それを聞いて顔の筋肉を動かしたようだった。

「あの仁は油断がならねえ。江戸からやってくる連中よりも面倒な人間だ。一応役目で来るから、今までは、ここで何とかあしらっていましたが、今度は思い切り、あの仁を料理しようてんで……」

弥助は少し膝をすすめた。

「あっしが伴れてきたあの女《あま》は、向両国の水茶屋で、男に色を売ったやつだ。商《しよう》売《べえ》がら、男を蕩《と》ろかすにはもってこいです。河村さまは江戸で散々遊んでいた人間だ。それが甲府流しとなってからは、永いこと、江戸の女を拝んでいねえ。こいつはいけると思いましたね」

「…………」

「いえね、あっしも、そのつもりであの女《あま》と近付きになったんじゃねえです。小仏峠でゴマの蠅のような男に手ごめにされようとしたところを、あっしが居合わせて助けてやったんで。聞くってえと、甲州の湯治場に行くという。そんなら、おれが案内してやろうというわけで道伴れになったんですが、その途中で、ふいとこの考えを思い付きましてね」

弥助は、囲炉裡ばたに置物のように坐っている与四郎という男の横顔をのぞいた。

「どうですかえ？　こいつはいけそうに思いますが」

与四郎が、はじめて返辞をもらした。

「よかろう」

「え？　それでは、あっしの考えどおりに運んでよござんすかえ？」

「河村百介は、そこの西山まで来ているよ」

「え、そいじゃ、もう……」

「今日にでもここへ来るだろう。……あの男の処置は、われわれも今まで考えぬではなかった。面倒になったら、いっそのこと、前の人間のようにしてやろうと思ったこともある」

前の人間という言葉だけで、弥助には意味が通じているらしかった。

「だが、親方がそれを承知しねえのだ。なるほど、おめえの考えのほうが利巧かも

知れねえ」

「そんなら、承知ですかえ?」

「いいようにやってくれ」

「わかりました……もし、与四郎さま。河村さまもあの女とそういう仲になっては、

今度はこっちが向うの弱味を摑んだようなものだ。こいつは、逃げられねえ。その

上、あとで、かえってこっちでうめえ具合に使う手もございますよ」

「ふむ」

与四郎という男はうなずいた。

「おめえも年はとっているが、相変わらずだな」

対手は薄笑いをもらした。

「だが、女のほうはどうだえ? おめえのいうとおりになるかえ?」

「へえ、そりゃ、もう……」

と弥助もふっと笑った。

「あっしから、因果《いんが》をふくめておきます。でもね、あの女も素人じゃあるめえし、その場になって、じたばたしねえはずです」

「…………」

「河村さまも、さんざん江戸で遊びなれているご仁だ。それに、あの人は女好きですからね。なあに、一つ部屋に二人を押しこめて置けば、こちとらが余計《よけい》な指図をしねえでも、なんとかなりますよ」

「そうか、その方はおめえに任せておこう」

「合点です」

弥助はその話を切ると、改まった顔になった。

「親方さまにご挨拶してえが、ご都合はよろしゅうござんすかえ？」

「いま昼寝しているところだ。もうちっと後にしたほうがいいな」

「そうでござんすか？」

「親方も、この間、甲府へ出て身延を回って帰ったばかりだ」

「おや、左様で」

「そうだ、弥助。おめえ、ちょうどいいところに来た。今夜、青日《あおひ》さまの月次祭《つきなみさい》がある。そのつもりでいてくれ」

与四郎が顔をねじ向けた。

28

三浦銀之助は、その晩、西山の湯治場の宿を出た。

山の上に月が出ている。満月は三日あとである。山地のせいか、空気が澄んで、月が恐しいほど冴えている。蒼白い光りが路を光らせ、高い連山の黒い影をぼかしていた。

銀之助が夜になってその路を歩く気になったのは、この月光に誘われたといえよう。尤も、この路のことは、彼がこの西山に来てからいつも気持の中にあった。妙に、その一筋の往還に惹かれるのである。

その路は昼間だと、時折り、人びとが通って行く。聞いたところでは、これをまっ直ぐに行くと、山の懐ろに突き当たり、そこが台里《だいり》と呼ぶところだという。台里は、平家の落人《おちゅうど》がそこに隠れ里をつくったという伝説があり、今でもその子孫が特別な言葉を使っているとも聞いた。

一種の好奇心と、海の底でも見るような蒼白い情景に心が動いた。歩いてみたが、そこはかなり遠かった。林も、野も、山も、月の光りに一色に溶け込んでいる。些細な部分は眼から消えて、仄白《ほのじろ》いものと、幽暗な部分とがおぼろな諧調を刷《は》いていた。

銀之助自身の身体が、歩いていて足が地を踏んでいないような気持であった。月は、正面の高い山裾にうす白い霧を乳色にまつわらせている。

肩が寒くなった。空気も顔に冷たいのである。

どのくらい歩いたか。ようやく、家の影らしいものが向うに見えて来た。起伏した段丘の涯にうずくまるように黒くなっている。

木立ちが家を囲むようにして立っていた。風が強いので、この辺はどこも林を垣のように立てていた。

銀之助は、民家の前まで行くのを遠慮して、その辺で引き返そうとした。どの家も灯一つ洩れていないのである。

農家のことだし、灯が洩れてないのは、それほど不思議ではない。しかし、時刻はさほど遅いというほどでもなかった。灯の見えない家というのは、何か土の塊りのような不気味な感じであった。道路にも歩いている人影がなかった。

ここに来るなら、やはり昼間だった。夜では何も分からない。ただ、今夜、ふいと脚を向ける気になったのは、やはり明日が十三夜という月のせいだった。銀之助は脚を回しかけた。

山手に当たって火が小さく燃えていた。林の奥らしい。

いままでこの火に気づかなかった銀之助は、初めて強い興味をそそられた。

風に送られてかすかに人の声がする。それも話し声ではない。何やら唱えているような、妙にリズムのある調子だった。

銀之助は暗い田圃道を歩いた。火を目指して方向を決めた。

畔道が切れて、林に入る坂道となっている。長い時間をかけて、銀之助は熊笹の間を分けた。明らかに、そこに人が集まっていることが分かった。声もはっきりと聞こえた。それは祝詞《のりと》でも上げているような言葉だった。

銀之助はここまで来たが、それから先へ進むのを遠慮した。村人が集って何か祭りでもやっているらしい。平家の落人《おちゅうど》がここに定着して以来、いまだに外界との交通さえ好まぬそうだし、そのため、言葉も昔のままの形態で残っているのだ。村人の気分は排他的に違いない。

こう考えると、単なる旅人にすぎない銀之助は、それが夜だけに、いよいよ村人の行事には気を兼ねねばならなかった。

しかし、彼の気持ちは、反対に火のほうへ動く。

一体、どのような行事が行なわれているのだろうか。

これは台里というところが特別なだけに好奇心の動くことだった。蒼白い月に誘い出された彼は、さらに赤い火への誘惑にかられた。

銀之助は落葉の鳴る音にも気を遣って、狭い山路を上った。細い径《こみち》が仄白く浮かんでいる。

進むと、その径も闇の中に消えた。深い木立ちが月の光りを遮っているからだった。枯れた山の匂いが強く鼻にくる。

火は、もう、すぐそこに見えていた。木立ちの一部が赤い色に染まっているのである。

銀之助は笹藪《ささやぶ》のなかに身をひそめた。

無数の木立ちが黒い影となって、火を奥に見せていた。

しかし、炎に浮かんでいるのは、木立ちの幹だけではない。人の頭が幾つも影法師になって重なっていた。かなりな人数らしい。

たった一つの影だけが立ち上っていた。遠いが、その影は炎に対《むか》って手を合わせていることが判る。そう思って観察すると、坐っているらしい多勢の人間も、立っている男に倣《なら》っているようだった。
風が林を渡って轟《ごう》と鳴る。
向うの声は、そのなかを高く低く聞こえて来る。これはやはり祝詞《のりと》だった。
声はしわがれている。聞いているだけでも、その人物がかなりな年寄であること
が想像できた。が、そのうしろ姿は老人とは思えないぐらい屹然《きつぜん》としていた。炎を
背景にした姿だから、人の影は墨で描いたように黒い。着ているものもどのような
ものか定かには判らなかった。
しかし、神官の姿でないことは判った。思うに、土地の者がここに集《つど》い、その伝
統的な習俗《しゅうぞく》に倣って古い神事を行なっているとみえた。
これではじめて銀之助も思い当たる。家々に、灯一つ洩れなかったのは、あれは
わざと灯を消していたのだ。神に奉る火は、家の灯を悉《ことごと》く消して暗黒の中で行な
われる。神ながらの原始の世界に戻るのである。
なるほど、こういう習慣もあるのかと思って、銀之助は元の路へ帰ることを決め
た。
上るときは、いささか警戒していたが帰るとなると、心に緩みが出た。動いた拍

子に笹藪が大きく鳴ったのだ。祝詞の声が突然止んだ。まるで糸でも切れたような、唐突な中断であった。

「誰だ？」

向うのほうで声が起こった。

銀之助が逃げ出したのは、その声に異様な気魄《きはく》を感じたからである。ただ、神事を偸見《ぬすみみ》に来た人間を咎《とが》めるだけの声ではない。戦闘中、砦を守った者が敵の影を見つけたときには、こういう誰何《すいか》の鋭い声を出すであろう。

銀之助は、その異様さを直感的に知った。正面切って、おれだ、と名乗ることの不可能な何かが、彼を突如として逃走させたのである。

いわば、それは一団の敵に襲撃される前の気持にも似ていた。

じっさい、うしろのほうで跫音《あしおと》が迫ってきた。樹を鳴らし、笹を揺すぶっている、突風のような追跡だった。

銀之助を襲った直感は、この場では逃げられないということだ。こちらはここでは初めての者だし、先方は地理を熟知している土地者だ。

「誰だ？　止まれっ」

声が追って来た。

百姓とも思えないような、気魄の籠った叱咤だった。それはまるで武士の気合に似ていた。

銀之助が自分の身の危険を覚《さと》ったのは、再度、その声を聞いてからだった。彼は咄嗟に路から離れた。月の光りが熊笹を淡く褥《しとね》のようにきれいに見せている。追跡者の跫音《あしおと》は、銀之助の方向へ正確に近づいていた。のみならず、横手のほうからも走る音が聞こえていた。

銀之助は、月の光りに浮いている熊笹の中に身を隠そうとした。が、それが彼の地面を踏んでいる最後の感覚だった。

彼の身体は宙に浮いた。と同時に、大地が下から彼を叩きつけた。気の遠くなるような衝撃が全身を痺れさせた。

頭のずっと上の方で跫音がしている。それも一人や二人ではなかった。

銀之助は、洞穴のような壁に匍《は》い寄った。

「どこに行ったんだろう?」

上で話していた。

「たしかに、この方向だったが」

別な者が言った。

「逃げたかな？」

「逃げたとすると、この土地にくわしい者だ」

話し声は、絶えず忙しく移動していた。

「油断がならぬ。お祭りを覗きに来るとは、土地の者とは思えねえ」

離れたところでも、しきりと笹を分けている音がしていた。

「何奴だろう？」

上では互いの会話がつづいていた。

「わからぬ。見当がつかぬ」

「何にしても、今までにないことだ」

このとき、もう一人の跫音がふえた。

「わかったか？」

その男は言った。

「その辺だと思うが、まだ見当がつかぬ」

「親方の言いつけだ。もう、引きあげろ、と言っている」

「しかし……」

「いや、いいのだ。ひとまず、元の場所へ集まるように」

「そうか」

「だが」

笹を踏みながら一人が言った。

「青日さまの月次祭《つきなみさい》まで知って、ここに覗きに来るとは、タダの人間ではない」

青日さま――銀之助は頭蓋を殴られたようになった。


「遅いな」

河村百介は盃を上げながら、そばの男に言った。

囲炉裡の傍だった。この部屋は弥助が与四郎という男と話を交わしていた座敷である。

夜である。百介は旅装を解いていた。昏れたばかりのときにこの家に入ったのだが、当の主人が寄合で不在だと言う。

では、与四郎に、と言ったが、彼も留守だと言われて、とにもかくにも、ここに通されたのだ。

河村百介は甲府の役人だ。お山方として、一ヵ月に一度はやって来る。この辺の地理を調べに来るのだが、足溜りとして、この家に一泊か二泊する癖になっていた。

役人だし、公用だから、この家では彼を粗略にしない習慣だった。台里では一番の地主の家である。

百介は、ここ一年半ばかり来つけているので、かなり自由な振る舞いをしている。

遅いな、と言ったのは、もちろん、この家の老主人と、与四郎という傭人が容易に戻って来ないことだった。

徳利の中身は半分近くに減っていた。眼が据わるかわり身体が揺らぐ。

不機嫌な顔になっているところに、別な傭人が現われて、閾際《しきいぎわ》に膝をついた。

「ただ今、親方が戻りました」

「そうか」

百介は顔を上げた。

「会いたいな」

「へえ、少々、お待ちくだせえまし」

入れ違いに入って来たのが、ずんぐりした肩をもった、髭面の与四郎だった。

「これは、河村さま、お越しなさいませ」

まるこい身体を畳に据えて挨拶する。

「おう、与四郎か。待っていた」

「失礼いたしました。ちょいと寄合がございましたので」

「おう、そうだったそうだな。親方も戻ったのか」

「戻っております」

与四郎は頭を下げた。

「まことに申し上げかねますが、今夜はなんだか気分が悪くなったと申しまして閾《また》を跨ぐなり、早々、蒲団の中に入りました。河村さまがお見えになってることは承知しておりますが、なにしろ、年寄のこと、大事をとらせまして、無理に床に就かせたような次第でございます。今夜のところは、失礼させていただきとうございます」

「そうか。そりゃいかぬな」

河村百介は蒼白い顔にうすい笑みを泛べた。

「なにしろ、おまえの言うように、親方も年だ。なに、おれはかまわぬ。いずれ、明日の朝にでも、気分が直ったら、会うことにしよう」

「有難うございます」

与四郎は徳利を見て膝を進め、愛嬌に彼の盃に酒を注いだ。

「お役目、御苦労でございますな」

「まったくだ」

河村百介は舌で唇を舐めた。

「割の合わぬ仕事よ。毎日、山歩きではな」

「ご尤もでございます。せめて、てまえどもの家にお寛ぎのときは、何かとおもてなしをしとうございますが、いつも、山家《やまが》のことゆえ、行き届きませぬことで」

「それは疾《と》うに諦めている。河村百介、酒さえ飲んでいれば文句はない」

「恐れ入ります」

「ほかの者は、もう寝たか？」

「はい。百姓は朝が早ようございますので、みんな寝かしつけてございます」

「そりゃ悪かったな。どれ、わしもぼつぼつ納めの酒とするか」

「左様でございますか」

与四郎はべつに止めなかった。

「それでは、別間に用意させておりますから、ただ今、御案内させます」

河村百介は、与四郎があとの酒を進めぬので、少々、不機嫌だった。与四郎は構わず手を叩いた。

弥助が閾際に両手をついた。

「お客さまを御案内申しな」

「いや、わざわざ案内してもらうに及ばぬ。この家はたびたび寄っているでな、家の様子は判っている」

「いえ、御案内させていただきます」

これは弥助だった。

「ほう」

その顔を覗いて百介が、

「おめえ、見かけぬ顔だな」

と言った。

「へえ。今はよその土地に出稼ぎに参っていますが、ときどき、こうして帰って参りますので」

弥助は膝を起こした。

「どうぞ、旦那さま」

「うむ」

河村百介は未練げに起ち上がった。足下が揺らいでいる。

「旦那さま、危のうございます」

「なに、大丈夫だ」

「こちらでございますよ」

弥助が先に立った。座敷を出ると、長い廊下である。それが幾つも曲がって奥へつづいていた。

「旦那さま」

弥助が百介の耳に、急に口を寄せてきてささやいた。

「なに、江戸の女？」

河村百介がその声を聞いて眼をかっと見開いた。

「どうぞ御遠慮なく、今宵は旦那さまの御自由になされませ」

弥助が百介の顔を見上げ、肩をすくめて笑った。

29

お蔦は、ひとりでその部屋に坐っていた。善兵衛は引っ込んだまま、あれきり寄りつかない。

家の中はしんとしていた。話し声も聞こえないのだ。それに、ここは奥まっているから用事もないのか、廊下を踏んで来る跫音《あしおと》もない。

善兵衛は、お蔦に勝手にひとりでやすんでくれ、と言い残している。明日は西山という湯治場に伴《つ》れて行く約束だった。

お蔦は、その湯治場に行くことが今の唯一の目的だった。そこには甲州の湯治場に行くといって出立した薬研堀の常吉が滞在しているような気がする。彼に遇《あ》えば、不可解な栄吾の死の真相が話してもらえそうである。

江戸では、職責上、知っていることも言わないのが岡っ引の性格だったが、旅に出れば、それは少し違ってくる。江戸で口が固くても、旅先の気安さというか、ここまで追って来たこちらの情にほだされて、ある程度はうち明けてくれそうに思える。

それが何よりのお蔦の恃《たの》みだった。

それにしても、この家は不思議である。随分、広い家だが、まるで空き家のように人の気配がない。

もっとも、お蔦がここに来たときは、人が多勢いたように思えたが、善兵衛がこの部屋を出て行ってから、急にしんと静まりかえったのだ。

みんな外に出て行ったらしい。今ごろ妙なことだった。

が、いずれにしても、お蔦には関係のない話だ。彼女としてみれば、一晩、厄介になったのだから、誰か然るべきこの家の者に挨拶しておきたい。

普通の旅籠《はたご》と違って他人さまの家となると、やはり気詰まりだった。それに先方は妙なところに気を利かしている。

たとえば、善兵衛が出て行ってから、この家の傭人と思われる男が酒を運んだことだ。

「お晩です」

と挨拶した彼は三十ぐらいの百姓男で、

「善兵衛さんからいいつかりましたがね。おひとりで所在ないでしょうから、一口召し上がっておやすみ下さい、ということです」

とんでもない、と断わったが、男は笑いながら座敷にそれを置いた。

「姐《ねえ》さんもいけるほうなんでしょう。だったら、口寂しい折りから、手酌ででもお上がんなさい。なに、酒はこの辺の地酒で、肴もあり合わせのものだ。だが、江戸の方には、こういう田舎料理も珍らしいでしょう」

「そりゃ」

お蔦は愛嬌をみせた。

「ありがたいんですけれど、女ひとりですから」

「なに、誰も来やしません。夜具はその押入れの中に入れてありますから、姐さんが勝手に出しておやすみ下さい」

お蔦としてはこの親切を受け入れるほかなかった。

傭人が去ってからも、何の跫音も聞こえない。酒は銚子のほかに徳利まで添えられていた。お蔦は思わず苦笑した。善兵衛はよほど自分を酒飲みだと思っているらしい。

ひとりだから、実際、所在はなかった。

酒も商売がら嫌いなほうではない。

口当たりは江戸のものとほとんど変わりはない。地酒と言うには惜しかった。このようなものがこの辺で出来るとは意外であった。

味はねっとりとして舌の中に溶け込むようだ。

お蔦は、いつのまにか銚子二本空けた。徳利はそのまま置いてあるが、さすがにそれに手を出す気はしない。旅の疲れもあった。

彼女が布団を敷いて、これから着替えようとしたときだった。

急に廊下に跫音がした。こちらに近づいてくる跫音だ。

お蔦は、善兵衛がまた顔を出しに来たのかと思った。が、跫音はどうも彼のようには思われない。どこかどっしりとした重みがあったし、それに、酔っているのか、乱れていた。

お蔦は瞬間に警戒した。このとき、彼女には、まさかこの部屋に来る人間ではあるまいという気持ちと、この家の主人がものを言いに来たのではないかという想像とがあった。押しかけて厄介になっているが、客には違いないのだ。

それなら、まさか戸に閂《かんぬき》をかけるわけにはいかぬ。

果たして跫音《あしおと》は戸の前で止まった。お蔦が息を詰めていると、その戸は向うから勢いよく開けられた。

お蔦ははっとした。

武士が一人、開けた戸の間に立って、彼女のほうを見下ろしている。その顔は初めからニヤニヤしていた。

この家の者でないことは一目で判る。お蔦が強《きつ》い表情になって咎めようとしたとき、

「いよう」

向うでは酔った声を出して、ずかずかと座敷に入って来た。

武士は蒼い顔をしていたし、はじめから眼が据わっていることで、お蔦には、酒癖の悪い男だと判った。

水茶屋では酒は法度《はつと》になっている。表向きは桜湯などを飲ませる休み所だが、事実は、客を二階に上げて、小料理屋同様、女中の酌で酒を飲ませる。お蔦もその商売だから、この男のこういう酔い方が性質《たち》の悪い酒だと知っている。

武士はお蔦の気持ちに関係なく、べたりとそこに坐った。

「おう、酒があるのか」

彼は食膳に載っている銚子と徳利に眼を着けた。

「道理で、あの男、あとをすすめぬと思った。これは有難い」

最初、銚子を手にしたが、それが空《から》と知ると、もう一本の銚子も振った。

「おや、おまえ、飲める口だね？」

お蔦の顔を見て、またニヤリと笑った。

お蔦は気味が悪かった。

「どうぞ、お気に召したら、それをお持ち帰りになって召し上がって下さいな」

彼女は顔に愛想笑いを作った。やはり酔客相手の客商売には馴れている。こういう客でも軽くいなしてしまう自信があった。商売をしていると、いろいろと搦《から》まれたりするが、そのつど、客を怒らせずに柔かに外す習練を積んでいた。

「いや、よそに行くまでもねえ。ここで御馳走になろう」

「いけません。旦那、どうぞ、ご自分の部屋にお引き取り下さいまし。わたくしは今からやすむところでございます」

この言葉もやはり笑顔を泛べて出た。が、声はかなり強かった。

「なに、おまえ、これから寝るのかえ？　そいつはまだ早えだろう。徳利にも酒が残っている。どうだえ、おめえもいけねえ口ではねえようだ、これから一しょに飲もう」

「いえ、わたくしは、たくさんでございます」

「しらばっくれても無駄だ。素姓は一切聞いている。おめえ、なんだそうだな、向両国で働いていたそうだな？」

武士はひどく伝法な口を利いた。

「向両国と聞いちゃ懐しい。おれも江戸では、散々、あの辺を遊び歩いた男だ。どうだえ、このおれの顔に見憶えがあるだろう？」

武士は自分で自分の顔に指さした。

「いえ、存じ上げませんよ」

この男に善兵衛が自分の素姓をしゃべったのは不可解だった。だが、お蔦はまだ善兵衛の気持ちを悪意には取っていなかった。何かの拍子に、ふと、彼が洩らしたくらいに思った。

「そうか、まあ、おめえも、多勢の客を相手のことだから、知らねえのも無理はねえ。だがな、おれは向両国というと、角にたれた犬の糞や、橋番のゴミ溜の中まで知っている。こんな山の中でおめえのような女と出遇おうとは思わなかった。だが、こいつはうれしいよ。どうだえ、今晩はおれと一しょに飲み明かそうじゃねえか」

「いえ、いけません。わたくしはこれからやすむところでございます」

「まあ、そう言うな」

武士は徳利を上げると、勝手に銚子に酒を注いだ。

武士の顔はいよいよ蒼く、両肩が小さく揺れていた。

「旦那様」

「何だ？」

「失礼ですが、もう、随分、お酔いになったようでございます。このままお引き取りになって、おやすみになってはいかがですか？」

「ばかを言え。これくらいの端酒《はしたざけ》に酔ってたまるか。さあ、注いでくれ」

武士は自分の手で満たした銚子をお蔦のほうに差し出した。

「お断わりしとうございます」

「なにっ」

「なるほど、わたくしは向両国ではそういう商売をしておりました。でもここでは、この家に泊めていただいた普通の旅の女でございます。そういう相手はいたしかねます」

「堅いことをいう女《ひと》だ。なるほど、こりゃおれの言い方が悪かった」

武士は急に低く出た。

「だが、実はな、おれもおめえのような向両国の人間が来てると聞いて、懐しさがこみ上げて来たんだ。ありようを言うと、おれも江戸の土地を長く離れている。甲府住まいで、この辺の山をうろうろしている男だ。毎晩、江戸の夢を見て泪を流したこともある。なあ、何という名か知らねえが、おれの気持ちを察して、ちょっとでもいい、あとはおとなしく引き取るから、一つ酌をしてくれぬか」

「え、旦那さまも甲府住まいで？」

お蔦は眼を瞠《みは》った。

「そうだ。おや、おめえ、何か心当たりでもあるのかえ？」

「いいえ」

と、これは急にあとの言葉が出なかった。

「さあ、注いでくれ」

河村百介は、お蔦の胸に突きつけるように銚子を出した。

「旦那さまは、もう、随分、お召し上がりになってるようじゃありませんか」

お蔦は、なるべく断わろうとしている。

「なに、このぐらいの端酒《はしたざけ》……。飲んだ気持になるのは、これからだ。……ところで、おめえ、名前は何という？」

「お蔦といいます」

「うむ、お蔦か。いい名前だ。今夜は、腰を据えて飲みくらべをしようぜ」

「いえ、わたくしはとてもちょうだいできません。では、ほんの一ぱいだけお対手をいたします」

お蔦は、対手がどうしても動かぬとみて、仕方なしに銚子を取り上げた。が、彼女がそうしたのには、また別な気持ちもある。

甲府勤番の武士だというと、この男は栄吾を知っているかもしれない。薬研堀の常吉とは違って、お蔦は現地の人たちの話も聞きたかった。

銚子を持ったお蔦の顔を、百介は上眼使いにじっと見た。

「さ、どうぞ、お召し上がりになって」

お蔦は彼の粘《ねば》い視線から眼をそむけた。

「うむ、うめえ」

猪口《ちょこ》をぐっと乾して、

「さあ、今度はおめえだ」

猪口をお蔦に伸ばす。

「では一ぱいだけ頂戴いたします」

男の眼はやはり彼女の顔から放れない。顔は蒼い。濁った瞳が据わっていた。

「ありがとうございました」

お蔦は、猪口の雫を懐紙に落として返した。

「いちいち、そんな真似をするにゃ及ばねえ、水臭いじゃねえか」

「でも、旦那さままでは勿体のうございます」

「なに、おれも、おめえも、旅先のことだ。そんな斟酌《しんしやく》にゃ及ばねえ。おめえも気安くつき合ってくれ」

「旦那さま」

「何だ？」

「旦那さまは甲府勤番とおっしゃいましたが、鈴木栄吾さまというのをご存じでしょうか？」

「栄吾？」

百介は、急に石にでも打たれたように、きっとなって女の顔を見た。

「おめえ、栄吾を知ってるのか？」

「はい……少々、存じ上げております。やはり向両国で商売をしていたころ、よくお遊びに見えていましたから」

「うむ、栄吾も遊んだというからな」

「その栄吾さまが、甲府で亡くなられたと聞いております。旦那様は、そのへんの事情をご存じでいらっしゃいますか？」

「そりゃ知らねえでもねえがな」

百介は顎を撫《な》でて猪口を乾《ほ》した。

「さあ、返すぜ」

「いえ、わたくしは……」

「まあ、そういうな。栄吾のことがそんなに気になるなら、教えてやってもいい」

「そんなら、旦那さまはご存じで？」

「同じ江戸から流されて来た者同士でな。こりゃ友だちになるのが当たりめえだ。教えてやるから、飲んでくれ」

「いただきます」

お蔦はきっぱりといった。

「その代わり、きっと教えていただけますね？」

「武士に二言はねえ。さあ、飲んでくれ」

お蔦は、百介の注いだ猪口に唇を当て、一気に飲み乾した。

「うむ、見事な飲みっぷりだ。その飲み口じゃ、こんな小さなものでは物足りめえ。丼茶碗でも持ってくるか」

「あれ、もう、けっこうでございます。それよりも旦那さま……」

「分かっている、分かっている」

百介は、首をゆっくりと前に動かした。

「物語は、もう少し飲んでから、とっくりとはじめる」

「でも、旦那さま」

「まあ、心配するな……さあ、いこう」

「もう、いけません。わたくしは充分に頂戴しましたから」

「おいおい、隠すな。おめえがどれくれえ飲むか判らぬおれではない。あんまり素《す》気《げ》なくするもんじゃねえぜ」

「でも」

「えい、一々、面倒だ。こっちへ手を出せ」

河村百介は、いきなりお蔦の手を握ると、力任せに引っぱった。お蔦の上体が崩れて、百介の胸のところに突きかかるように仆《たお》れた。

「何をなさいます」

お蔦は男の腕の中で藻掻いた。

「えい、じたばたするな。おめえも水商売の女だ。およその事情は判ってるだろう」

「人を呼びますよ」

「何をぬかす。おめえ、弥助から万事をいい含められているだろう」

「弥助さん?」

「空とぼけるんじゃねえ。万事をのみこんでいるなら、恥しがるには及ぶめえ。おめえの情人《いろ》の栄吾の話は、寝物語りにゆっくりと話してやらあ。……おれはこうみえても、あの方では散々修業した身だ。おめえを今晩とっくりと泣かせてやるぜ、おれと一度でも肌を合わせた女は、もう離れられねえというからな」

30

お蔦は、百介の腕の中に締めつけられている。男に膂力《りょりょく》があるので脱れようがない。

彼女には、こういう経験が今までないでもない。が、それは水茶屋の二階であった。声を出せば朋輩もきてくれるし、勤めている家の中だから安心であった。客の乱暴からうまくすり抜けられたのもそのためである。

しかし、今は条件が違う。これは勝手の分らぬ他人の家だし、この家の者が同腹していれば、わめいても助けには来ない。むしろ、百介の自由に任かせるようにしむけているところがみえる。

お蔦はもがいた。しかし、そのあがきが、よけいに男の情念をあおる。百介の吐く息が荒くなり、彼女の頬に嵐のように吹いた。

百介はお蔦の頸を抱いたまま、頬をすりつけた。

「う、やさしい肌をしているの、これは久しぶりじゃ」

お蔦は死物狂いで、男の顎を突き上げて離れようとする。

が、その手は、他愛なく男の腕で折られた。

「そう意地を張るでない。……おめえのような別嬪《べっぴん》、滅多に抱かれぬでな。近ごろの仕合せ、これ、おとなしくおれのするままになれ」

「何をする」

百介はお蔦の肩を閂のようにしめて、やにわにその顔を舐めはじめた。

「あ、あ」

「ふふふ」

長い舌は、女の眼、鼻、唇、耳、頬とところ嫌わずはいずり回ってゆく。お蔦が脱れようと顔を反《そ》らせると、白い咽喉《のど》が男の眼の前に伸びた。百介は眼を輝かしてその咽喉に吸いついた。

「ああ」

気持ちの悪い唾がべとべとと塗られてゆく。前から羽掻い締めにされているので、お蔦の手の自由はきかなかった。

「どうじゃ、どうじゃ」

百介は口を放してニヤリと笑った。眼だけが火のように熱くなっている。

「おまえのような奴に勝手にされて堪《たま》るか」

お蔦は口惜しそうに叫んだ。髪が崩れて顔にかかる。胸がはだけ、膝も乱れていた。

「向両国の姐御の鉄火《てつか》でも、このおれにはとんと可愛いでの。さあ、いくらでも藻搔け、悪態を吐け、おめえが動けばおれのほうは心地よくなるばかりじゃ」

「あれ、な、なにをする」

「これ。おめえも、男の肌にはさんざん出遇った身体だ、甘えも辛えも、味の利きわけはあるはずじゃ。おれの身体は、そこいらのものと少々わけが違う。そう食わず嫌えを言わずと、一度、肌をあわせてみな。あとは、この百介を慕って追いまわしてくるようになる」

「だ、だれがおまえのようなやつと……さあ、おまえも二本差しなら、耻《はじ》があろう。女に嫌われたら、男らしく、あっさりと諦めな」

「ところが、そうあっさりと諦めねえのがおれの身上でな。思い込んだら、しぶといほうだ」

「あたしゃ、しつこい男は大嫌い！」

「ほう。おめえの好きなのは鈴木栄吾だろう。気の毒にの。あいつは死んだも同然じゃ」

「え、死んだも同然？」

お蔦は、百介が思わず口走った言葉を咎めた。屹《きっ》として睨むと、百介の顔に瞬間の狼狽が動いたが、忽ち、狡い表情に戻った。

「いやさ、遺髪が戻っているからには死んでおろう。死んだ奴をおめえが百万遍呼んでみてもけえっては来ねえ。それよりも、生きたナマ身が有がてえはずだぜ、さあ、栄吾とおれとどちらを堪能するか、ためしてみな」

「う」

百介がまた抱きしめて唇に齧《かじ》りついてきたので、お蔦は声が出なかった。

家の中は、相変らず静まり返っている。声も音も死んで、空気が虚しい重さで沈んでいた。

お蔦は、百介のゆるんだ手から脱けた。部屋を這いながら逃げたが、出口の近くには百介があぐらをかいて坐っている。二方は壁で、一方の襖は、夜具を出した押入れだった。帯の結びが解けて長くひきずった。百介が汗を出して、お蔦の逃げ回る姿を見物している。わざと手をゆるめたのは、心を唆《そそ》るこの女のしどけない姿を見たいからだ。

「はははは」

百介は徳利を呷《あお》ると、咽喉を動かしたが、最後の一口を霧のように吐いた。

「お、つ、た」

百介が脛《すね》を蹴り出して起ち上った。

「あ――ア」

お蔦が絶叫した。

百介が畳をひきずっているお蔦の裾の上に、うしろから片足を重石《おもし》のようにどっかと乗せた。


三浦銀之助は眼が醒めた。

枕許には、四十三、四とおもわれる百姓男が坐っている。皺の深い顔だ。

この顔は、銀之助が崖を落ちてしばらくうずくまっていたとき、上からのぞいたのが最初である。

追われて、自然にその崖下が隠れ場所になったが、敵が去ってからはじめて銀之助は自分の負傷に気がついた。この男が肩に担いで、この家につれ帰って来てくれたのである。その晩、熱が出た。

子供はなく、夫婦二人だけだったが、一晩中、親切に看病してくれた。

家はあばら家である。何も道具らしい物がない。また、この一軒は里からかなり離れているらしく、ぽつんと一つだけ建っている。

今日で三日目だった。

岩角に切られて肩と腰とに傷があった。しかし、炭焼を業としているこの男は、家に伝わっているという黒い薬を出してくれた。これが効いて恢復が眼に見えて早い。

名前は平太と言った。

「大分、お顔色がよろしいな」

平太はのぞき込んでいる。

「おかげさまで助かった。何とお礼を言っていいか分らない」

銀之助が起き上がろうとすると、平太が止めた。

「そのまま動かねえほうがいいだよ。汚ねえとこだが、もう二、三日は、ここでやすんでおいでなせえ」

銀之助は、自分の身分を明かしていた。江戸から来た人にはとても辛抱はできまいが、全快するまでと思って我慢してくれ、と向うのほうで気の毒がっている。蒲団も破れているし、畳もささくれ立っている。しかし、粗末ながら掃除は行き届いていて清潔だった。

女房が実によく働く。亭主が炭を焼きに行っている間は、自分で食う物だけは女房が畠で作っているという。

この土地の者か、と訊くと、親父の代に美濃ノ国から移って来たのだ、と答えた。

「わたしたちは、未だに他国者扱いでな、この里の衆とはつき合ってもらえないで、こうして山の中の一軒家に暮らしているような始末です。そんな具合だから、誰もここには寄りつかねえ。まあ、安心してやすんでいなせえ。なに、誰かが訪ねて来ても、わたしらでうめえように言って追い返すから」

その言い方にはただごとでない含みがある。

銀之助には合点がいかない。あれは、ただ、夜の行事をのぞきに行ったというだけではないか。追われたのも合点がいかないし、この平太の言い方には、まだ対手が執念深く追跡しているように教えている。

銀之助は、あの火の行事を見に行ったことも打ち明けている。平太はそれを聞い

たとき顔をしかめて、

「それは悪いものを見なさった」

と言った。

「悪いもの？　どうしてだね？　わたしが他所者《よそ》だからいけないというのか？」

「それもあります。なにしろ、あの行事ばかりは、この土地に住んでも他国から移住して来た者は、絶対に寄せつけないようにしているでな」

「誰がそれをしているのだ？」

その返辞は、平太の口から容易に出なかった。ただ、古くからこの土地に住んでいる連中が、自分たちの祖先を守って排他的になっているのだという。

「祖先というと」

銀之助は訊ねた。

「やはり平家の一党か？」

これは台里の人々が平家の落人の末裔だと聞いたからである。

しかし、平太は首を振った。

「みんなそんなふうに思い込んでいますが、祖先は平家ではありません。かえって源氏方です」

「源氏方といっても、いろいろと末流がある。ここは、それでは甲斐源氏か？」

だが平太はそれ以上答えなかった。

「わたしたちも、それから先は分りません」

銀之助は、青日《あおひ》明神の名前を出した。それが彼らの氏神ではないかと思ったからだ。

「どうしてそれをご存じで？」

平太夫婦はびっくりしていた。

「旦那さま」

平太は力をこめて言う。

「そんなことを御詮索なすってはいけません」

「どうしてだね？」

「あなたを追った連中がそれを知ると、またあなたに危害を加えます。今までも、それで命を落とした人間もあったことだし、無用な御詮索はお止めなされませ」

銀之助は、青日明神の神紋を眼に泛べた。

その日の夜更けだった。平太が銀之助の寝ている間の障子をそっと開けた。

この家は二間しかない。奥の六畳に銀之助を寝せ、表の四畳半に夫婦が寝ている。

「旦那さま」

低いがせっぱつまった平太の声だった。銀之助は眼をさました。

「だれかがやってきます。すぐ隠れて下せえ」

銀之助は、枕もとの刀を摑んで立ち上がった。

「だれだ?」

「台里から人が来ているようです。草を踏む足音が聞こえるようだ。すぐに隠れて下せえ」

聞いたばかりの話だったのに、早速である。夫婦に迷惑をかけてはならぬという気持が銀之助の行動を素直にさせた。まだ、肩の傷の痛みも残っている。

女房が来て手を取るようにして、裏口から連れ出した。ここへ、と指したのが炭小屋だった。が、積み上げた炭俵の奥ではなく、足もとに揚げ板があって、それを上げると、下が狭い地下室になっている。

「不自由でしょうが、ちょっとの辛抱です」

銀之助を降ろすと、すぐ上から板でふさいだ。

平太、平太という声が聞こえる。つづいてあの家の戸を叩く音が二、三度した。

銀之助は、地面を伝わってくる足音と人の声とに耳を澄ました。

足音から判断すると、七、八人くらいはいるらしい。

しばらく戸を叩く音が続くのは、家の中の平太が、わざと熟睡を装っているためらしい。銀之助には、平太夫婦が客の寝ていた布団を片付けたり、その辺のものを隠したりする様子が目に見えるようだった。

戸の開く音がした。

家の中での問答の声が漏れる。が、言葉は分からない。やがて多勢で家の中を探しているような気配になった。も早、彼らが銀之助を求めていることは疑いなかった。

押しかけた連中の足音は外に出た。これは地面に直接に響くから、行動がよくわかる。家の周囲《ぐるり》を回っているのだ。

「平太、きっと見なかったな？」

一人の声が言っていた。

「何も、わしが隠すわけはねえ。見るとおりのあばら家だ。隠しても何も得《とく》にはならねえでな」

「おめえのいうことは信用してもいいが、どうも不思議だ」

と別の声が言っていた。

「崖下に血が残っていたでな。あの男は怪我をしている。村の出入口も固めたが、そこも通ってはいねえ。すると、どうしても、あの男はこの辺のどこかに隠れているのだ。きっと捕えて正体を糺明《きゅうめい》せずにはおけねえ」

「おらあ、何も知らねえぜ」

「平太、おめえのとこには炭小屋があったな?」

「炭小屋なら、あそこだ」

「そこに隠れていねえか?」

「昼間、嬶《かかあ》と俵の積み替えをやったばかりだ。いるわけはねえよ」

「よし。おめえを疑うわけじゃねえが、おめえの知らねえ間に忍びこんで隠れていることもあらあな。おい、龕灯《がんどう》をこっちに持ってこい」

地面の足音が近づいてきた。戸を開ける音が響く。つづいて、足音が頭の上で鳴った。銀之助は埃《ほこ》りをかぶった。

多勢で炭俵を動かしたり、板戸を叩いたりしていたが、発見できないと諦めたものか、足音は静かになった。

「平太」

と一人の声がおどすように言った。

「よし、おめえの言う通りだ。だれも居ねえ。だがの、もし、あとでおめえが妙な細工をしていたとわかったら、タダでは済まされねえぜ」

「とんでもねえ。おらあは何も……」

「たとえの話だ。おれたちの仕返しがどんなものか、おめえには、よく分っているだ」

「そりゃ、もう……」

「それさえ分かってりゃア、言うことはねえ。いや、夜中に邪魔をしたな」

「おめえたちの疑いが晴れたら、おれも安心だ」

「あとで妙な男がやってきたら、早速おれたちの誰かのところに知らせてくれ。まだ、この山の中にいるはずだ。分ったな？」

「いいとも」

「迷惑をかけた。じゃ、平太。ゆっくり寝《やす》んでくれ」

多勢の足音は地面から遠《とお》退《の》いた。

梟《ふくろう》が鳴いている。静まりかえった山の夜気が、地表の下にまでも重く滲みこんでいた。

「旦那さま」

平太の女房が上からそっと呼んだ。

「もう大丈夫ですよ」

女房の小さな声はふるえていた。

一九八九年十一月　講談社文庫刊

※本作は、江戸時代を舞台にした物語です。本文中に比喩として「盲目的に藪《やぶ》を分けていると……」という表現があります。「気が狂いそうなくらい」など精神障害に関する不快・不適切とされる記述、比喩表現も含まれています。また、詳細な病状は不明ながら、病人を「業病」とする、現代の知見からすると誤った言い回しが使用されています。
　しかしながら編集部では、本作が成立した一九六〇～六一年当時の時代背景、および作者がすでに故人であることを考慮した上で、これらの表現についても底本のままとしました。それが今日ある人権侵害や差別問題を考える手がかりになり、ひいては作品の歴史的価値および文学的価値を尊重することにつながると判断したものです。差別の助長を意図するものではないということを、ご理解ください。

【編集部】

光文社文庫

異《い》変《へん》街《かい》道《どう》(上)　松本清張《まつもとせいちょう》プレミアム・ミステリー

著者　松《まつ》本《もと》清《せい》張《ちよう》

2024年2月20日　初版1刷発行

発行者　三宅貴久
印　刷　堀内印刷
製　本　フォーネット社

発行所　株式会社　光文社
〒112-8011　東京都文京区音羽1-16-6
電話　(03)5395-8147　編集部
8116　書籍販売部
8125　業務部

ISBN978-4-334-10213-5　Printed in Japan

組版　萩原印刷